HEYNE BÜCHER

SCIENCE FICTION

Herausgegeben
von Wolfgang Jeschke

Ein vollständiges Verzeichnis aller
im HEYNE VERLAG erschienen STAR TREK-Romane
finden Sie am Schluß des Bandes.

DIANE CAREY

STAR TREK
DEEP SPACE NINE

VERLORENER FRIEDE

DER DOMINION-KRIEG 2

Roman

Star Trek®
Deep Space Nine™
Band 27

Deutsche Erstausgabe

WILHELM HEYNE VERLAG
MÜNCHEN

HEYNE SCIENCE FICTION & FANTASY
Band 06/5727

Titel der amerikanischen Originalausgabe
THE DOMINION WAR 2: CALL TO ARMS...
Deutsche Übersetzung von Andreas Brandhorst

Umwelthinweis:
Dieses Buch wurde auf chlor- und säurefreiem Papier gedruckt.

Redaktion: Rainer-Michael Rahn

Erstausgabe by Pocket Books/Simon & Schuster, Inc., New York

http://www.heyne.de
Printed in Germany 2000
Umschlagbild: Pocket Books/Simon & Schuster, New York
Umschlaggestaltung: Nele Schütz Design, München
Technische Betreuung: M. Spinola
Satz: Schaber Satz- und Datentechnik, Wels
Druck und Bindung: Ebner Ulm

ISBN 3-453-17090-3

Eins steht fest: Wir verlieren den Frieden.

BENJAMIN SISKO

1

Sir, die Schilde der Raumstation bleiben stabil!« – »Unmöglich. Die Deflektoren der Föderation haben unseren Waffen bisher noch nie standhalten können…«

Oh, der Kampf und seine Überraschungen…

Damars Meldung in Hinsicht auf die Schilde kam unerwartet, ja, aber die Antwort des Vorta war durchaus befriedigend. Wie angenehm, den eleganten ›Verbündeten‹ verwirrt zu sehen.

Sie befanden sich im kleinen Kontrollraum des Jem'Hadar-Schiffes, und Gul Dukat vermied es, den Repräsentanten der Vorta anzusehen. Es gab so viele Komplikationen – so mußten sie zum Beispiel mit diesem Schiff fliegen, anstatt mit einem cardassianischen Kreuzer, und die Besatzung bestand aus sturen Jem'Hadar-Kriegern. Der einzige andere Cardassianer an Bord war Damar und saß derzeit an den Navigationskontrollen.

Gul Dukat verabscheute es, den Vorta an Bord seines Flaggschiffs dulden zu müssen, das die Allianz zwischen Cardassianern und dem Dominion symbolisierte, jener Macht, die ihre Herrschaft vom Gamma- in den Alpha-Quadranten ausdehnte. Die Vorta bestanden auf jeweils einem Repräsentanten an Bord eines jeden Jem'Hadar-Schiffes. Wenigstens verzichteten sie darauf, diese Regel auch bei cardassianischen Raumschiffen anzuwenden. Die Guls wären ohnehin nicht damit einverstanden gewesen.

Dukat sah zum Hauptschirm und beobachtete, wie

destruktive Energie an den Schilden der Raumstation Terok Nor zerstob. Immer wieder feuerten die angreifenden Schiffe, und es bereitete ihm Genugtuung zu erleben, daß die Jem'Hadar zum erstenmal auf einen Widerstand stießen, den sie nicht ohne weiteres brechen konnten. Der Umstand, daß die Salven des eigenen Schiffes ebenfalls wirkungslos blieben, änderte kaum etwas an diesem Empfinden.

Er genoß es, die Verwirrung im fein geschnittenen Gesicht des Vorta zu sehen. Anmaßung und Überheblichkeit des politischen Offiziers aus dem Dominion wichen wortloser Verwunderung.

Dukat schob das Kinn vor und konnte seine hämische Freude nicht ganz verbergen.

»Ich habe es mir zur Regel gemacht, nie die technischen Fähigkeiten der Föderation und Captain Siskos Einfallsreichtum zu unterschätzen«, sagte er und wandte sich vom Vorta ab. »Beginnen Sie mit einem neuen Anflug, Damar.«

Die große cardassianische Raumstation mit den krallenförmig gewölbten äußeren Andockmasten bot einen prächtigen Anblick. *Deep Space Nine* – so nannte man sie in der Vereinten Föderation der Planeten, die sie während der letzten Jahre verwaltet hatte.

Bald würde die Station wieder Terok Nor heißen. Gul Dukat stellte sich vor, wie Cardassianer die sehr leistungsfähigen Waffensysteme kontrollierten und gegen Starfleet-Schiffe einsetzten. Seit langer Zeit träumte er davon, die Station zurückzuerobern, und nun stand dieser herrliche Augenblick unmittelbar bevor.

Es widerstrebte ihm ein wenig, den Befehl zu geben, Terok Nor erneut unter Beschuß zu nehmen. Im Verlauf der letzten Jahre hatte Dukat eine sonderbare Beziehung zu den Personen entwickelt, die sich an Bord der Raumstation befanden und nun mit einer großen feindlichen Flotte konfrontiert waren.

Litt er etwa an Gewissensbissen?

Energiestrahlen zuckten durchs All, und wieder hielten die Schilde der Station. Föderationstechniker hatten sie verändert und verbessert. Die Fähigkeit der Föderation, wachsam zu sein und aggressiv zu werden, hatte Dukat immer wieder beeindruckt. Jetzt durfte er sich über die Verblüffung des Vorta freuen, der gerade feststellte, daß sich die Föderation durchaus zu verteidigen wußte.

Auf Dukats Befehl hin war ein Teil der Flotte zu einem zweiten Angriff zurückgekehrt, und nun bekam sie es mit den oberen Phaserbatterien der Station zu tun. Vor dem inneren Auge sah Dukat, wie Captain Benjamin Sisko und seine Crew im Kontrollraum arbeiteten, einen kühlen Kopf bewahrten und immer genau zielten, bevor sie die Phaser einsetzten. Sie wußten, daß sie auf sich allein gestellt waren. Abgesehen von ihrem einen Schlachtschiff, der jetzt hinter Terok Nor sichtbaren *Defiant*, hatten sie keine Unterstützung.

Eigentlich war es ein gutes Zeichen, denn es bedeutete, daß der Föderation nicht genug Schiffe zur Verfügung standen, um sich überall auf wirkungsvolle Weise zur Wehr zu setzen. Aber dieser Umstand gab Sisko auch die Möglichkeit, sich auf nur zwei Fronten zu konzentrieren: auf das Schiff und die Station. Dadurch wurden seine Manöver einfacher, und Sisko konnte sehr gefährlich werden, wenn man ihn in die Enge trieb.

Die *Defiant* war derzeit damit beschäftigt, das Minenfeld am Zugang des Wurmlochs zu vervollständigen. Es sollte das Dominion daran hindern, Verstärkung aus dem Gamma-Quadranten heranzuführen. Gul Dukat begriff, daß sie diesen speziellen Kampf auch und vor allem für das Dominion führten, und mit dieser Erkenntnis ging Verdruß einher. Es ärgerte ihn, daß sie die Hilfe der Gründer und ihrer Streitkräfte brauchten, um Terok Nor zurückzuerobern. Ihm wäre es lieber gewesen, wenn sich die Cardassianer ihre Unabhängigkeit vom Dominion, seinen Jem'Hadar-Soldaten und den glatten Vorta bewahrt hätten.

Überall um sie herum rasten Kriegsschiffe der Jem'Hadar durchs All, und immer neue Explosionen reduzierten die Zahl der Angreifer. Doch andere Schiffe nahmen den Platz der zerstörten Raumer ein, griffen die Station und die *Defiant* an. Die verstärkten Schilde von Terok Nor hielten auch weiterhin. Sisko und seine Leute versuchten jetzt gar nicht mehr, die Raumstation zu verteidigen. Statt dessen nahmen sie jene Schiffe unter Beschuß, die es auf die *Defiant* abgesehen hatten – sie sollte Zeit genug bekommen, den Zugang zum Wurmloch zu verminen.

Eine gefährliche Entscheidung des Captains: Ganz offensichtlich hielt er das Minenfeld für wichtiger als die Raumstation. Sonderbar...

Wer kommandierte die *Defiant*? Sisko selbst? Nein, bestimmt befand er sich nach wie vor in der Station. Einer seiner Offiziere – Dax, Worf oder Major Kira – hatte vermutlich den Befehl über das Schiff. Sisko selbst koordinierte alle Verteidigungsbemühungen und behielt die Angreifer im Auge.

»Sind Sie enttäuscht, Gul Dukat?« ertönte die viel zu melodisch klingende Stimme des Vorta.

Dukats langer Hals geriet in Bewegung, als er ruckartig den Kopf drehte. »Warum sollte ich enttäuscht sein, Weyoun?« erwiderte er und sprach den Namen so scharf aus, daß er dem akustischen Äquivalent einer Ohrfeige gleichkam.

»Vielleicht ist dies zu einfach. Wir übernehmen die Raumstation noch heute. Sie haben die Überlegenheit des Dominion anerkannt, und deshalb bekommen die Cardassianer jetzt, was sie allein nicht zurückgewinnen konnten. Auch andere werden die Weisheit der Gründer erkennen: Romulaner, Tholianer, Miradorn und so weiter. Selbst die Bajoraner haben sich mit dem Unvermeidlichen abgefunden und Verhandlungen mit uns begonnen.«

Dukat lächelte bitter und schüttelte den Kopf. »Glauben Sie wirklich, die Bajoraner möchten Ihre Verbündeten sein? Nein, nein. Und sie fürchten sich auch nicht vor uns. Jahrelang haben sie gegen mich gekämpft, während der cardassianischen Besatzung des Planeten. Nein, Sie geben sich Illusionen hin.«

»Teilt Ihnen Ihr Instinkt etwas anderes mit?« fragte Weyoun. »Halten Sie die bajoranische Verhandlungsbereitschaft für einen Trick?«

»Nicht für einen Trick, sondern für eine Botschaft.«

»Von wem?«

»Von Benjamin Sisko. Die Bajoraner halten ihn für den Gesandten jener Entitäten, die im Wurmloch leben, und sie hören auf ihn. Bestimmt hat er sie dazu gebracht, Verhandlungen mit dem Dominion zu führen. Das Abkommen wird keine Verpflichtung für sie sein, sondern ein Schild, und gleichzeitig ist es eine Nachricht für mich. Sisko weist darauf hin, daß er bereits begonnen hat, die Ereignisse zu manipulieren.«

Sorge flackerte kurz in Weyouns intelligenten Augen und verschwand dann wieder. »Sie sehen zuviel Bedeutung in den Dingen.«

»Glauben Sie?« erwiderte Dukat. »Dann ist es sicher dumm von mir zu bemerken, daß Starfleet die Raumstation nicht mit einer Flotte von Kriegsschiffen verteidigt. Nur die *Defiant* ist hier und vor allem damit beschäftigt, den Zugang zum Wurmloch zu verminen. Terok Nor bleibt ganz auf sich allein gestellt. Bin ich vielleicht übertrieben vorsichtig, wenn ich die enorme Feuerkraft der Raumstation ebenso zur Kenntnis nehme wie die hohe Leistungsfähigkeit ihrer Schilde? Ich bin sicher, es steckt mehr dahinter... Starfleet scheint aus irgendeinem Grund bereit zu sein, die Station zu opfern. Irgend etwas geht hier vor… Es wäre närrisch von uns, etwas anderes anzunehmen.«

Um sie herum zeigten mehrere Bildschirme Dominion-Schiffe, die zur Raumstation flogen. Einige von ihnen, mindestens acht, wurden vernichtet, platzten auseinander und verwandelten sich in Glutbälle, die nach wenigen Sekunden wieder verblaßten. Der Kampf im All fand lautlos statt, und der Tod ging mit grellen Explosionen einher. Die Flanken der Angriffsflotte befanden sich in der Nähe von Dukats Flaggschiff – er hatte sie mit voller Absicht zurückgehalten und es zunächst den Jem'Hadar überlassen, ins Abwehrfeuer des Gegners zu fliegen. Tief in seinem Innern freute sich der Gul über die Dummheit der dickschädeligen Jem'Hadar und die Arroganz der Vorta, die es für eine Ehre gehalten hatten, von Dukat der Vorhut zugeteilt und als erste in den Einsatz geschickt zu werden.

Die Phaserkanonen der Raumstation und des Schlachtschiffs *Defiant* zerstörten viele Raumer des Dominion, aber trotzdem war es nur noch eine Frage der Zeit, bis die Verteidiger der Übermacht ihrer Gegner zum Opfer fielen. Dukat scherte sich nicht darum, wie viele Schiffe der Jem'Hadar vernichtet wurden. Er sah keine Kameraden oder Kampfgefährten in ihnen, nur die Soldaten einer fremden Macht, deren Tod ihn kaum berührte. Die Waffen der Station hinterließen jetzt auch Lücken in den cardassianischen Flanken, doch das ließ sich bei einem militärischen Unternehmen dieser Art kaum vermeiden. Die Hauptlast des Angriffs hatten ohnehin die Jem'Hadar getragen.

»Die bajoranische Kontrollzone wird erneut Ihnen gehören, Dukat«, sagte der Vorta. »Sie können stolz sein. Immerhin kehren Sie im Triumph zurück.«

»Mag sein«, entgegnete Dukat. Er hatte Weyouns Gerede satt. »Andererseits ist Sisko auf dem besten Wege, den Zugang zum Wurmloch mit einem Minenfeld zu blockieren. Es bedeutet, daß keine weiteren Schiffe des Dominion den Alpha-Quadranten erreichen können.«

»Die Minen stellen kaum ein Problem dar«, behauptete der Vorta. »Wir bringen sie einfach zur Explosion und machen so den Weg frei.«

Dukat richtete einen durchdringenden Blick auf ihn. »Wir können Minen sprengen, bis die bajoranische Sonne erlischt. Sehen Sie auf den Monitor dort.«

»Meinen Sie diesen?«

»Nein, den anderen. Die dort angezeigten Daten werden von einem Sensor ermittelt, der technische Konfigurationen analysiert. Er weist auf eine ganz bestimmte Komponente der Minen hin – einen speziellen Replikator. Wenn wir eine Mine zur Explosion bringen, so replizieren die anderen in der Nähe ein neues Exemplar, um die Lücke zu füllen. Wir würden nur Zeit, Energie und Waffen verschwenden. Die Truppen des Dominion im Alpha-Quadranten werden also eine Zeitlang keine Verstärkung bekommen. Wissen Sie, wir kämpfen hier nicht gegen irgendwelche Bauern. Bevor dieser Krieg zu Ende ist, werden wir noch viele Überraschungen erleben.«

Er fand Gefallen daran, Weyoun immer wieder auf seine Kampferfahrung hinzuweisen. Diesmal reagierte der Vorta, indem er sich vom Cardassianer abwandte. Dukat schritt mit voller Absicht in die entgegengesetzte Richtung und trat zu Damar. Er senkte die Stimme und beugte sich vor, versuchte den Eindruck zu erwecken, über den Kurs zu sprechen.

»Es ist sehr wichtig, daß wir die Station übernehmen und nicht zerstören, Damar.«

»Das Dominion sieht die Sache vielleicht anders«, erwiderte der andere Cardassianer, während er die Navigationskontrollen bediente.

»Weyoun und eine Handvoll Jem'Hadar-Schergen genügen nicht, um meine Wünsche in Hinsicht auf Terok

Nor zu ändern. Wir Cardassianer kennen diesen Raumsektor und wissen, wie man ihn am besten kontrolliert. Ich will die Station, Damar. Sie ist wichtig für mich.«

Damar sah zu ihm auf. »Sie meinen, es ist wichtig für Sie, die Raumstation zurückzugewinnen, die Sie vor einigen Jahren verloren.«

»Es ist wichtig, daß man *sieht*, wie ich sie wieder unter meine Kontrolle bringe. Die Bajoraner sollen es sehen, die Föderation und ihre neuen Verbündeten, die verdammten Klingonen... Ja, das meine ich. Was glauben Sie? Hat die *Defiant* das Minenfeld vervollständigt? Versucht sie vielleicht, uns in eine Falle zu locken?«

»Nein, die *Defiant* ist noch nicht fertig. Wenn sie nach der Komplettierung des Minenfelds den automatischen Replikationsvorgang aktiviert, ist das Wurmloch unpassierbar.«

»Dann sollten wir sie daran hindern«, sagte Dukat halbherzig. »Verlassen Sie die Hauptflanke und fliegen Sie zur *Defiant*. Feuer frei. Und rechnen Sie mit Überraschungen.«

In Damars Augen blitzte es, als er den Kurs änderte und beschleunigte. Das Flaggschiff glitt an den klauenartigen Andockmasten der Station vorbei und mußte nicht nur dem feindlichen Phaserfeuer ausweichen, sondern auch Dutzenden von anderen Raumern. Angriffsziel war jetzt nicht mehr Terok Nor, sondern die *Defiant*.

»Vernichten Sie das Schiff!« Weyoun erschien wieder an Dukats Seite und beobachtete die *Defiant* auf den Bildschirmen. »Vernichten Sie es, schnell! Bevor das Minenfeld fertiggestellt ist.«

»Feuer!« rief Dukat, um einem weiteren Wortschwall des Vorta zuvorzukommen.

Damar steuerte das Flaggschiff zur *Defiant*, und zwei weitere Jem'Hadar-Schiffe folgten. Destruktive Energie loderte dem Föderationsraumer entgegen, und ihm blieb keine andere Wahl, als abzudrehen und sich vom Minenfeld zu entfernen.

»Verhindern Sie, daß die *Defiant* in Richtung Station zurückkehrt, Damar!« rief Dukat und wies die beiden anderen Jem'Hadar-Schiffe an, die Formation zu verlassen und dem Gegner den Fluchtweg abzuschneiden. Der Hauptschirm zeigte, wie die beiden Raumer schneller wurden, das Flaggschiff überholten.

»Ich will die Führung!« knurrte Damar und beugte sich vor.

»Dann reagieren Sie«, sagte Dukat.

Doch bevor Damar Gelegenheit bekam, ebenfalls zu beschleunigen und die beiden Jem'Hadar-Schiffe zu passieren, veränderte sich das Weltall vor ihnen. Neben der *Defiant* waberte der Raum, und ein klingonischer Bird-of-Prey erschien, ein grüner Schatten, der ihnen entgegenraste.

Die Arroganz fiel von Weyoun ab, und er schnappte nach Luft.

»Klingonen!«

2

»Ausweichmanöver!« donnerte Dukat. – Das Flaggschiff nahm die Flankenposition ein und konnte daher abdrehen, ebenso wie der Jem'Hadar-Raumer auf der gegenüberliegenden Seite. Das Schiff in der Mitte hingegen bekam die klingonischen Phaser zu spüren. Eine volle Salve schlug ihm entgegen, und es explodierte sofort – die Streitmacht der Angreifer schrumpfte auf zwei Schiffe.

»Abdrehen!« rief Dukat. »Abdrehen!«

»Kämpfen Sie!« beharrte Weyoun. »Zwei Raumer gegen *einen* Klingonen!«

Dukat wandte sich wütend um, aber es gelang ihm, einigermaßen ruhig zu sprechen. »Wir haben kaum mehr Deflektorkapazität und nur noch wenig Waffenenergie. Gegen ein klingonisches Schlachtschiff mit vollem Kampfpotential können wir nichts ausrichten.« Jetzt konnte er wieder schreien: »Abdrehen, Damar!«

»Die Klingonen verfolgen uns!« rief ein Jem'Hadar über die Schulter hinweg.

»Es hat nur den Anschein«, erwiderte Dukat. »In Wirklichkeit geht es dem Kreuzer darum, die *Defiant* zu schützen. Ausweichmanöver fortsetzen. Kehren wir zur Flotte zurück, die Terok Nor angreift. Ich verabscheue Klingonen…«

»Die Kapazität der Stationsschilde ist auf fünfunddreißig Prozent gesunken«, meldete ein Jem'Hadar.

»Zielerfassung der Waffensysteme auf den Hauptreaktor«, sagte der Jem'Hadar-Waffenoffizier fast gleichzeitig.

»Nein!« entfuhr es Dukat. »Die Raumstation soll intakt bleiben! Zielerfassung auf die Schildgeneratoren richten! Feuern Sie immer wieder auf die gleiche Stelle, bis eine Strukturlücke entsteht. Kümmern Sie sich nicht darum, wie viele Schiffe zerstört werden. Lassen Sie sich von nichts ablenken. Konzentrieren Sie das Feuer auf Sektion Siebzehn des äußeren Andockrings. Wir müssen die Schilde durchdringen.«

Er fuhr damit fort, Anweisungen zu erteilen, damit die Jem'Hadar beschäftigt blieben und Weyoun keine Einwände erheben konnte – immerhin bekam die *Defiant* nun Gelegenheit, das Minenfeld zu vervollständigen.

Alles war im Fluß und veränderte sich. Derzeit ging es Dukat vor allem um die Raumstation. In Hinsicht auf das Minenfeld hatte er einen ganz bestimmten Plan.

Als sich das Flaggschiff Terok Nor näherte, kam es im Andockring zu einer gewaltigen Explosion.

»Der Hauptgenerator für die Schildenergie ist zerstört!« rief ein Jem'Hadar.

»Bestimmt wird gleich auf Notenergie umgeschaltet«, sagte Weyoun.

»Aber die hält nicht lange.« Auf einem anderen Schirm beobachtete Dukat, wie die *Defiant* ihre letzten Minen ausbrachte, dann abdrehte und Fahrt aufnahm. Hinter ihr blieben tausend mit speziellen Replikatoren ausgestattete Minen zurück. Wie ein ganz besonderes Orchester, das auf den Taktstock des Dirigenten reagierte, flackerten tausend Lichter und verschwanden, als die Tarnvorrichtungen aktiv wurden.

»Sir«, begann Damar, »das Minenfeld...«

»Ich habe Augen im Kopf, Damar«, unterbrach Dukat den Piloten, aber Weyoun hatte genug gehört.

»Diese Angelegenheit entwickelt sich nicht so, wie ich es mir gewünscht habe«, sagte der Vorta, und seine Worte brachten eine kaum verhüllte Drohung zum Ausdruck.

Dukat biß die Zähne zusammen. »Ein unwichtiger

Rückschlag. Wenn wir die Station unter Kontrolle haben, können wir die Minen in aller Ruhe aufspüren und entschärfen.«

Wobei ich mir viel Zeit lassen werde.

Weyouns Stimme gewann wieder einen samtigen Klang, aber die Drohung blieb. »Hoffen wir, daß Ihre Zuversicht gerechtfertigt ist.«

Eine scharfe Bemerkung lag auf Dukats Zunge, aber er schluckte sie hinunter, wandte sich von dem Vorta ab und trat erneut an Damars Seite. »Weisen Sie die Reserve an, sich auf den letzten Angriff vorzubereiten. Die Flotte soll sich neu gruppieren.«

»Wir bekommen Verstärkung«, meldete ein Jem'Hadar. »Weitere Schiffe erreichen den bajoranischen Raum.«

»Sehen Sie nur!« Damar deutete auf einen Bildschirm, der den unteren Teil der Raumstation zeigte. »Die Station wird evakuiert!«

Die Schiffe des Dominion und der Cardassianer unterbrachen ihren Angriff, um sich neu zu gruppieren, und die Föderationsrepräsentanten an Bord von Terok Nor hatten offenbar beschlossen, diese gute Gelegenheit zu nutzen. Mehrere unterschiedlich konfigurierte Raumschiffe lösten sich vom Andockring und flogen fort. Unterdessen hatte auch die *Defiant* dort angelegt und nahm vermutlich Personen auf.

»Evakuierung...«

Dukat starrte stumm auf den Bildschirm. Bald würde das cardassianische Juwel einer Raumstation wieder ihm gehören. Und dem Vorta Weyoun. Und dem Dominion.

»Als ich dieses Kommando antrat, wünschte ich mich an einen anderen Ort. Überall wollte ich sein, nur nicht hier. Doch jetzt, fünf Jahre später, ist die Raumstation zu meinem Zuhause geworden. Es fällt mir sehr schwer, sie zu verlassen.«

Captain Ben Sisko stand recht steif vor Dutzenden von

Besatzungsmitgliedern und Bewohnern jener Raumstation, die in der Vereinten Föderation der Planeten unter der Bezeichnung *Deep Space Nine* bekannt war. Die Starfleet-Angehörigen in der Menge wirkten nervös und niedergeschlagen. Sie traten von einem Bein aufs andere, blickten zu Boden. Ihnen allen war klar: Sie schickten sich an, jene Personen sich selbst zu überlassen, die sie fünf Jahre lang geschützt hatten. Die Bajoraner und andere Zivilisten hingegen standen völlig reglos – sie erinnerten sich jetzt daran, wie es vor mehr als fünf Jahren an Bord der Raumstation zugegangen war. Schutzlos blieben sie zurück. Major Kira, Constable Odo, Kasinobesitzer Quark, sein Bruder Rom, Quarks Stammgast Morn, mehrere Ladeninhaber, Dabo-Mädchen, andere Ferengi...

Und es gab noch mehr Zuschauer und Zuhörer. Überall in der Raumstation saßen sie an Kom-Schirmen. Vermutlich wurde Siskos Ansprache auch auf dem Planeten Bajor übertragen, wo die Enttäuschung groß war.

Die *Defiant* hatte das Minenfeld fertiggestellt und aktiviert. Die Reserve des Dominion rückte an, und man hatte mit der Evakuierung begonnen. Alle Starfleet-Angehörigen verließen die Raumstation. Siskos Kommandocrew bildete keine Einheit mehr. Dax würde ihm an Bord der *Defiant* Gesellschaft leisten. Worf, Dax' Verlobter und der einzige Klingone unter Siskos Kommando, war General Martok und dem klingonischen Bird-of-Prey zugewiesen worden, der die *Defiant* gerettet und es ihr ermöglicht hatte, das Minenfeld am Zugang des Wurmlochs zu vervollständigen. Major Kira und Constable Odo wollten an Bord von *Deep Space Nine* bleiben, was für sie bedeutete, daß sie sich erneut dem Gebot der Cardassianer fügen mußten. Quark beabsichtigte, sich auch weiterhin um sein Kasino zu kümmern, und Rom blieb als sein Helfer, und als Spion für Starfleet, soweit das einen Sinn ergab. Roms Sohn Nog war inzwischen Starfleet-Kadett und würde Sisko als Besatzungsmitglied der *Defiant* begleiten.

Überall an Bord der Raumstation fanden Abschiedsszenen statt, bei denen man sich das Versprechen gab, am Leben zu bleiben, nicht die Hoffnung zu verlieren und den Kampf fortzusetzen… In Siskos Magengrube krampfte sich etwas zusammen, und neuer Zorn erwachte in ihm. Er straffte die breiten Schultern, atmete tief durch und versuchte, sich nichts anmerken zu lassen.

»Aber dieser Krieg ist noch nicht vorbei. Ich möchte Sie auf folgendes hinweisen: Während wir das Dominion hier bei uns beschäftigt hielten, ist eine aus Starfleet-Schiffen und klingonischen Kreuzern bestehende Flotte ins cardassianische Raumgebiet vorgestoßen und hat die Werften auf Torros Drei zerstört.«

Hier und dort zeigte sich neue Hoffnung in der Menge. Dax und Nog schienen überrascht zu sein und zeigten es ganz deutlich. Zufriedenheit erfüllte Sisko. Wenigstens hatte er noch eine gute Nachricht, wenn er die Raumstation verließ und damit seinen Eid verletzte – er hatte geschworen, sie nie aufzugeben.

Sollte er auch die Details nennen? Namen, Schiffe, Bilder, die ihnen während der kommenden schweren Zeiten Halt geben mochten? Sollte er beschreiben, wie die Patrouillenschiffe *Centaur* und *Majestic* den Wachschiffen von Torros Drei ein Schnippchen geschlagen und die Werften ohne Unterstützung zerstört hatten?

Nein. Diese Leute brauchten ihre eigenen Siegesgeschichten. Sisko mußte ihnen Zeit geben, selbst Erfolge zu erzielen, bevor er die Leistungen anderer rühmte. Derzeit fühlten sie sich einfach zu hilflos.

»Unser Opfer ermöglichte einen grandiosen Sieg«, fuhr er fort. »Aber kein Sieg kann diesen Augenblick leicht für mich machen. Ich verspreche Ihnen, daß ich alles tun werde, um so bald wie möglich zurückzukehren, denn ich gehöre hierher.«

Genug, genug… Wenn er noch mehr sagte, zerbrach

etwas in ihm. Wieder quoll Zorn in Sisko empor, und er klopfte auf seinen Insignienkommunikator.

»Sisko an *Defiant*. Beamen Sie mich an Bord.«

Zum Glück hatte man bereits Vorbereitungen getroffen und konnte den Transfer sofort einleiten. Dadurch blieben ihm einige unangenehme Sekunden des Wartens erspart. Sisko hielt den eigenen Gesichtsausdruck unter Kontrolle, während er beobachtete, wie seine Umgebung hinter einem Vorgang aus glitzernder Transporterenergie verschwand. Ein oder zwei Sekunden lang wünschte er sich, daß die anderen verschwanden, nicht er selbst, aber er verdrängte diesen Gedanken sofort wieder.

Er materialisierte im Transporterraum der *Defiant*, die nun sein einziges Zuhause war. Chefingenieur O'Brien und der Cardassianer Garak waren zugegen, schwiegen jedoch.

Sisko schüttelte den Kummer von sich ab.

»Sind wir soweit?« fragte er

»Wir warten nur noch auf Ihre Anweisungen«, erwiderte O'Brien.

Der Chefingenieur wartete nicht einmal eine Antwort ab. Er schob sich rasch an Sisko und Garak vorbei, verharrte kurz an den Stabilitätskontrollen für das Triebwerk und wandte sich dann einer anderen Konsole zu. Sisko war während der vergangenen Stunden nicht an Bord gewesen und hatte deshalb keine Ahnung, womit sich O'Brien beschäftigte. Er verzichtete auf eine entsprechende Frage.

»Mr. Garak…«, sagte er langsam und sah den Cardassianer an, der sofort verstand.

»Ich würde gern mitkommen«, erwiderte Garak. »Wenn Sie nichts dagegen haben. Man weiß nie, wann man einen guten Schneider braucht, und außerdem… Wohin sollte ich sonst gehen?«

Ein guter Schneider. Garak war wesentlich mehr als

das – er konnte auf eine ziemlich bunte und bewegte Vergangenheit zurückblicken.

Sisko lächelte schief. »Willkommen an Bord.«

»Dax an Sisko«, tönte es aus den Kom-Lautsprechern. »Die Dominion-Flotte beginnt mit einem neuen Angriff.«

O'Brien hatte ihm eine kurze Pause gegönnt, und Dax' Worte erinnerten daran, daß Eile geboten war. Na schön.

»Andockklammern lösen«, sagte Sisko. »Alles für den Start vorbereiten.«

Garak nickte ermutigend, und der Captain versuchte, die Niedergeschlagenheit aus sich zu verbannen. Er eilte zur Brücke, und die Crew reagierte mit Erleichterung, als er im Kommandosessel Platz nahm. Hatte sie etwa befürchtet, daß er dem Kontrollraum fernblieb und den Zuspruch eines Counselors benötigte, um über den Verlust von *Deep Space Nine* hinwegzukommen?

Nein, er wollte sich nicht irgendwo verkriechen. Aber dies war auch nicht der geeignete Zeitpunkt, um zu kämpfen. Die *Defiant* und Martoks Bird-of-Prey konnten es wohl kaum mit hundert Dominion-Schiffen aufnehmen. Die beiden Raumer beschleunigten, flogen an den Andockmasten vorbei und manövrierten gut genug, um nicht auf der Stelle vernichtet zu werden. Sie mußten die Raumstation hinter sich bringen...

»Gehen Sie auf volle Impulskraft, sobald es möglich ist«, sagte Sisko. »Wir kehren zurück, aber zuerst müssen wir fort von hier. Einsatz der Tarnvorrichtung vorbereiten!«

Major Kira Nerys und Sicherheitsoffizier Odo betraten den Kontrollraum von *Deep Space Nine*. Feindliches Feuer bewirkte heftige Erschütterungen, die die ganze Raumstation erfaßten und jene falsche Fassade aus Eleganz zerstörten, die Kira – und vielleicht auch Odo – aufrechterhalten wollte.

Der Constable trat an eine Konsole heran und blickte auf Displays. »Die *Defiant* ist fort«, meldete er.

»Stellen Sie einen Kontakt mit der Flotte her«, sagte Kira. Oh, wie schwer ihr diese Worte fielen. »Weisen Sie darauf hin, daß die bajoranische Regierung das Dominion auf *Deep Space Nine* willkommen heißt.«

Wie oft hatte sie diese Worte in den vergangenen Tagen geflüstert und ihrem Klang gelauscht, um sich an sie zu gewöhnen? Trotzdem mußte sie einen enormen inneren Widerstand überwinden, um sie zu formulieren.

»Empfang der Nachricht wird bestätigt«, sagte Odo.

»Gut. Es wird eine Weile dauern, bis die Kom-Geräte dieser Station wieder in der Lage sind, eine Mitteilung zu senden. Computer, starte Programm Sisko eins neun sieben.«

»Programm gestartet«, ertönte es.

Ein dumpfes Summen schwoll an, wurde zu einem schrillen elektronischen Heulen, das alles durchdrang. Blaue Überladungsblitze zerstörten Schaltkreise und Konsolen, legten Computersysteme lahm. Überall auf *Deep Space Nine* erloschen Bildschirme und Monitore. Die Plasmaleitungen pulsierten nicht mehr. Kira und Odo beobachteten, wie um sie herum all das zerstört wurde, was sie bisher geschützt hatten. Seltsam, wie schnell sich Prioritäten ändern konnten.

Die Bajoranerin sah sich um. »Dukat wollte die Station zurück. Jetzt kann er sie haben.«

Odo schwieg. Er wußte, was sich jetzt anbahnte: eine Rückkehr in die Zeit der Arbeitslager und des Kriegsrechts unter cardassianischer Herrschaft. Aber es gab Unterschiede.

Damals war Kira eine schmutzige, dürre und verbohrte Freiheitskämpferin gewesen. Der einsame Odo hatte seine Fähigkeiten als Gestaltwandler genutzt, um andere Leute zu unterhalten und einen Platz für sich zu suchen. Auf die Frage nach seinem Ursprung gab es damals noch keine Antwort.

Heute war Kira Major im bajoranischen Militär und

hatte als Verbindungsoffizier an Bord von *Deep Space Nine* gearbeitet, während die Station von Starfleet verwaltet wurde. Gelegentlich hatte man ihr sogar das Kommando über die Raumstation und das Starfleet-Schiff *Defiant* gegeben – Beweis für ein großes Vertrauen, das Kira wachsen und reifen ließ. Einst war sie nur bestrebt gewesen, bajoranische Interessen zu vertreten und Bajoraner zu verteidigen, doch während der letzten Jahre hatte sie gelernt, sich für eine größere Familie einzusetzen.

Jetzt verlangte man geradezu Unmögliches von ihr. Um den Frieden auf Bajor zu bewahren, mußte sie ihren Abscheu vor den Cardassianern verbergen, die nach *Deep Space Nine* zurückkehrten. Die Umstände zwangen sie, den einstigen Unterdrückern bei der Verwaltung der Raumstation zu helfen, sie sogar willkommen zu heißen. Alles in Kira sträubte sich dagegen, aber ihr blieb keine Wahl.

Als sie zusammen mit Odo durch die Promenade schritt, bereitete sie sich innerlich vor und dachte noch einmal an die bewußt herbeigeführte Überladung – dadurch waren alle wichtigen Systeme von *Deep Space Nine* in Mitleidenschaft gezogen worden – hoffentlich so sehr, daß die Cardassianer Wochen für die notwendigen Reparaturen brauchten.

Sie näherten sich den Luftschleusen, und Kira kniff die Augen zusammen, als sie beobachtete, wie mehrere Jem'Hadar-Soldaten eine Luke mit Gewalt öffneten. Weitere Jem'Hadar folgten ihnen – ihre blassen, häßlichen Gesichter seltsam leer – und bezogen Aufstellung. Wenige Sekunden später trafen Dukat, Damar und der gräßliche Vorta namens Weyoun ein.

»Dies ist ein großer Sieg für Cardassia«, erklang Damars Stimme.

»Und für das Dominion«, fügte Dukat hinzu. Kira wußte, daß seine Großzügigkeit geheuchelt war, was er mit einem kurzen Blick zu Weyoun bestätigte.

»Wir haben über fünfzig Schiffe verloren«, klagte der Vorta. »Und die Werften von Torros Drei wurden zerstört. Ja, wir haben einen Sieg errungen, aber wir mußten einen hohen Preis dafür bezahlen.«

»Über die Folgen können wir später sprechen«, sagte Dukat. »Zunächst einmal möchte ich diesen Augenblick genießen.«

Kira hätte ihm am liebsten die Faust ins Gesicht gerammt. Aber sie beherrschte sich, als sie zusammen mit Odo und Quark, der sich ihnen unterwegs angeschlossen hatte, vor den Cardassianern stehenblieb.

Es war soweit.

»Meine Herren...«, begann sie und mußte sich zwingen, die zurechtgelegten Worte auszusprechen. »Im Namen der bajoranischen Regierung...«

Quark zwängte sich zwischen Kira und Odo. »Und der Geschäftsleute der Promenade...«

»...heiße ich Sie offiziell an Bord von *Deep Space Nine* willkommen«, beendete Kira den begonnenen Satz und ärgerte sich über die Unterbrechung.

Dukat neigte kurz den Kopf. »Sie meinen Terok Nor, nicht wahr?«

Kira preßte die Lippen zusammen. Wollte er eine ehrliche Antwort? Wollte er wissen, was sie *wirklich* meinte?

Weyoun bewahrte sie vor der Notwendigkeit, eine Antwort zu geben. Er wandte sich an Odo und breitete die Arme aus, richtete einen bewundernden Blick auf den Gestaltwandler. »Gründer... Es ist eine große Ehre für uns, daß Sie entschieden haben, auf der Station zu bleiben.«

Odo versteifte sich. »Ich bleibe nicht als Gründer hier, sondern als Sicherheitsoffizier«, erwiderte er rauh.

Kira hätte fast gelächelt. Sie wußte, was dies für Odo bedeutete. Weyoun hingegen mußte den Status des Sicherheitsoffiziers für wesentlich geringer halten als den eines Gründers.

»Wie Sie meinen«, sagte der Vorta. »Trotzdem freut es mich sehr, einen... *Gott* in der Nähe zu wissen.«

»In der Tat«, brummte Dukat betont jovial und schien bereit zu sein, Odo auf die Schulter zu klopften – zum Glück verzichtete er auf eine solche Geste. »Sie, ich, Major Kira... Wir sind wieder zusammen. Bestimmt steht uns eine interessante Zeit bevor. Wenn Sie mich jetzt bitte entschuldigen würden... Sie finden mich im Büro des Kommandanten.«

Dukat, Damar und Weyoun schritten fort, gefolgt von Jem'Hadar-Soldaten. Quark zwinkerte bedeutungsvoll, schüttelte den Kopf und eilte zu seinem Kasino zurück.

Nach einigen Sekunden standen Kira und Odo allein auf der Promenade. Der ärgerliche Teil war überstanden, doch die Schwierigkeiten begannen gerade erst.

Kira merkte, daß sie die Hände zu Fäusten geballt hatte. Sie versuchte, sich zu entspannen.

»Es erstaunt mich, daß er es uns nicht unter die Nase gerieben hat«, murmelte sie.

Der letzte Jem'Hadar verschwand jenseits der dünnen Rauchschwaden, die von verbrannten Schaltkreisen stammten.

»Was sollte er uns unter die Nase reiben?« fragte Odo.

»Er hat nicht ›*mein* Büro‹ gesagt. So etwas hätte ich von Dukat erwartet. Er hat nie versucht, seinen Sarkasmus zu verbergen.«

»Vielleicht hat er sich inzwischen verändert«, spekulierte Odo.

»O ja«, entgegnete Kira. Es klang bitter. »In den letzten Jahren ist er zu einem richtigen Schatz geworden. Man sieht es auf den ersten Blick.«

»Wohin gehen sie jetzt? Zum Büro des Captains?«

»Das nehme ich an. Der Kontrollraum dürfte ihr Ziel sein. Ich würde gern Dukats Gesicht sehen, wenn er erfährt, was hier alles repariert werden muß, um das volle Funktionspotential der Raumstation wiederherzustellen.«

»Geben Sie sich in dieser Hinsicht keinen Illusionen hin, Major«, sagte Odo. »Dukat ist Soldat. Zweifellos rechnet er mit beschädigten Bordsystemen. Er kennt Captain Sisko und weiß, daß er ihm die Raumstation nicht intakt überlassen würde.«

»Wir hätten sie noch viel gründlicher demoliert, wenn Bajor nicht den verdammten Vertrag unterschrieben hätte«, brachte Kira zwischen zusammengebissenen Zähnen hervor. »Aber ich schätze, wir müssen atmen können, wenn wir hier leben sollen.«

»Ja. Und es geht darum, Zeit zu gewinnen. Weyouns erste Priorität besteht sicher darin, das Minenfeld zu neutralisieren, damit Verstärkung aus dem Gamma-Quadranten herangeführt werden kann. Diese Aufgabe wird er Dukat überlassen Die Vorta sind Politiker und Vermittler, keine Soldaten.«

Kira musterte Odo. »Wollen Sie andeuten, daß Dukat und Weyoun vielleicht nicht die gleichen Prioritäten haben?«

»Versuchen Sie, die Dinge einmal aus Dukats Perspektive zu sehen. Einst waren die Cardassianer hier die dominierende Macht. Jetzt haben sie sich mit dem Dominion verbündet. Bestimmt sind die Cardassianer nicht so dumm zu glauben, daß sie ein gleichwertiger Partner für das Dominion sein könnten. Dukat sieht in dem Bündnis vermutlich eine vorübergehende Angelegenheit, die es ihm erlaubt, seine eigenen Ziele zu erreichen.«

»Worin bestehen Ihrer Meinung nach seine langfristigen Pläne?« fragte Kira.

»Ich weiß es nicht.« Odo blickte durch den leeren Korridor. »Aber an Ihrer Stelle würde ich nach entsprechenden Hinweisen Ausschau halten.«

»Unsere Werften – zerstört!«

Dukat beobachtete zufrieden, wie das glatte Gesicht des Vorta zu einer Grimasse wurde.

»Torros Drei«, sagte er und sah ruhig auf den Bericht hinab, den er gerade von Damar erhalten hatte und der noch schlimmer war als die ersten Meldungen. »Die Werften des Dominion wurden vollkommen vernichtet.«

Sie standen im Kontrollraum, der einen ähnlich desolaten Anblick bot wie damals, als Dukat die Raumstation Starfleet überlassen mußte. Auch er hatte vor der Übergabe soviel wie möglich zerstört.

Er gab den Handcomputer Damar zurück. »Bestätigen Sie den Empfang der Informationen, aber erstatten Sie noch keinen Bericht in Hinsicht auf den Zustand der Raumstation. Darum kümmere ich mich selbst. Später.«

»Ja, Sir.«

Damar ging, und Weyoun wandte sich an Dukat. »Halten Sie so etwas für normal? Eine Raumstation zu erobern und wichtige Werften zu verlieren? Sehen Cardassianer darin so etwas wie effektive Kriegführung?«

»Wir konnten die Raumstation zurückgewinnen, *weil* wir die Werften verloren«, sagte Dukat. »Oder umgekehrt – es hängt von der jeweiligen Perspektive ab.«

»Glauben Sie, es steckt ein Plan von Starfleet dahinter?«

»Oh, nicht in dem Sinne. Starfleet verzichtet sicher nicht gern auf die Raumstation, aber als ihr Verlust unvermeidlich wurde, beschloß man, ihn auszunutzen, um woanders einen Erfolg zu erzielen. Der Einsatz der Dominion-Flotte hier im bajoranischen Sonnensystem erlaubte es Starfleet-Schiffen, in unser Raumgebiet vorzustoßen und die Werften von Torros Drei zu zerstören. Außerdem konnte das Minenfeld vervollständigt und aktiviert werden. Zwar verlor Starfleet die Raumstation und damit auch die Kontrolle über diesen Sektor, aber wir kamen alles andere als ungeschoren davon. Der Krieg bringt so etwas mit sich, Weyoun – zumindest auf *dieser* Seite des Wurmlochs.«

Der Vorta bedachte ihn mit einem durchdringenden Blick, doch seine Züge glätteten sich wieder. »Was das Minenfeld betrifft... Wie sollen wir es neutralisieren, wenn es aus sich selbst replizierenden Minen besteht?«

»Es sind keine sich selbst replizierenden Minen«, erwiderte Dukat. »Wenn eine zerstört wird, füllen die andere die Lücke. Von einer ›Selbstreplikation‹ kann also nicht die Rede sein...«

»Mir ist völlig gleich, worum es sich handelt. Das Minenfeld muß neutralisiert werden – nur darum geht es.«

»Haben Sie ein wenig Geduld, Weyoun. Ich arbeite bereits daran. Und nun... Ich möchte Ihnen das Büro des Kommandanten zeigen. Kommen Sie.«

Dukat blieb kurz stehen und holte tief Luft, als sich das Schott öffnete. Einst hatte dieses Büro ihm gehört, und dann war er gezwungen gewesen, es Sisko zu überlassen. Jetzt symbolisierte es zurückgewonnene Macht.

Er war sehr stolz auf sich und versuchte, es nicht zu deutlich zu zeigen. Allerdings ging es dabei gar nicht in erster Linie um die Station – das Dominion hatte zu sehr dabei geholfen, Terok Nor wieder unter cardassianische Kontrolle zu bringen. Nach dem Krieg gegen die Klingonen waren die Cardassianer zu geschwächt gewesen, um die Station oder irgendeinen Teil des Raumsektors von der Föderation zurückzuerobern – durch die Niederlage wurde Cardassia zu einer unbedeutenden Macht.

Dann kam das Dominion, und die Cardassianer hätten keinen nennenswerten Widerstand leisten können. Dukat nutzte die Gelegenheit, um Cardassia als nützlichen Partner darzustellen und ein Bündnis mit dem Dominion zu schließen. Andere Völker waren nicht so vernünftig gewesen und unterjocht worden. Das gleiche Schicksal erwartete auch die Föderation und das Klingonische Imperium. Cardassia aber würde überleben.

Natürlich gab es einen langfristigen Plan. Alle wußten, daß sie sich gegenseitig benutzten: das Dominion,

Cardassianer, Bajoraner, Tholianer und so weiter. Sie mochten sich nicht, aber es wäre dumm für sie gewesen, ausgerechnet jetzt gegeneinander zu kämpfen, solange es die Umstände erlaubten, kurzfristige Ziele zu erreichen. Dukats langfristiger Plan sah vor, daß die Cardassianer für das Dominion wichtig wurden und dadurch die Möglichkeit erhielten, mehr Macht und Einfluß zu gewinnen. Irgendwann würde es zu einer Konfrontation kommen; daran zweifelte Dukat nicht. Wenn es soweit war, sollten die Cardassianer stark genug sein, um das Dominion durchs Wurmloch in den Gamma-Quadranten zurückzuschicken.

Derzeit mußte sich Cardassia damit begnügen, die Wünsche des Dominion zu erfüllen und zu überleben. Das Minenfeld war eigentlich gar nicht schlecht. Je länger es existierte, desto länger brauchte das Dominion Dukat. Er würde versuchen, mehr über die interessante Technik der Replikatorminen herauszufinden, was Zeit kostete. Und ihre Neutralisierung nahm bestimmt noch mehr Zeit in Anspruch. Die Minen sollten seinen Technikern so lange Probleme bereiten, wie er es für richtig hielt. Einige Wochen, um die cardassianische Präsenz im bajoranischen Sonnensystem zu verstärken. Einige Wochen, um dabei beobachtet zu werden, wie Dukat alles unter Kontrolle brachte, wie er dafür sorgte, daß Cardassia noch nützlicher für das Dominion wurde. Darin bestand derzeit Cardassias einzige Hoffnung. Die Zukunft mochte weitere Hoffnungen bereithalten.

Dukat brauchte Zeit, um die vielen verschiedenen Fraktionen auf Cardassia zu vereinen. Er mußte versuchen, jene Kontroversen zu überwinden, die dazu geführt hatten, daß der Krieg gegen die Klingonen verlorenging. Eine solche Niederlage durfte sich nie wiederholen. Cardassia mußte nicht nur militärisch erstarken, um die unvermeidliche Auseinandersetzung mit dem Dominion für sich zu entscheiden, sondern brauchte auch eine neue Machtstruktur, um die internen Streitigkeiten zu überwinden.

Chaos herrschte im Kontrollraum der Raumstation. Zunächst hatte ein monumentaler Abwehrkampf gegen die Flotte des Dominion stattgefunden, und bevor die Starfleet-Angehörigen das Weite suchten, hatten sie mit einem elektrischen Vorschlaghammer alle wichtigen Bordsysteme zerstört. Dukat war in der Erwartung gekommen, daß ihm nicht das volle Funktionspotential der Station zur Verfügung stand, aber das Ausmaß der Schäden überraschte ihn. Er ärgerte sich nicht darüber, ganz im Gegenteil. Er bewunderte die geleistete Arbeit und fragte sich, wie er ebenfalls ein solches Resultat erzielten konnte, wenn es notwendig werden sollte.

Kein sehr konstruktiver Gedanke, aber man mußte realistisch sein.

Weyoun folgte ihm ins Büro. »Ich nehme an, Captain Sisko hat alle wertvollen Gegenstände mitgenommen oder unbrauchbar gemacht, nicht wahr?«

Dukat wollte die Annahme des Vorta bestätigen, doch dann sah er, was auf dem Schreibtisch lag.

»Nein, nicht alle«, sagte er.

Der Gul trat um den Schreibtisch herum und nahm im Sessel dahinter Platz. Die ganze Zeit über blieb sein Blick auf das Objekt gerichtet, das Sisko zurückgelassen hatte. Ein kleiner weißer Ball war es, mit roten Nähten, das Leder so abgegriffen, daß es glänzte. Wie nannte man einen solchen Gegenstand? Baseball, nicht wahr? Dukat nahm ihn in die Hand.

Weyoun beugte sich interessiert vor. »Was ist das?«

»Eine Botschaft.« Dukat lehnte sich zurück, drehte den Baseball langsam hin und her. »Von Sisko.«

»Ich verstehe nicht«, sagte der Vorta.

»Er teilt mir mit, daß er zurückkehren wird«, erklärte Dukat.

3

»Ah, da sind Sie ja. Ich wollte gerade die Hoffnung aufgeben, Doktor. Nach den vielen gemeinsamen Mahlzeiten sollte man meinen, daß ich ein Recht darauf habe, bevorzugt behandelt zu werden.«

»Garak…«

Julian Bashir sah von den Analysen auf, die der Medo-Computer für ihn erstellte. Schon seit einer ganzen Weile hatte er ziemlich viel zu tun, und die ständige Anspannung machte sich bemerkbar. Er versuchte, die Schärfe aus seiner Stimme zu verbannen.

»Ich muß mich um zwölf verwundete Offiziere und Besatzungsmitglieder kümmern«, teilte er dem Cardassianer mit, der neben einem chaotischen Haufen medizinischer Ausrüstungen stand. An seiner Stirn zeigte sich eine große Platzwunde. »Jeder von ihnen befindet sich in einem wesentlich schlechteren Zustand als Sie.«

In Garaks Augen blitzte es. »Wenn Sie versuchen, mich aufzumuntern… Es funktioniert. Ich fühle mich schon besser.«

Der Arzt in Bashir unterdrückte seine Gereiztheit, und er trat an Garak heran, um die Wunde zu untersuchen. Immerhin war es tatsächlich seine Pflicht, dafür zu sorgen, daß sich die Leute besser fühlten.

Der erste Eindruck hatte nicht getäuscht: eine Platzwunde, offenbar hervorgerufen von einem stumpfen Gegenstand. »Was ist passiert?« fragte er.

»Während des letzten Angriffs sah ich mir für Captain Sisko Sternkarten an, als ich plötzlich an die Wand geschleudert wurde.«

Bashir nickte nicht ohne Anteilnahme – er kannte so etwas aus eigener Erfahrung. »Sie werden's überleben.«

»Ich wünschte, ich könnte Ihre Zuversicht teilen.«

Zuerst achtete Bashir nicht auf diese Worte – Garak nutzte jede Gelegenheit, um mehr oder weniger geistreiche Bemerkungen von sich zu geben. Doch dann bemerkte er den Ernst des Cardassianers.

Garak sah den fragenden Blick des Arztes. »Oh, die Wunde heilt sicher, aber so, wie sich der Krieg entwickelt… Ich weiß nicht, ob wir damit rechnen dürfen, ein hohes Alter zu erreichen.«

Bashir seufzte erleichtert. Er hatte befürchtet, von einem cardassianischen Killerkommando zu erfahren, das Garak erledigen sollte – immerhin hatte er früher zum Obsidian-Kommando gehört und arbeitete jetzt mit Starfleet zusammen. Längst glaubte niemand mehr, daß Garak einfach nur ein Schneider war. Er hatte *Deep Space Nine* zusammen mit den Starfleet-Angehörigen verlassen, was bedeutete: Er erhoffte sich keine Möglichkeit, eines Tages nach Cardassia zurückzukehren. Jetzt befand er sich tief im stellaren Territorium der Cardassianer, und zwar ohne einen triftigen Grund, wenn man die Sache aus der cardassianischen Perspektive sah. Soviel zur Heimkehr.

»Ich gebe zu, daß unsere Lage nicht besonders gut ist«, sagte Bashir. »Aber sie könnte schlimmer sein.«

»Lassen Sie mich raten.« Garak verzog das Gesicht, als Bashir seine Stirnwunde behandelte. »Sie haben Ihr genetisch verbessertes Gehirn benutzt, um die Wahrscheinlichkeit unseres Überlebens zu berechnen.«

Neuerlicher Ärger regte sich in Bashir. Wann hörte Garak endlich damit auf, immer wieder die genetischen Manipulationen zu erwähnen, denen Bashir eine höhere Intelligenz und auch einige physische Vorteile verdankte? Jede Erinnerung daran weckte unangenehme Vorstellungen von einem Khan Noonian Singh.

Nun, leider gab es in dieser Hinsicht nicht viel Erfreuliches zu berichten. Allein die Fakten zählten.

»Die Berechnung von Wahrscheinlichkeiten ist nicht weiter schwer«, sagte Bashir. »Ich habe einfach mit einer binomischen Risikoverteilung begonnen und...«

»Eigentlich bin ich gar nicht daran interessiert, Doktor«, unterbrach Garak den Arzt. »Seit allgemein bekannt geworden ist, daß Sie genetisch verändert wurden, geben Sie dauernd damit an.«

»Ich habe nichts mehr zu verbergen. Es gibt also keinen Grund, warum ich von meinen Möglichkeiten nicht Gebrauch machen sollte.«

Als Mann mit dunkler Vergangenheit verstand Garak diesen Hinweis. »Nun? Wie stehen unsere Chancen? Über fünfzig Prozent?«

»Zweiunddreißig Komma sieben.«

»Hätte ich nur nicht gefragt... Sind Sie ganz sicher?«

»Soll ich Ihnen die einzelnen Abschnitte der Berechnung erklären?«

»Nein, lieber nicht.«

Garak murmelte etwas Unverständliches.

»Wie bitte?« fragte Bashir scharf.

»Sehen Sie sich nur an!« entfuhr es dem Cardassianer. »Ihnen scheint alles schnuppe zu sein. Genau diese selbstgefällige, hochmütige Haltung ist es, durch die Leute wie Sie so unbeliebt werden.«

Bashir unterbrach die Behandlung der Wunde und wich ein wenig zurück. »Wollen Sie mich beleidigen?«

»Eine Überlebenswahrscheinlichkeit von zweiunddreißig Komma sieben Prozent? *So etwas* nenne ich eine Beleidigung!«

»Nehmen Sie es nicht persönlich. Es ist eine rein mathematische Sache.«

»Es geht dabei um unser Leben! Meine Güte, die genetische Veränderung scheint Sie in einen *Vulkanier* verwandelt zu haben!«

Ein Lächeln umspielte Bashirs spröde Lippen. »Wenn ich ein Vulkanier bin… Wie erklären Sie dann mein jungenhaftes Lächeln?«

Erneut blitzte es in Garaks Augen. »So jungenhaft ist es nicht mehr… Brauchen Sie Hilfe?«

»Wobei?«

»Bei der Behandlung Ihrer Patienten.«

Zumindest ein Teil des Ärgers wich aus Bashir. »Bieten Sie sich an?«

»Nun, ich bin Schneider, nicht wahr? Kleider, Wunden… Wo ist der Unterschied, solange es darum geht, etwas zusammenzunähen?«

»Ein gräßlicher Gedanke… Wenn Sie es ernst meinen – ich könnte tatsächlich Hilfe gebrauchen. Ich muß so bald wie möglich zur Brücke zurück.«

Garak nahm einen Sterilisator und bereitete seine Hände auf den Kontakt mit Verletzten vor. »Wie lange können Sie die doppelte Belastung noch ertragen, Julian? Arzt zu sein… Während eines Krieges bedeutet das genug Arbeit. Ihre Tätigkeit ist sehr wichtig, und es geht dabei nicht nur darum, Leben zu retten. Sie schicken Besatzungsmitglieder dorthin zurück, wo sie dringend gebraucht werden. Warum bestehen Sie darauf, auch noch wissenschaftlicher Offizier dieses Raumschiffs zu sein?«

»Dies ist nicht irgendein Schiff«, erwiderte Bashir. »Es handelt sich um die *Defiant*. Wir sind die einzige Crew, die über umfangreiche Erfahrung im Kampf sowohl gegen die Cardassianer als auch gegen die Jem'Hadar verfügt. Die *Defiant* ist für Konfrontationen mit beiden Gegnern gerüstet. Derzeit gibt es nur wenig technisches Personal. Wenn ich möglichst oft als wissenschaftlicher Offizier einspringe, kann jemand anders an einer kritischen Mission teilnehmen, und Dax bekommt dadurch die Möglichkeit, die Navigations- und taktischen Kontrollen zu bedienen. Und außerdem, Garak... Auch Sie sind mit doppelten Pflichten belastet.«

»Wie meinen Sie das?«

»Sie sind Schneider und jetzt auch Krankenschwester.«

»Oh, ja. Nennen Sie mich ruhig Florence Nightingale. Wo bewahren Sie Nadel und Faden auf?«

Drei Monate des erbarmungslosen Kampfes. Einzelne Begegnungen mit dem Feind, Konfrontationen ganzer Flotten, Angriff und Flucht, Tod und Verheerung.

Die *Defiant* flog mit niedriger Warpgeschwindigkeit durchs Raumgebiet der Föderation, zwischen Martoks Bird-of-Prey namens *Rotarran* und einem Zerstörer, der Plasma verlor. Außerdem zeigten die Bildschirme zwei weitere Schiffe – eins davon ein Raumer der *Galaxy*-Klasse –, die abgeschleppt werden mußten. Die Reste der Zweiten Flotte umgaben die *Defiant*. Praktisch kein Schiff war ohne schwere Schäden davongekommen. Sie teilten ihre Vorräte und leisteten sich gegenseitig technische Hilfe, um die nächste Raumbasis zu erreichen. Es war ein trauriger, entmutigender Anblick. Es gab keine Reserve, die man in den Kampf schicken konnte, und niemand war imstande, die Gefallenen zu ersetzen. Totaler Krieg herrschte: Alle kampffähigen Personen befanden sich bereits im Einsatz.

Wohin Sisko an Bord der *Defiant* auch blickte: Überall sah er Spuren der Zerstörung. Die Besatzungsmitglieder um ihn herum waren erschöpft und hohlwangig. Schon seit Wochen kümmerten sie sich nicht mehr ausreichend um Körperhygiene. Schmutz und Schweiß bildeten eine klebrige Schicht auf ihrer Haut. Das Lebenserhaltungssystem erzeugte keine angenehme Temperatur mehr, sorgte vor allem dafür, daß die Luft an Bord atembar blieb. Allein das war schon schwer genug, wenn man all die Lecks und Kontaminationen berücksichtigte, um die sich niemand kümmerte, weil alle genug damit zu tun hatten, kritische Systeme zu reparieren. Der Rest mußte warten, bis er ebenfalls die kritische Phase erreichte.

Die Armada um sie herum – einst eine riesige Flotte aus schweren Kreuzern, Schlachtschiffen, Flankenspringern, Truppentransportern, Zerstörern, kleinen Kampfeinheiten und großen klingonischen Bird-of-Preys – war auf ein Drittel ihrer ursprünglichen Größe geschrumpft. Die übriggebliebenen Schiffe brauchten nicht nur Ersatzteile, sondern auch Versorgungsgüter, und in dieser Hinsicht kam ein weiteres Problem auf sie zu. Mehrere Raumbasen waren bereits evakuiert worden und boten keinen sicheren Hafen mehr, wo Reparaturarbeiten durchgeführt und Vorräte erneuert werden konnten. An Bord fast aller Schiffe wurde rationiert. Der Mangel an erfahrenen, kompetenten Besatzungsmitgliedern machte sich immer mehr bemerkbar. Es hatte zu viele Verluste gegeben, und die entstandenen Lücken ließen sich kaum mehr schließen.

Die Lage war sehr ernst. Nach einigen frühen Erfolgen hatte sich die Situation alles andere als gut entwickelt. Es fiel Sisko immer schwerer, sich seine Besorgnis nicht anmerken zu lassen. Er versuchte, über den Dingen zu stehen, den vielen Niederlagen einfach keine Beachtung zu schenken und sich so zu verhalten, als sei es bereits ein Sieg, wenn man mehrere Tage lang die Stellung hielt.

Er saß im Kommandosessel und beobachtete, wie die Brückenoffiziere die Position mehrerer pendelförmiger Jem'Hadar-Schiffe überwachten – der Feind schien noch zu überlegen, ob er die geschlagene Flotte aus Starfleet-Schiffen und klingonischen Raumern verfolgen sollte.

Auf der einen Seite des Kontrollraums behielt Kadett Nog die Instrumentenanzeigen im Auge und versuchte genauere Sondierungen mit den Sensoren vorzunehmen. Auf der anderen Seite war der Chefingenieur Miles O'Brien damit beschäftigt, eine Konsole zu reparieren, die seit zwei Tagen keine vollständigen Daten mehr lieferte. Jadzia Dax bediente die Navigationskontrollen und wirkte unerschütterlich. Ein Fleck zeigte sich auf ihrer Wange, aber abgesehen davon erweckte sie einen völlig normalen Eindruck. Selbst ihr Haar war in Ordnung. Wie brachte sie das fertig?

Nur die Hälfte der Lampen brannte – der Fleck mochte ein Schatten sein. Sisko konnte es nicht feststellen und wollte es auch gar nicht herausfinden. Das Gefühl der Niederlage verdrängte alles andere.

Aus den Augenwinkeln sah er, wie bei Nogs Sensorkontrollen zwei Anzeigen glühten.

»Kadett?« fragte Sisko und forderte den jungen Ferengi damit auf, Bericht zu erstatten.

»Die Fernbereichsensoren erfassen keine Jem'Hadar-Schiffe mehr«, antwortete Nog. Er klang nervös und schien es kaum glauben zu können. »Offenbar haben sie die Verfolgung aufgegeben.«

Sisko bewunderte Nog, denn es gelang ihm, im Anschluß an diese Worte auf ein Seufzen zu verzichten.

O'Brien machte keinen Hehl aus seinen Empfindungen. »Wahrscheinlich hatten sie es satt, immer nur unsere Hecks zu sehen«, brummte der Chefingenieur. »Ein drei Monate langer Kampf, und mit welchem Ergebnis? Immer wieder müssen wir uns zurückziehen. Es würde mir gefallen, wenigstens *einmal* das Heck des Gegners zu sehen...«

»Das reicht, Chief«, sagte Sisko.

In O'Brien brodelte es nach wie vor, und sie wußten beide: Sisko hätte ihn nicht daran hindern können, noch mehr Dampf abzulassen. Zum Glück beschränkte er sich auf einige wenige Worte. »Entschuldigung, Sir. Ich bin nur müde, das ist alles.«

»Wir alle könnten Schlaf gebrauchen«, warf Dax ein. »Wie lange sind wir schon auf den Beinen? Seit zweiundsiebzig Stunden?«

Nog drehte den Kopf. »Inzwischen hätten wir doch etwas von der Siebten Flotte hören sollen, oder?«

Dax sah ihn an. »Deshalb würde ich mir noch keine Sorgen machen«, erwiderte sie mit fester Stimme. »Das Tyra-System ist ziemlich weit entfernt. Nachrichten von dort brauchen ein oder zwei Tage, um uns zu erreichen.«

»Glauben Sie, die Siebte Flotte kann das Dominion aufhalten?« fragte Nog.

»Und ob sie dazu imstande ist!« platzte es aus O'Brien heraus. »Jemand *muß* den Feind zurückdrängen!«

Sisko lauschte dem Wortwechsel stumm, und Zweifel regten sich in ihm. Nicht immer gewannen die Guten, so sehr man es sich auch wünschte. Jede Streitmacht, ob Starfleet oder Klingonen, traf irgendwann einmal auf einen stärkeren Gegner. Das lag in der Natur der Sache. Immer gab es jemanden, der noch stärker war, und selbst die Stärksten erlagen schließlich einem Virus, einem Hundebiß oder einfach nur der Zeit. Derzeit fühlte sich Sisko alles andere als unbesiegbar, und O'Briens Worte änderten nichts daran.

»Captain.«

Andererseits: Ein Krieg, der vor drei Monaten begonnen hatte, dauerte noch nicht sehr lang. Und er ging weiter.

»Captain?«

Sisko rief sich innerlich zur Ordnung und verdrängte die kummervollen Gedanken. Er sah zu Dax. »Ja?«

»General Martok hat sich gerade an Bord gebeamt.«

»Martok? Warum kommt er auf die *Defiant*? Bringt er Neuigkeiten?«

»Nein.« Dax lächelte und stand auf. »Ich glaube, er

möchte etwas essen. Und unsere Messe gefällt ihm besser als seine eigene.«

»Wenn er versuchen will, meine Stimmung zu verbessern...«, erwiderte Sisko. »Sie ist auf einem Tiefpunkt, seit ich erfuhr, daß Jake an Bord von *Deep Space Nine* geblieben ist. Seit zwei Monaten haben wir nichts mehr von der Raumstation gehört. Ich habe keine Ahnung, ob mein Sohn noch lebt...«

»Entspann dich, Benjamin. Derzeit liegt dem Dominion nichts an einem Konflikt mit den Bajoranern. Niemand wird den Sohn des Gesandten töten.«

»Vielleicht tötet man ihn, *weil* er der Sohn des Gesandten ist. Das Dominion könnte versuchen, auf diese Weise seine Überlegenheit zu demonstrieren.«

Dax griff nach Siskos Arm und führte ihn in Richtung Turbolift. »Ich glaube nicht, daß Dukat so etwas zulassen würde.«

»Bist du etwa der Ansicht, Dukat würde meinen Sohn schützen? Das halte ich für ziemlich weit hergeholt, Dax.«

»Bestimmt würde er Jake nicht um deinetwillen schützen, Benjamin. Aber er ist zweifellos bestrebt, sich alle Möglichkeiten offenzuhalten, und er weiß, daß du *Deep Space Nine* nicht auf Dauer verlassen hast. Dukat muß von der Annahme ausgehen, daß du zurückkehren willst, früher oder später. Er möchte so lange wie möglich alle Trümpfe in der Hand halten, und Jake ist ein besonders guter Trumpf. Meine Güte, ich bin sehr böse auf den Jungen, weil er erwachsen geworden ist...«

Dax lachte, und irgendwie gelang es ihr damit, einen Teil der emotionalen Düsternis aus dem Schiff zu vertreiben.

Gemeinsam schritten sie durch den Korridor und erreichten kurz darauf die halbdunkle Messe. Martok war noch nicht eingetroffen, ein Umstand, den Sisko begrüßte. Es blieb ihnen Zeit genug, Platz zu nehmen und sich den Anschein zu geben, schon seit einer ganzen Weile in der Messe zu sitzen. Dadurch wirkte alles… normaler.

Dax setzte sich an einen Tisch, und Sisko ging zum Replikator, um Getränke zu holen. Kurze Zeit später stießen sie an, und Dax hatte eine Frage parat.

»Wohin wird uns Starfleet demnächst schicken?«

»Ich weiß es nicht«, erwiderte Sisko ehrlich. »Aber wenn's nach mir geht, kehren wir direkt an die Front zurück.«

»Bravo, Captain«, erklang eine rauhe Stimme.

Sisko und Dax drehten sich um. General Martok stand in der Tür, und seine massige Gestalt füllte den Zugang zur Messe fast ganz aus. Die zerfurchte Miene des Klingonen bot einen sehr willkommenen Anblick. Den einen Arm trug Martok in einer blutigen Schlinge, und in seinem unverletzt gebliebenen Auge blitzte es, als er sagte:

»Und mein Schiff wird dabei an Ihrer Seite sein.«

Dann trat der General beiseite und ließ einen zweiten Klingonen eintreten.

»Worf!« Dax lief zum früheren strategischen Einsatzoffizier von *Deep Space Nine* und sprang ihm regelrecht in die Arme. Er fing sie mühelos auf.

Was für ein seltsames Paar.

Martok sah Worf an. »Sagen Sie es ihr.«

Dax' Blick glitt zum General und kehrte dann zu Worf zurück. »Was sollst du mir sagen?«

»Es kann warten«, wandte Worf ein.

»Nein, kann es nicht«, knurrte Martok und trat zum Replikator. »Raktajino«, sagte er. »Die Sache belastet ihn schon seit einer ganzen Weile.«

»Was ist los, Worf?« fragte Dax. »Stimmt irgend etwas nicht?«

Worf suchte nach den richtigen Worten. »Es geht um unsere Hochzeit.«

»Bekommst du kalte Füße?«

»Nach deiner Zeitplanung soll das rituelle Tar'g-Opfer stattfinden, *nachdem* das Hochzeitsmahl aufgetragen wurde.«

Sisko lehnte sich zurück und schmunzelte. Ah, die Probleme anderer Leute… Wie entspannend so etwas sein konnte.

Dax wich ein wenig von ihrem Verlobten fort. »Fünf Wochen lang haben wir uns nicht gesehen, und *das* sind deine ersten Worte für mich?«

Worfs ernste Miene wurde noch ernster, wenn das überhaupt möglich war. Ein Mann mußte an gewissen Prinzipien festhalten, und die rituelle Opferung eines Tar'g bei einer klingonischen Hochzeit stand in direktem Zusammenhang mit Ehre, Würde und der Rettung der Föderation vor erbarmungslosen Feinden.

»Wir waren uns einig, daß es eine *traditionelle* Zeremonie sein soll«, sagte Worf.

Und das von einem Klingonen, der ein ausgesprochen unkonventionelles Leben führte. Aber es lag Dax gar nichts daran, auf ihrem Standpunkt zu beharren.

Sie zuckte mit den Schultern. »Wie du willst. Erst vergießen wir Blut, und dann speisen wir.«

»Wie es sich gehört«, betonte Worf.

Martok stapfte zum Tisch und nahm neben Sisko Platz. »Seit Tagen redet er davon.«

Dax lächelte und zwinkerte Sisko zu. »Er ist ein richtiger Sorgentropf.«

Sisko lächelte ebenfalls und vermutete, daß Dax diese Situation gut vorbereitet hatte. Die vermeintliche junge Frau war Hunderte von Jahren alt, konnte auf die Erfahrungen von einem Dutzend Leben zurückgreifen und wußte, wie man andere Leute manipulierte.

Wie oft war sie – beziehungsweise der Symbiont in ihr – verheiratet gewesen?

Sisko beschloß, sie irgendwann einmal danach zu fragen.

»Wenn ich dir einen Rat geben darf, alter Mann«, sagte Sisko. »Eine einfache Zeremonie ist am besten.«

Dax lächelte. »Heirate du so, wie du es möchtest. Ich gestalte meine Hochzeit so, wie ich es für richtig halte.« Sie griff nach Worfs muskulösem Arm und zog daran. »Bis später, Benjamin.«

Er nickte. »Hoffentlich brecht ihr euch keine Knochen...«

Dax und Worf verließen die Messe. Martok trank seinen Raktajino und klopfte auf den verletzten Arm. »Das hätten wir hinter uns gebracht. Jetzt sollte ich mich um dies hier kümmern. Klingonen geben hervorragende Krieger ab, aber keine guten Ärzte.«

Er stand auf, und genau in diesem Augenblick öffnete sich die Tür – der Bordarzt Julian Bashir kam herein. Die Erschöpfung war ihm deutlich anzusehen: Bashir wirkte hohlwangig, fast ausgemergelt.

»Captain...«, begann er.

General Martok präsentierte seinen verletzten Arm. »Ich wollte gerade zu Ihnen.«

Bashir schenkte dem Klingonen keine Beachtung, trat an ihm vorbei und sah Sisko an. Seine Stimme klang fast gepreßt, als er sagte: »Wir haben den Befehl erhalten, zur Starbase 375 zu fliegen. Dort erwarten uns neue Einsatzorder...«

Er unterbrach sich. Sisko wartete, aber der Arzt schwieg auch weiterhin.

»Sonst noch etwas, Doktor?«

Bashir holte tief Luft. »Es gibt Neuigkeiten in Hinsicht auf die Siebte Flotte...«

Sisko versuchte, sich innerlich auf eine sehr unangenehme Nachricht vorzubereiten. »Fahren Sie fort.«

In Bashirs Miene rangen Entsetzen und Zorn miteinander.

»Nur vierzehn Schiffen gelang die Rückkehr«, sagte der Arzt.

Das Zimmer schien plötzlich kleiner zu werden, um sie herum zu schrumpfen. Sisko fühlte sich so, als hätte ihm jemand die Faust in die Magengrube gerammt. Er konnte es kaum fassen.

»Vierzehn!« ächzte Martok. »Von hundertzwölf!«

Ein sehr schwerer Schlag für die Föderation. Keine Siebte Flotte mehr. Eine ungeheuerliche Vorstellung. Nur vierzehn Schiffe kehrten zurück, nicht als Sieger, sondern als Besiegte und Gedemütigte. Sisko dachte daran, in welchem Zustand sie sich befinden mochten. Vermutlich waren es kaum mehr als Wracks...

Eine ganze Flotte – einfach ausgelöscht. Tausende von Offizieren und Crewmitgliedern tot.

Bashir hatte Mühe, seine Gefühle unter Kontrolle zu halten. »Sir«, brachte er heiser hervor. »Wenn wir weiterhin solche Verluste erleiden, können wir diesen Krieg nie gewinnen!«

Damit sprach der Arzt die Gedanken aus, die Sisko schon seit Wochen keine Ruhe ließen. Die Enttäuschung wurde immer bitterer, Enttäuschung darüber, daß es Starfleet nicht gelang, in diesem Krieg nennenswerte Erfolge zu erzielen.

»Danke, Doktor«, sagte er. »Das ist alles.«

Vielleicht war Bashir verlegen oder einfach zu erschöpft. Jedenfalls verzichtete er auf ein weiteres Wort und schickte sich an, die Messe zu verlassen. Dann bemerkte er Martok und überlegte es sich anders. »Ich sollte mir besser Ihren Arm ansehen.«

Martok warf Sisko noch einen letzten Blick zu, bevor er dem Doktor in Richtung Krankenstation folgte.

Sisko blieb allein mit seinen Gedanken zurück und starrte in seinen Becher, bis die Augen schmerzten. Dann knallte er den Becher auf den Tisch. Alles in ihm wollte aufbegehren.

Etwas mußte sich ändern, und zwar schnell!

Es mußte einen anderen Weg geben, diesen Krieg zu führen, einen schlaueren, erfolgreicheren Weg.

Die Tür öffnete sich wieder, und Sisko wäre am liebsten aufgesprungen und über den Neuankömmling hergefallen – der Zorn in ihm suchte nach einem Ventil, nach einer Möglichkeit, sich zu entladen.

In diesem besonderen Fall konnte er von Glück sagen, daß er nicht zugeschlagen hatte.

Martok war zurück.

»Ich habe beschlossen, meinen Arm später behandeln zu lassen«, sagte der klingonische General. »Es wird Zeit für uns Meister der Strategie, die Situation zu erörtern, nicht wahr?«

Er wartete keine Antwort ab, drehte sich um und verriegelte die Tür der Messe mit einem speziellen Code. Niemand sollte sie stören.

Was hielt Martok für so wichtig, um es ganz allein mit Sisko zu besprechen?

Siskos Zorn ließ den Klingonen völlig unbeeindruckt. Er griff nach dem umgekippten Becher und ging zum Replikator. »Ich glaube, Sie könnten noch etwas Raktajino vertragen. Setzen Sie sich, Captain. Lassen Sie uns übers Wetter reden.«

4

Sisko nahm wieder am Tisch Platz und hörte, wie es dabei in seinen Knien knackte. Als Martok mit einem dampfenden Becher zurückkehrte, hatte er sich wieder einigermaßen unter Kontrolle.

»Der Gegner wußte Bescheid«, brummte Sisko. »Er wußte, daß unsere Siebte Flotte unterwegs war, und er bereitete eine Falle vor.«

»Ja«, knurrte Martok. »An der Spitze des Dominion stehen die Gründer, und sie sind Gestaltwandler. Dieser Tisch hier oder mein Fuß könnte ein getarnter Gründer sein. Das gilt auch für Ihren Becher oder die Tür. Das Dominion könnte überall Spione haben. Wie sollen wir unter solchen Umständen ein Geheimnis wahren? Wie können die Föderation und das Klingonische Imperium Informationen schützen, die unsere Truppenbewegungen betreffen? Wie sollen wir dabei vorgehen, wenn unser Gegner imstande ist, jede beliebige Gestalt anzunehmen?«

»Irgendwie müssen wir dafür sorgen, daß das aufhört.« Sisko ballte die Fäuste. »Was denkt sich die Admiralität? Wie kann sie zulassen, daß wir hundert Schiffe verlieren? Die Flotte hätte sich zurückziehen müssen, bevor es zur Katastrophe kam.«

»Sie geriet in einen Hinterhalt, Captain.«

»Unter solchen Umständen ist ein Rückzug besser, als sich dem Kampf zu stellen! Welche Befehle erhielten die Raumschiffkommandanten von den Flaggadmiralen? Wer ließ zu, daß hundert unersetzliche Schiffe mit hundert unersetzlichen Crews einfach so verlorengingen?«

Sisko saß da, kochte und starrte ins Leere. Er schwieg eine Zeitlang – und dann fiel ihm plötzlich etwas ein.

»Sie wissen etwas!« platzte es aus ihm heraus.

Der Klingone neigte fragend den Kopf zur Seite. »Wie meinen Sie das?«

Sisko überlegte konzentriert, prüfte die eigenen Gedanken und preßte die Hand dort auf den Tisch, wo der Becher einen Riß im Belag hinterlassen hatte.

»Das Dominion hat einen zu überwältigenden Sieg errungen, Martok«, sagte er. »So etwas ist nur dann möglich, wenn man vorher genau weiß, was geschehen wird. Niemand kann gegen eine aus hundertzwölf Schiffen bestehende Flotte antreten und nur vierzehn Raumer übriglassen! Das erfordert *zuviel* Glück. Und genau das ist der Punkt. Die Gründer haben sich verraten. Meiner Ansicht nach ist es dumm, geheime Informationen auf eine so offensichtliche Weise zu nutzen. Für uns gibt es jetzt keinen Zweifel mehr: Das Dominion weiß viel mehr, als es eigentlich wissen sollte.«

Sisko starrte durch den Nebel des Zorns und entdeckte einen Lichtschimmer.

Er beugte sich vor, stützte einen Ellenbogen auf den Tisch und starrte zur geschlossenen Tür. »Aber ich glaube nicht, daß es in der Föderation von Gründern wimmelt. Vielleicht gibt es einige, hier und dort, als Beistelltisch oder was weiß ich getarnt, aber wir sind vorsichtig gewesen und haben Gegenmaßnahmen ergriffen. Kooperative Zellen, separate Gruppen, Fehlinformationen... Wir haben alle Möglichkeiten berücksichtigt, uns abzusichern. Mit den falschen Informationen hätte es eigentlich möglich sein sollen, den einen oder anderen Spion zu entlarven, aber es hat sich nichts ergeben. Und das...«

»...ergibt keinen Sinn«, pflichtete Martok dem Captain bei. »Sie haben recht. Wenn auf der Grundlage von Fehlinformationen gehandelt wird, so läßt sich feststellen, wo der Maulwurf steckt. Aber nirgends verwandelte sich ein Stiefel oder ein Teller in einen Gründer.«

Sisko schüttelte den Kopf, und alles in ihm vibrierte. »Die Gründer wissen, daß wir ihre Fähigkeiten kennen, und sie glauben, daß wir von ihnen ein entsprechendes Verhalten erwarten. Woraus folgt: Entweder nutzen sie ihr Potential gar nicht – oder auf eine andere Weise. Während wir Zeit mit der Jagd nach Gespenstern vergeuden, erringen sie einen militärischen Sieg nach dem anderen. Als Gründer würde es mich freuen, daß man in Föderation und Imperium voller Sorge daran denkt, daß ich mich in einen Teppich oder Stuhl verwandeln könnte. Die Herrscher des Dominion wissen genau, daß uns ihr besonderes Talent außerordentlich beunruhigt. Sie wissen, daß bei uns die halbe Bevölkerung der eigenen Wohnungseinrichtung mißtraut und kaum mehr wagt, offen miteinander zu reden.«

Stille folgte diesen Worten, voller Anspannung und Unbehagen. Sisko hatte das Gefühl, daß sich tief in seinem Innern eine Tür geöffnet hatte, hinter der wichtige Erkenntnisse warteten.

»Wir haben zu lange im Frieden gelebt«, murmelte er. »Wir versuchen gewissermaßen, uns bis zum Sieg zu verteidigen.«

»Zu verteidigen?« Martok kniff das Auge zusammen. »Die Flotte griff an, als sie in einen Hinterhalt geriet. Wie können Sie behaupten...«

»Es ist trotzdem eine defensive Mentalität«, beharrte Sisko. »Das Dominion griff an, und die Flotte *reagierte* mit einem Angriff. Ganz gleich, wie viele offensive Missionen wir durchführen – im großen und ganzen läuft alles auf Verteidigung hinaus. Es ist einfach nicht schlau genug. Wir *müssen* einen Plan entwickeln, der es uns ermöglicht, den Gegner zu überlisten – bis wir stark genug geworden sind, um ihn mit einem entscheidenden Sieg aus diesem Quadranten zu vertreiben. Um so etwas zu bewerkstelligen, brauchen wir gute, langfristige Ideen. Und den Mut, diese Ideen in die Tat umzusetzen. Und wir müssen eine Möglichkeit finden, die Spione des Gegners zu täuschen, sonst können wir diesen Krieg nicht gewinnen. Wir müssen listig zu Werke gehen, Martok. Es kommt darauf an, alle unsere Vorteile zu nutzen.«

»Ich sehe kaum welche«, erwiderte der General offen. »Mit seiner gegenwärtigen Taktik ist das Dominion sehr erfolgreich. Es hat die Jem'Hadar-Soldaten, die nach Bedarf produziert werden, eine kurze Lebenserwartung haben und nur den Kampf kennen. Es macht ihnen überhaupt nichts aus, für das Dominion zu sterben. Für die Gründer sind sie ebenso entbehrlich wie für uns die Fingernägel. Alle sind mit den gleichen Informationen und der gleichen Persönlichkeitsstruktur programmiert. Das Dominion kann jederzeit mehr herstellen…«

Sisko hob den Zeigefinger. »Das könnten Vorteile für uns sein, wenn wir richtigen Gebrauch davon machen, General. Die Jem'Hadar werden produziert, haben die gleiche Mentalität, das gleiche Wissen, praktisch keine Erfahrung und keine echte Individualität. Sie sind nicht clever, und deshalb sollten wir Cleverneß gegen sie einsetzen. Sie haben keine Erfahrung, und deshalb sollten wir unsere Erfahrungen nutzen. Sie sind programmiert – wir können also auf die Vorteile von Individualität, Spontaneität und Unberechenbarkeit zurückgreifen. Bisher sind diese Mittel nicht zum Einsatz gelangt. Wir kämpfen so gegen den Feind, wie *er* es will. Statt dessen sollten wir so gegen ihn kämpfen, wie *wir* es wollen.«

Martok lehnte sich zurück und musterte Sisko. Vermutlich hielt der Klingone den Captain für übergeschnappt – oder für jemanden, der plötzlich einen Kreativitätsschub erlebte.

Zuerst ärgerte sich Sisko über den durchdringenden Blick, doch dann begriff er: Vielleicht war er tatsächlich verrückt. Eine Zeitlang drehte er den heißen Becher in den Händen hin und wer, während das Schweigen andauerte.

Schließlich fand Sisko die Stimme wieder.

»Ich muß bei Starfleet irgendwie mehr Einfluß gewinnen«, sagte er. »Und das geht nur, wenn ich einen Weg zur Admiralität finde, an den strategischen Entscheidungen beteiligt werde.«

»Wollen Sie eine Beförderung für sich arrangieren?« fragte Martok. »Ich würde mich auf keinen Fall befördern lassen, wenn ich dadurch das Kommando über ein Raumschiff verlöre. Ich dachte, Ihnen erginge es ebenso.«

»Ich weiß, was Sie meinen, General«, erwiderte Sisko. »Und ich teile Ihre Empfindungen. Ich dachte keineswegs an eine dauerhafte Beförderung, nur an die Möglichkeit, dem Entscheidungszentrum in Starfleet näher zu kommen. Die von der Admiralität entwickelten Strategien müssen einfallsreicher werden, um weiteren Katastrophen vorzubeugen. Die derzeitigen Admirale kennen sich mit einem solchen Krieg nicht aus. Ich bin im All gewesen, habe eine Raumstation und einen Planeten verteidigt, einen ganzen Raumsektor geschützt – dabei kann man nicht nach dem taktischen Handbuch vorgehen! Die Admiralität versteht einfach nicht, worauf es in der gegenwärtigen Situation ankommt. Wir müssen viel kreativer werden. Wir müssen mit jedem neuen Tag unsere Denkweise verändern, denn genau das macht unser Gegner. Ich muß näher an die Admirale heran, um den notwendigen Wandel einzuleiten.«

»Wie wollen Sie das anstellen?«

»Das weiß ich noch nicht. Aber bestimmt fällt mir etwas ein...«

»Zweifellos. Trinken Sie einen Schluck, während ich diesen Arm strecke, bevor er noch steifer wird...«

»Wie wurden Sie verletzt?«

»Fünf Jem'Hadar-Schiffe griffen uns an. Mir standen nur drei zur Verfügung, aber trotzdem gelang es uns, alle feindlichen Einheiten zu vernichten. Ich verlor kein Schiff und nur zweiundvierzig Männer.«

»Zweiundvierzig… Wo fand der Kampf statt?«

»Im Argolis-Haufen.«

»Argolis? Warum trieben sich ausgerechnet dort Jem'Hadar herum?«

»Sie verteidigten einen Mond und den alten Stützpunkt darauf.«

»Einen *alten* Stützpunkt?«

»Eine frühere Verarbeitungsanlage der Orioner. Die Jem'Hadar bauten sie zu einem Ersatzteillager aus.«

»Einen Augenblick…« Sisko zögerte. »Durch die Minen am Zugang des Wurmlochs ist der Nachschubweg des Dominion unterbrochen, aber trotzdem setzt es fünf Schiffe ein, um ein Ersatzteillager zu schützen? Sind die Jem'Hadar soviel dümmer, als ich bisher dachte?«

»Sie leisteten heftigen Widerstand«, sagte Martok. »Wir konnten fünf Schiffe vernichten, ohne ein eigenes zu verlieren. Darauf bin ich sehr stolz. Wir entdeckten ein schwaches Signal und folgten der Spur bis zum Mond. Das Ersatzteillager diente auch als Reparaturbasis, aber sie hatte keine große Bedeutung. Davon gibt es mehrere im Argolis-Bereich.«

»Ein Ersatzteillager…«

»Ja. Vergessen Sie's, Captain. Verschwenden Sie keine Gedanken daran. Eigentlich lohnte es überhaupt nicht, darum zu kämpfen. Immerhin war die Anlage vollkommen automatisiert.«

»Automatisiert!« Sisko beugte sich vor. »Soll das heißen… Martok, behaupten Sie, das Dominion setzte *fünf* Jem'Hadar-Schiffe ein, um *eine* kleine Basis zu schützen, in der es nicht einmal eine Crew gab?«

»Nun, darauf lief es offenbar hinaus. Sehen Sie sich meinen Arm an…«

»Die automatischen Reparaturbasen… Davon gingen Signale aus, die Sie orteten?«

»So fanden wir den kleinen Stützpunkt. Vermutlich dienen die Signale dazu, beschädigten Jem'Hadar-Schiffen den Weg zu weisen...«

Sisko schlug mit beiden Fäusten auf den Tisch, wollte aufstehen, überlegte es sich dann aber anders und blieb sitzen. »Und wenn die vermeintlichen Ersatzteillager in Wirklichkeit ein Sensorgitter bilden?«

Martok runzelte die Stirn. »Ein Gitter? Sie meinen, die alten Stationen...«

In Siskos Augen blitzte es. »Könnte es sich um eine Sensorphalanx handeln, dazu imstande, zehn, zwanzig, dreißig... oder hundert Schiffe zu orten? Das würde die Signale erklären.«

Einige Sekunden lang saß Martok völlig still. Dann knurrte er leise, und ein seltsames Feuer brannte in seinem Auge. »Könnte das die Antwort sein? Haben die Streitkräfte des Dominion spezielle Sensoren mitgebracht und sie zu einer getarnten Phalanx angeordnet, um uns zu überwachen? Wir haben noch nie zuvor Hinweise auf eine solche Technik erhalten...«

»Wir waren auch noch nie zuvor im Krieg gegen das Dominion! Die ganze Zeit über haben wir den offensichtlichsten Punkt übersehen. Der Gegner kennt unsere Flottenbewegungen, weil er sie irgendwo auf einem großen Bildschirm beobachtet.«

»Wenn das stimmt, müßte die Phalanx noch viel schwerer bewacht sein. Das Dominion war ganz offensichtlich bereit, fünf Jem'Hadar-Schiffe dafür zu opfern...« Martok dachte bereits darüber nach, wie man das Ortungsgitter neutralisieren konnte. »Eine solche Phalanx würde jede Angriffsflotte orten, lange bevor sie ihr Ziel erreicht. Wir kämen mit unseren Schiffen nicht nahe genug heran.«

»Nicht mit einem Geschwader«, pflichtete Sisko dem Klingonen bei. »Aber ein oder zwei Schiffe wären vielleicht in der Lage, durch das Netz zu schlüpfen. Einzelne

Warpsignaturen genügen möglicherweise nicht, um von einer systemweiten Sensorphalanx bemerkt zu werden.

Wir dürfen auch nicht das Ortungspotential der Wachschiffe vergessen«, fuhr Sisko fort. »Was bedeutet: Wir müssen den Gegner irgendwie ablenken und dazu veranlassen, zumindest einen Teil der Wachschiffe von der Sensorphalanx abzuziehen.«

»Wie wollen Sie dabei vorgehen?«

»Keine Ahnung. Bestimmt gibt es etwas, das der Feind braucht und vor der Zerstörung bewahren möchte, ein Ziel, das wir erreichen *können*. Ich lasse mir irgend etwas einfallen, General. Oder vielleicht haben Sie eine Idee. Uns *muß* etwas einfallen, denn das Minenfeld hindert das Dominion nur vorübergehend daran, Verstärkung in den Alpha-Quadranten zu bringen. Wenn es dem Feind gelingt, neue Streitkräfte durchs Wurmloch zu transferieren, werden wir für den Rest unseres Lebens zu einer bloßen Widerstandsbewegung. Lassen Sie uns eine Vereinbarung treffen, General. Jemand muß die Föderation retten... Und Sie haben recht: Wir sollten nicht zu viele Personen in gewisse Pläne einweihen – es besteht immer das Risiko, daß ein getarnter Gründer mithört. Wenn dieser Tisch in Wirklichkeit ein Gestaltwandler ist...«

»Schlagen Sie vor, daß alles unter uns bleibt?«

»Jemand muß sich um diese Sache kümmern.«

»Da bin ich ganz Ihrer Meinung, aber...«

»Wenn einer von uns getötet wird, so informiert der andere eine weitere Person. Ich meine jemanden, der Einfluß hat und dem Sie vertrauen können.«

»Oder Sie.«

»Oder ich. Diese Angelegenheit darf keine großen Kreise ziehen. Wenn sie bekannt wird, ist alles aus. Wenn es uns gelingt, Pläne zu entwickeln, sie geheimzuhalten, unseren Einfluß geltend zu machen und vielleicht noch welchen hinzuzugewinnen...«

»Es könnte geschehen, daß wir gegen andere Pläne

arbeiten, wenn wir uns nicht mit dem Oberkommando absprechen.«

»Das Risiko müssen wir eingehen. Und warum auch nicht? Wir gehen bereits eine Million Risiken ein, und ein weiteres fällt überhaupt nicht ins Gewicht. Ich besorge die Genehmigung für wichtige Dinge, aber der langfristige Plan... Wenn ich doch nur freier agieren könnte, ohne gezwungen zu sein, irgendwelchen Vorgesetzten ausführlich Bericht zu erstatten...«

»Captain Sisko, mein Freund, Sie sprechen da von Dingen, die Ihnen ein Kriegsgerichtsverfahren einbringen könnten.«

Siskos Lippen formten ein bitteres Lächeln. »Und wenn schon, General. Meine berufliche Laufbahn spielt keine Rolle. Es geht um viel bedeutendere Dinge. Die Verantwortung lastet auf uns. Wir müssen rücksichtsloser vorgehen und unsere eigenen Prinzipien über den Haufen werfen, bis wir zu etwas imstande sind, womit das Dominion nicht gerechnet hat. Wir brauchen einen Plan, der uns die Rückkehr nach *Deep Space Nine* ermöglicht, bevor das Minenfeld neutralisiert wird. Und dazu müssen sich die Streitkräfte von Föderation und Imperium frei bewegen können.«

»Ohne beobachtet zu werden.« Martok trank einen Schluck und dachte nach. »Ich habe nur einen Stützpunkt gesehen, aber es gingen Signale von mindestens vier weiteren Basen aus.«

Sisko nickte. »Es muß mindestens acht geben, wenn meine Vermutungen stimmen. Falls es wirklich eine Sensorphalanx ist, besteht sie sicher nicht aus einigen großen Antennen, die darauf hinweisen: He, wir beobachten euch. Wir müssen feststellen, was zur Phalanx gehört und was nicht. Nehmen Sie Ihr Schiff – nur Ihr Schiff – und überprüfen Sie unsere Theorie. Finden Sie heraus, ob das Dominion tatsächlich eine Sensorphalanx konstruiert und nicht nur eine automatisierte Reparaturzone eingerichtet hat.«

Martok hob seinen Becher und stieß mit Sisko an. »Ich breche innerhalb der nächsten Stunde auf. Abgesehen von Ihnen spreche ich mit niemandem über diese Angelegenheit. Und während ich in den Schlund des Drachen zurückkehre... Was haben Sie vor, mein Freund?«

»Captain? Captain Sisko, bitte hierher.«

»Ja?«

»Vizeadmiral Warner empfängt Sie jetzt. Bitte hier entlang. Er ist im Amphitheater zusammen mit einigen anderen Admiralen und ihren Mitarbeitern. Sie befassen sich mit den letzten Aufzeichnungen und Berichten von den Truppenbewegungen an der Front. Der Admiral hat sich bereit erklärt, Sie im rückwärtigen Teil des Saals zu empfangen. Bitte achten Sie darauf, leise zu sprechen. Seit einiger Zeit sind alle ziemlich nervös.«

»Oh, keine Sorge. Ich verspreche Ihnen, so leise wie eine Maus zu sein.«

»Kommen Sie. Durch diese Tür. Pscht... Hier entlang. Vizeadmiral Warner sitzt dort drüben.«

»Danke, Adjutant.«

»Gern geschehen, Sir. Benutzen Sie diesen Ausgang, wenn Sie fertig sind.«

»In Ordnung... Admiral?«

»Oh... Ben. Setz dich. Ja, nimm hier Platz. Ich wußte gar nicht, daß du hier bist. Das heißt, bis vor einigen Minuten wußte ich es nicht. Freut mich, dich wiederzusehen.«

»Danke. Leider habe ich nicht viel Zeit.«

»Wo ist Dax? Normalerweise weicht er nicht von deiner Seite. Oder ist ›er‹ jetzt eine ›Sie‹?«

»Ja, das stimmt.«

»Seltsam, seltsam...«

»Man gewöhnt sich daran.«

»Du vielleicht.«

»Ich möchte gleich zur Sache kommen, Zach. Ich

werde ganz leise sein und etwas ansprechen, das uns beiden Unbehagen bereitet.«

»Hmm... Nun, mit so etwas habe ich nicht gerechnet, als ich heute morgen aufgestanden bin...«

»Seit neunzehn Jahren haben wir über den Zwischenfall bei Theta Vier-Z geschwiegen.«

»Und das weiß ich sehr zu schätzen, glaub mir.«

»Es war ein gutes Schweigen. Weißt du, daß ich das Kommando über *Deep Space Nine* zuerst gar nicht wollte, als man mich dorthin versetzte?«

»Kann ich mir denken. Ziemlich weit vom Schuß, nicht wahr?«

»Ich wäre durchaus imstande gewesen, mich irgendwie herauszuwinden. Ein kurzes Gespräch mit dir hätte genügt. Aber ich habe mich nicht mit dir in Verbindung gesetzt. Ich hätte mich auch an einige andere Leute wenden können, die in meiner Schuld stehen, aber ich wollte einer Beförderung nicht nachhelfen. Inzwischen habe ich meine Meinung geändert, Zach. Du schuldest mir einen Gefallen. Du hattest beruflich großen Erfolg seit Theta Vier-Z. Der Zwischenfall hätte deiner Karriere mit ziemlicher Sicherheit ein Ende gesetzt. Wir beide wissen, daß du die Mission damals vermurkst hast. Gib es zu. Wenn ich nicht gewesen wäre...«

»Ich weiß, Ben. Himmel, ich war dabei. Warum tust du mir das an? Warum ausgerechnet jetzt? Die Sache ruht seit neunzehn Jahren...«

»Du schuldest mir einen Gefallen, Zach. Jetzt bist du in der Admiralität. Ich brauche deine Hilfe.«

»Meine Güte, Ben... So etwas hätte ich nicht von dir gedacht. Ich bin sicher gewesen, daß du...«

»Tut mir leid, Zach. Auch in diesem Punkt hast du dich geirrt.«

»Na schön. Wenn du doch nur einen besseren Zeitpunkt gewählt hättest...«

»Der Zeitpunkt ist genau richtig.«

»Um Himmels willen, nicht so laut...«

»Es geht nicht nur darum, daß du mir einen Gefallen schuldest. Wir verlieren den Krieg, Zach. Die Admiralität wird ihren Aufgaben nicht gerecht. Uns allen droht der Tod. Das Dominion wird die Erde zerstören, wenn kein Wunder geschieht. Und auch Vulkan. Wenn diese beiden Welten fallen, bricht die Föderation auseinander. Ohne die Erde und Vulkan wird das Dominion mühelos mit jedem Planeten fertig, der Widerstand leistet. Sag mir, Zach: Was habt ihr demnächst vor? Gibt es irgendwelche neuen Ideen, nachdem alle bekannten Taktiken versagt haben? Mit blanker Gewalt kommen wir ganz offensichtlich nicht weiter – das Ergebnis bestand in einer verheerenden Niederlage, die uns so sehr geschwächt hat, daß weitere offensive Maßnahmen dieser Art unmöglich sind. Es wird höchste Zeit, es mit anderen Mitteln zu versuchen. Wie sehen eure nächsten Pläne aus? Wer hat den rettenden Geistesblitz? Was soll sich verändern?«

»Na schön, Ben, nehmen wir einmal an, du hast recht. Warum glaubst du, es besser machen zu können?«

»Schlimmer kann es gar nicht werden. Wir verteidigen uns zu Tode, Zach.«

»Nun, was würdest du... was können wir...«

»An Bord von *Deep Space Nine* habe ich eins gelernt: Wenn etwas nicht funktioniert, so muß man damit aufhören und etwas anderes versuchen. Der Admiralität mangelt es an Einfallsreichtum. Gib mir eine Chance, Zach. Um diesen Gefallen bitte ich dich. Verschaffe mir einen Posten, der es mir erlaubt, Einfluß auszuüben.«

»*Das* willst du? Mehr nicht?«

»Ja.«

»Du willst einen Schreibtischjob? Meine Güte, du hast ein Schiff! Weißt du, wie viele Kommandanten und Erste Offiziere, deren Vorgesetzte fielen, uns um ein Schiff bitten?«

»Ich möchte das Kommando über die *Defiant* nicht verlieren und bleibe ihr Captain, für besondere Einsätze. Ich brauche nur Gelegenheit, mich auf gewisse Dinge zu konzentrieren und einige Kontakte zu nutzen, die außer mir niemand hat.«

»Was meinst du damit?«

»Niemand außer mir hatte den Befehl über eine von Cardassianern gebaute Raumstation, die sich an der Grenze unseres stellaren Territoriums befindet und das Tor zwischen zwei Quadranten bewacht. Wenn es eine zweite derartige Person bei Starfleet gibt, würde ich sie gern kennenlernen und feststellen, ob sie den geheimen Händedruck kennt.«

»Nun…«

»Wenn diese Sache nicht klappt, kannst du mich vor ein Kriegsgericht stellen oder erschießen. Dann brauche ich wenigstens nicht zu erleben, wie wir den Krieg verlieren.«

»Was willst du?«

»Irgendeinen Posten in unmittelbarer Nähe der Admiralität.«

»Zu wessen Abteilung gehörst du?«

»Zu der von Admiral Ross.«

»Nun, ich kann dich keiner anderen Abteilung zuweisen, aber… Dies ist wirklich kein geeigneter Zeitpunkt, um die eigene berufliche Laufbahn voranzutreiben, indem man die Beziehungen spielen läßt. Deshalb mußt du mir versprechen, meinen Namen unter allen Umständen aus dieser Sache herauszuhalten. Auf keinen Fall darf irgend etwas davon bekannt werden. Alles muß so aussehen, als wäre es über die normalen Kanäle gelaufen.«

»Einverstanden. Ich erwarte natürlich, daß du mich degradierst, wenn alles vorbei ist.«

»Das kann ich dir nicht versprechen, Ben. Ich schätze, dir bleibt nichts anderes übrig, als ein Risiko einzugehen. Verschwinde jetzt, bevor uns jemand sieht. Wenigstens ist es dunkel hier drin.«

Gab es da einen
Mann des Kummers?

5

Permanente Dokumentationsdatei, Dukat, S. G.
Der Krieg verläuft auch weiterhin günstig für uns. Jeder Tag bringt Berichte von neuen Siegen. Es ist nur eine Frage der Zeit bis zur endgültigen Niederlage der Föderation, und dann wird die Erde zu einem weiteren Planeten unter der Herrschaft des Dominion. Im großen und ganzen gesehen ist es eine gute Zeit für Cardassia. Und… für das Dominion.

Gul Dukat verließ sein Büro und blickte durch den Kontrollraum von Terok Nor. Cardassianer und Jem'Hadar arbeiteten an den Konsolen. Ihre Präsenz sorgte dafür, daß alles einen normalen Eindruck erweckte. Die Gesichter der Menschen und Bajoraner hatten hier immer fehl am Platz gewirkt.

Nervosität prickelte in Dukat. Die Dinge entwickelten sich gut, *zu* gut. Nach dem Verlust von *Deep Space Nine* beschränkte sich die Föderation darauf, massiven Widerstand zu leisten. Es kam zu einzelnen Aktionen, die beiden Seiten keine nennenswerten Vor- oder Nachteile brachten, und diesen Umstand fand Dukat verdächtig. Selbst jetzt, nach zwei Monaten, spürte er noch immer Siskos Präsenz; er schien allgegenwärtig zu sein. Der Baseball… Dukat hatte mehrmals mit dem Gedanken gespielt, ihn wegzuwerfen, aber aus irgendeinem Grund brachte er das nicht fertig. Dem Gegenstand haftete etwas an, das ihn davor bewahrte, zu selbstgefällig zu werden, und damit, so wußte der Soldat namens Dukat, leistete er ihm einen wichtigen Dienst. Insbesondere die Leute von der Erde empfand er als sehr verwirrend. Im Gegensatz zu Klingonen, Vulkaniern, Cardassianern und Repräsentanten des Dominion schienen die Menschen über keine speziellen Fähigkeiten zu verfügen. Außerdem fanden sie nie zu einer echten Einheit, vertraten unterschiedliche Meinungen, waren sogar zerstritten. Trotzdem standen sie immer im Mittelpunkt des Geschehens.

Sonderbar und beunruhigend, die Menschen.

Dukat ging die Treppe hinab und nickte den Offizieren und Crewmitgliedern zu. In den Mienen der Cardassianer zeigte sich Bewunderung – sie sahen einen Helden in ihm, denn immerhin war es ihm gelungen, Terok Nor zurückzuerobern. Die Gesichter der Jem'Hadar hingeben blieben leer und ausdruckslos.

Dukats Adjutant Damar näherte sich. Er schien noch immer voller Unbehagen zu stecken, aber das war Damars üblicher Gemütszustand. Er wurde seine Sorgen nur dann los, wenn unmittelbare militärische Aktionen stattfanden, die ihn ablenkten.

»Ich habe weitere Berichte über die Schiffsbewegungen der Föderation und eine neue Nachschublinie«, sagte Damar. »Die Subprozessoren der Station sind fast repariert, aber in den Leitungssträngen einiger wichtiger Schaltsysteme kommt es noch immer zu energetischen Rückkopplungen. Leider haben wir nicht genug Ersatzteile, um alles zu reparieren, und deshalb ...«

»Setzen Sie Prioritäten, Damar. Ich überlasse es Ihnen.«

Sie verließen den Kontrollraum und schritten durch die Promenade, wo Händler und Kaufleute versuchten, gute Miene zum bösen Spiel zu machen: Die Cardassianer wollten nichts kaufen, und die Jem'Hadar brauchten keine der angebotenen Waren. Mehrere Personen nickten Dukat zu, der sich daraufhin ein freundliches

Lächeln abrang. Ein wundervoller Tag. Eine wundervolle Raumstation. Alles war wundervoll.

»Wie steht es um das Minenfeld, Damar?« fragte Dukat und stellte amüsiert fest, daß ein Schatten auf die Züge des Adjutanten fiel – er hatte gerade einen wunden Punkt angesprochen.

»Wir kommen kaum voran«, sagte Damar. »Die Replikatoren sind hartnäckiger, als wir erwartet haben.«

»Seien Sie unbesorgt, Damar. Früher oder später gelingt es uns, das Minenfeld zu neutralisieren. Wichtig ist: Wir haben hier wieder die Macht. Und wir werden von Tag zu Tag stärker.«

»Sie scheinen recht zufrieden zu sein, Sir«, erwiderte Damar. Diese offenen Worte waren das Ergebnis tagelanger Frustration. »Wenn wir das Minenfeld nicht bald beseitigen, werden die Streitkräfte des Dominion so schwach, daß sie die Kontrolle verlieren. Dann sind Föderation und Klingonisches Imperium in der Lage, wirkungsvolle Angriffe zu führen, und wir schlagen nur zaghaft zurück, weil wir fürchten, zu viele Schiffe zu verlieren...«

»Geduld, Damar. Geduld...«

»Sir, ich muß gestehen, daß mich Ihre Art der Verwaltung dieses Außenpostens erstaunt!«

»Nicht so laut, Damar. Höflichkeit und Kooperation. Zufriedenheit und Ordnung.«

»Sir... Zufriedenheit... Eine solche Vorgehensweise ist mir nicht vertraut.«

»Sie kennen nur die Gewalt, Damar. Aber es gibt noch andere Mittel, um unser Ziel zu erreichen.«

Damar drehte den Kopf und musterte Dukat, während sie weitergingen. »Was *sind* unsere Ziele? Geht es darum, diesen Sektor für das Dominion zu halten? Sind wir nur Marionetten, so wie die Jem'Hadar? Beschränkt sich unsere Rolle darauf?«

Dukat ging langsamer, um die Offiziersmesse nicht

zu früh zu erreichen. »Wir Cardassianer haben ein Ziel, Damar«, sagte er leise. »Doch die Dinge dürfen sich nicht zu schnell entwickeln, und ich muß sie kontrollieren.«

Damar kniff andeutungsweise die Augen zusammen. »Warum?«

»Damit ich unumschränkter Herrscher über Cardassia und alle unsere Streitkräfte werden kann.«

Damar blieb verblüfft stehen und schnappte nach Luft. »Sie wollen… mehr als nur diesen Sektor?«

»O ja, viel mehr«, bestätigte Dukat. Es war ein Risiko, von seinen Plänen zu sprechen, doch er brauchte Damar auf seiner Seite, damit alle zukünftigen Befehle sofort ausgeführt wurden.

»Fassen Sie sich und hören Sie gut zu, Damar. Wir beide wissen, daß das Dominion und Cardassia keine gleichwertigen Partner sind. Das Dominion ist derzeit sehr stark, und wir sind schwach. Durch die Zusammenarbeit gewinnen wir an Einfluß und Autorität, aber die wichtigen Entscheidungen trifft allein das Dominion. Weyouns Präsenz bei uns weist deutlich darauf hin, wer letztendlich das Sagen hat. Was wird mit Cardassia geschehen, wenn das Dominion den ganzen Alpha-Quadranten unter seine Kontrolle gebracht hat?«

Einige Sekunden der Stille folgten. Offenbar hatte Damar noch nicht über diese Frage nachgedacht.

»Wenn sich die Umstände nicht ändern, wäre die Cardassianische Union dem Untergang geweiht«, sagte Dukat.

»Wie kommen Sie darauf?«

»Wenn wir entscheiden würden, dem Dominion die Stirn zu bieten, würden sich auf Cardassia sofort zehn oder mehr Fraktionen zu Wort melden, und jede von ihnen würde versuchen, die Situation unter ihre Kontrolle zu bringen. Wir erhielten überhaupt keine Gelegenheit, uns zu organisieren und gegen das Dominion zu kämpfen. Unser eigenes Durcheinander brächte uns die Niederlage.«

Dukat zögerte, drehte sich um und blickte über die Miniaturwelt von Terok Nor und ihre Bewohner hinweg.

»Ich wollte nie ein Despot sein, Damar, doch die Umstände zwangen mich dazu, als ich vor Jahren für Bajor verantwortlich war. Die Bajoraner ließen mir keine Wahl – ich *mußte* mich auf eine verabscheuungswürdige Weise verhalten. Ich kündigte an, für zehn getötete Cardassianer hundert Bajoraner umzubringen, aber sie griffen trotzdem an, und dadurch blieb mir nichts anderes übrig, als mein Versprechen einzulösen. Immer wieder erhöhten die Bajoraner den Einsatz, so sehr ich mich auch bemühte, sie zu beruhigen und dazu zu bringen, sich mit der cardassianischen Präsenz abzufinden. Ich drohte mit gewissen Maßnahmen für den Fall, daß sie sich auf eine bestimmte Weise verhielten. Und wenn ich diese Maßnahmen dann tatsächlich ergriff, reagierten die Bajoraner mit Zorn. Ist das nicht seltsam? Wenn sie die cardassianische Herrschaft und einige strikte Regeln akzeptiert hätten, wären sie imstande gewesen, in Frieden zu leben. Sie waren es, die schreckliche Zustände schufen. Die Disziplin mußte gewahrt bleiben. Ich habe immer wieder darauf hingewiesen und alles zu erklären versucht, aber die Bajoraner beharrten darauf, den schwierigen Weg zu beschreiten. Sie leisteten Widerstand, und deshalb mußte ich hart durchgreifen. Daraufhin leisteten sie noch entschlossener Widerstand, und ich mußte noch härter durchgreifen. Und als ich kurz davorstand, endgültig die Kontrolle zu erringen… Da entschied man auf Cardassia plötzlich, Bajor sei es nicht ›wert‹, von uns gehalten zu werden.«

Damar trat nicht an die Seite des Guls. »Ich erinnere mich«, erklang seine Antwort hinter Dukat. »Es war sehr demütigend, den Planeten zu verlassen.«

Dukat winkte ab. »Ich habe mir damals nichts anmerken lassen, aber Sie haben recht. Es *war* demütigend, von einem ganzen Volk ausgelacht zu werden. Ich fühlte mich wie ein Erwachsener, dem Kinder einen Streich gespielt hatten und der stundenlang ihr Gelächter hörte. Früher oder später muß der Erwachsene den Kindern zeigen, was es mit der Ordnung der Dinge auf sich hat.«

»Ja, Sir. Die Rückkehr ist eine große Genugtuung für Sie.« Damars Worte brachten einen Enthusiasmus zum Ausdruck, der in seiner Stimme fehlte. Dukat vermutete, daß der Adjutant diese Antwort nur deshalb gegeben hatte, weil er sie für angemessen hielt. Ob er wirklich daran glaubte, stand auf einem ganz anderen Blatt.

»In der Tat«, bestätigte Dukat. »Aber damit dürfen wir uns nicht zufriedengeben. Ich denke an einige sorgfältig vorbereitete Ereignisse und Veränderungen auf Cardassia, an eine subtile Neugestaltung unseres Potentials, an eine vorsichtige, aber auch umfassende Reorganisation unserer Kommandostruktur. Es sind tausend kleine und ein Dutzend große Dinge... Wissen Sie, Damar, derzeit braucht uns das Dominion. Wir sind nützlich für die Gründer, aber es wäre vermessen zu glauben, daß es dabei bleibt. Das Dominion kennt den Alpha-Quadranten nicht besonders gut, und es hat keinen Sinn, einen Krieg an mehreren Fronten zu führen. Wir Cardassianer sind in diesem Zusammenhang kaum mehr als eine Annehmlichkeit. Das Dominion braucht uns nicht zu ›konstruieren‹, so wie die Jem'Hadar und Vorta – Ihnen ist sicher bereits aufgefallen, daß Muskeln und Gehirn nicht zusammen geliefert werden... Nein, es kann nie Freundschaft zwischen Cardassia und dem Dominion geben. Wenn wir jetzt einen Versuch unternähmen, die Macht der Gründer zurückzudrängen, würden wir eine Katastrophe heraufbeschwören. Wir brauchen Zeit, um zu erstarken, neue Technik zu entwickeln und mehr Macht zu gewinnen…«

Stille herrschte hinter Dukat und wies vielleicht darauf hin, daß Damar glaubte, er hätte den Verstand verloren. Und wenn schon. Der Gul dachte gar nicht mehr an den Adjutanten oder die Raumstation, deren Zentrum sich vor ihm erstreckte. Nie zuvor hatte er gleichzeitig instinktiv und intellektuell erkannt, was er für sich selbst und sein Volk erreichen konnte. In seinen Händen hielt er die Zukunft von Cardassia, geformt durch Cleverneß, Geduld, Vorsicht und die Nutzung von Möglichkeiten, die sich jetzt nach und nach ergaben.

»Das Dominion ist nicht so stark, wie es sich präsentiert«, fuhr er fort. »Andernfalls würde es gar nicht auf unsere Hilfe zurückgreifen. Es ist ein enormes Unterfangen, alle für einen Krieg erforderlichen Dinge durchs Wurmloch zu transferieren. Millionen von Soldaten, Tausende von Raumschiffen, Wartungsstützpunkte, Unterkünfte, Ketracel-Weiß für die Jem'Hadar… Es ist alles andere als leicht, soviel heranzuschaffen, und was auch immer Weyoun glaubt: Die Gründer sind *keine* Götter. Cardassia wurde von den Klingonen militärisch geschlagen, aber wir haben trotzdem etwas, das dem Dominion fehlt: Wir sind *hier*. Und wir verfügen hier über Dinge, die dem Dominion nicht zur Verfügung stehen. Wir haben einen Planeten. Wir haben Außenposten und Kolonien, Stützpunkte und Fabriken und Milliarden von Untertanen. Ganz gleich, wie genial und mächtig die Gründer sind: Um einen Krieg zu führen, brauchen sie Hardware und einen Platz, an dem sie ihre Flotten für den Einsatz vorbereiten können. Sie brauchen einen freundlichen Hafen auf dieser Seite des Wurmlochs. Solange das Minenfeld existiert, braucht das Dominion Cardassia.«

»Soll das heißen, wir sollten die Minen nicht neutralisieren?« fragte Damar zaghaft.

»O nein, wir beseitigen das Minenfeld, aber wir lassen uns Zeit dabei – Zeit genug, um unsere eigenen Interessen wahrzunehmen und auf unsere Ziele hinzuarbeiten. Wir überlassen dem Dominion die Kontrolle, aber nicht *zu viel* Kontrolle. Es wird Siege erringen, aber keine überwältigenden. Und in der Zwischenzeit hilft es Cardassia beim Wiederaufbau. Während all dies geschieht, werde ich mich bemühen, die verschiedenen cardassianischen Fraktionen zusammenzuführen. Wenn die Zeit kommt, müssen wir einig sein. Wenn das Dominion den ganzen Quadranten erobert, bildet ein starkes und geeintes Cardassia einen Machtfaktor, den es zu berücksichtigen gilt. Und wenn es dem Quadranten doch irgendwann gelingen sollte, das Dominion zurückzudrängen… Dann sind wir hier die stärkste Macht und nicht die schwächste. Während der kommenden Wochen muß ich alle Chancen nutzen, die sich ergeben. Ich werde versuchen, ein Gleichgewicht herzustellen zwischen den Erwartungen Weyouns und denen des Rates auf Cardassia. Derzeit bleibt uns nichts anderes übrig, als den Wünschen des Dominion zu entsprechen, aber wir dürfen dabei nicht unsere Identität verlieren. Cardassia soll nicht noch einmal untergehen, Damar, und deshalb müssen wir *schlau* sein.«

Das Warten auf eine Nachricht von Martok setzte Ben Sisko sehr zu. Nach einer Weile wies er seinen privaten Computer an, eingehende Mitteilungen an den Insignienkommunikator weiterzuleiten, obgleich das bedeutete, daß eventuell jemand mithören konnte. Anschließend kämpfte er gegen seine Nervosität an, indem er durch die Korridore der *Defiant* und der Starbase wanderte. Das angedockte Schiff war eins von vielen, die darauf warteten, daß dringend notwendige Reparaturarbeiten durchgeführt wurden. Für Sisko bedeutete das: Er konnte von der *Defiant* aus jederzeit die helleren und breiteren Korridore der Starbase erreichen. Während er einen Fuß vor den anderen setzte, fühlte er sich immer wieder versucht, die Hand zum Insignienkommunikator zu heben und den Computer zu fragen, ob eine Nachricht von Martok eingetroffen war.

Den Leuten um ihn herum schenkte er keine Beachtung, denn inzwischen war er seit vielen Jahren fort und glaubte, daß ihn niemand wiedererkannte. Er vermied es, jemandem in die Augen zu sehen oder einen Gruß zu nicken, schritt einfach nur von einer Sektion zur nächsten und hielt den Blick dabei auf den Boden gerichtet.

Deshalb bemerkte er nicht, daß jemand an ihm vorbeiging, stehenblieb und sich umdrehte.

»Sisko? Ben?«

Der Insignienkommunikator!

Nein... Die Stimme war hinter ihm erklungen.

Sisko ließ die Hand vom kleinen Kom-Gerät sinken und wandte sich der Person zu, die seinen Namen genannt hatte. Er sah einen Mann, der vertraut wirkte: das Gesicht blaß, ein den Vorschriften entsprechender gestutzter Bart, das Haar blond, eine nordische Nase...

»Charlie? Charlie!«

Sisko vergaß seine Sorgen und musterte den Mann. Mitten im Korridor standen sie sich gegenüber, zwischen einem übel riechenden Laboratorium und einem lauten Generatorraum.

»Charlie Reynolds... Meine Güte, wie lange haben wir uns nicht gesehen? Seit zehn oder gar fünfzehn Jahren?«

»Zwölf«, sagte Reynolds. »Meine dritte Tochter war gerade geboren.«

»Lucy!« Sisko richtete den Zeigefinger auf seinen alten Freund.

»Lindsey.« Reynolds lachte. »Nicht schlecht. Dein Gedächtnis ist wirklich nicht übel.«

»Wie viele Kinder hast du jetzt?«

»Acht! Fünf Jungen und drei Mädchen! Nach Lindsey kamen noch vier Jungen.«

»Achtfacher Vater – der eingefleischte Junggeselle von Baracke Vier!«

»Nun, wenn ein Junggeselle die richtige Frau findet, wird ein Ehemann aus ihm. Meine Frau ist heute fünfzig Pfund schwerer und zehnmal hübscher als bei unserer Hochzeit. Und du kannst dir gar keine bessere Mutter vorstellen, Ben. Sie ist wie geschaffen für diese Rolle und möchte noch mehr Kinder. Erinnerst du dich an Magdalena?«

»Kurzes Haar, rundes Gesicht, die Augen verschwinden fast, wenn sie lächelt.«

»Ja, genau! Mann, ich habe ganz vergessen, wie groß du bist.«

»Und *mich* erstaunt es erneut, wie blond du bist«, erwiderte Sisko. Er zupfte an Reynolds' Bart. »Was ist das denn? Damit siehst du fast so aus wie mein Großvater auf einigen vergilbten Bildern.«

Reynolds lachte. »Und *du* bist noch immer so schwarz wie der Schatten meines Onkels. Ich habe von *Deep Space Nine* gehört. Es ist dir bestimmt sehr schwer gefallen, die Raumstation aufzugeben. Ich weiß natürlich, daß wir Raumschiffe und Stationen nicht mit ›Heimat‹ gleichsetzen sollten, aber so etwas passiert immer wieder, nicht wahr?«

»Ja, das stimmt«, entgegnete Sisko. »Was macht dein Pferd, das du für ein Raumschiff hältst?«

»Oh, vergiß nicht, daß ein Zentaur dort Mensch ist, wo es darauf ankommt – im Kopf!«

Sie lachten beide und schritten fort vom Lärm.

»Was führt dich hierher?« fragte Sisko.

»Wir haben Blue Rocket evakuiert. Hast du nichts davon gehört?«

»Himmel, Charlie... Nein, davon wußte ich wirklich

nichts. Ich habe Berichte gelesen, als die Kolonie entstand, vor…«

»…zehneinhalb Jahren. Ich selbst habe die Siedler dorthin geflogen, zusammen mit allen Ausrüstungsgütern. Ich half ihnen beim Bau der ersten Häuser, und ich brachte auch meine Familie nach Blue Rocket. Wir wollten dort ein ganz neues Leben beginnen. Die Mutter meiner Frau liegt auf jenem Planeten begraben, und zwei unserer Kinder wurden im ersten Hotel geboren. Wir waren sehr stolz und auch glücklich. In der vergangenen Woche wurden die letzten Zivilisten evakuiert. Jetzt gibt es auf Blue Rocket nur noch leere Gebäude. Ich hätte sie nicht intakt zurückgelassen, aber der Kolonistenrat beschloß… Nun, die Siedler klammern sich an der Hoffnung fest, eines Tages zurückzukehren.«

Sisko nickte voller Anteilnahme und spürte auch Gewissensbisse. Er begriff plötzlich, nicht der einzige zu sein, der ein Zuhause zurückgelassen hatte. Überall fanden Evakuierungen statt. Überall mußten Männer, Frauen und Kinder vertraute Orte verlassen. *Deep Space Nine* stellte nur eine von vielen traurigen Niederlagen dar.

Für Starfleet-Angehörige sprach man in diesem Zusammenhang von ›Einsatzorten‹. Eine solche Bezeichnung sollte neutral sein und emotionalen Bindungen vorbeugen. Aber wenn Männer und Frau eine gewisse Zeit an einem Ort verbrachten, wenn sie dort arbeiteten, Freunde fanden, wenn sich Beziehungen entwickelten… Dann wurde aus dem schlichten Einsatzort schnell ein neues Zuhause. Charlie Reynolds war ebenso wie Sisko ein Captain, der nicht nur Anweisungen befolgte. Er gehörte zu jenen Leuten, die sich auf ihre eigene Entschlossenheit verließen – und darauf, daß Starfleet den Quadranten erfolgreich verteidigen konnte.

Sisko verdrängte das Selbstmitleid aus sich. »Wohin hat man dich versetzt?«

»Zur cardassianischen Grenze«, antwortete Reynolds. »Es handelt sich um eine Infiltrationsmission, die ... Es ist eine geheime Sache. Sprich mit niemandem darüber.«

»Natürlich nicht.«

»Wir scannen und sondieren für den Starfleet-Geheimdienst. An Bord der *Centaur* wimmelt es von Agenten. Wir setzen sie irgendwo ab und erkunden die ganze Zeit über. Zu Anfang waren wir fast immer getarnt, aber darauf müssen wir inzwischen verzichten, um Energie zu sparen. Jetzt aktivieren wir die Tarnvorrichtung nur noch, wenn wir Agenten absetzen oder wieder an Bord nehmen.«

»Klingt nach einer ziemlichen Schufterei«, kommentierte Sisko.

Reynolds nickte. »Es kann tatsächlich sehr anstrengend werden, insbesondere deshalb, weil immer mehr Arbeit von immer weniger Leuten erledigt werden muß. Nun, man gewöhnt sich allmählich daran, findet einen gewissen Rhythmus ...«

»Das Problem kenne ich gut.«

»Können wir uns später irgendwo treffen, Ben? Bei einem Drink?«

»Gern. Dann erinnern wir uns gegenseitig an die verpatzten Flugsimulationen.«

»Du bist oft abgestürzt.«

»Weil du mich immer wieder mit dem Ellenbogen angestoßen hast, um dein Schiff zu retten.«

Wieder lachten die beiden Männer, und Sisko hatte dadurch das Gefühl, eine schwere Last von sich abzustreifen. Die Unruhe wich aus ihm. Manchmal schloß sich der Kreis, so wie jetzt mit dieser Begegnung nach zwölf Jahren. Zwei Kameraden von der Akademie – an Bord dieser Starbase trafen sie sich wieder, unter dem Kommando desselben Admirals. Zwar hatte Sisko einen Ort verlassen, der sein Zuhause gewesen war, aber dennoch gewann er nun den Eindruck heimzukehren.

Hinzu kam: Er hatte endlich wieder das Gefühl, nicht allein zu sein, denn sie alle strebten das gleiche Ziel an. Wenn Reynolds kein getarnter Gestaltwandler war… Nein, ausgeschlossen. Sisko beschloß, es mit dem Argwohn nicht zu weit zu treiben und sich besser zu fühlen. Er sehnte sich plötzlich zu seiner Crew zurück, um sie ebenfalls aufzumuntern.

»Captain Sisko«, tönte es aus dem Lautsprecher des kleinen Insignienkommunikators. Der Computer! Er gehorchte dem Programm, nannte nur Rang und Namen, ohne zusätzliche Informationen.

Reynolds runzelte die Stirn, und Sisko klopfte auf den Kommunikator. »Sisko, Bestätigung.« Und zu seinem alten Freund: »Ich muß jetzt gehen, Charlie. Dies ist hoffentlich nicht das letzte Mal, daß wir uns nach fünfzehn Jahren getroffen haben.«

»Zwölf«, erwiderte Reynolds und lächelte.

Sie gingen auseinander, und Sisko schüttelte dabei den Kopf. »Du hast überhaupt nicht die typische Captain-Arroganz.«

»Ganz im Gegensatz zu dir! Wir sehen uns später, Ben, in Ordnung?«

»Und ob. Je eher, desto besser. Halt dein Schiff fürs nächste Derby bereit.«

»Mit gebürstetem Fell!«

6

Dukat betrat die Offiziersmesse der Raumstation, und ein verwirrter, stummer Damar folgte ihm. Es störte den Gul nicht, daß der Adjutant keinen Ton von sich gab – er brauchte Damars Schweigen jetzt und für die Zukunft. Wenn ein wenig Verwunderung hinzukam… Um so besser.

Dukat bemerkte Kira. Eine schlanke, quicklebendige und fast jungenhaft wirkende Frau, in deren dunklen Augen ein seltsames Feuer brannte. Auch Weyoun war zugegen, wie üblich in eine Aura aus süßer Überheblichkeit gehüllt.

Dukat hörte die viel zu glatt klingende Stimme des Vorta, der einen an Kira gerichteten Satz beendete.

»… ahnen ja gar nicht, wie sehr es mich freut, das von Ihnen zu hören.«

Das Zischen der Tür verriet die Neuankömmlinge – Dukat bekam also keine Gelegenheit, das Gespräch zu belauschen. Weyoun drehte sich sofort um.

»Dukat! Major Kira hat mir gerade wundervolle Neuigkeiten gebracht. Die Bajoraner kehren auf die Station zurück.«

»Ich weiß«, erwiderte Dukat und betonte damit, daß er die aktuelle Situation sehr wohl kannte.

»Dann teilen Sie sicher meine Freude darüber, daß sich hier alles normalisiert. Die Läden werden wieder geöffnet, in der Promenade herrscht wieder rege Aktivität, und im Habitatring hört man das Lachen glücklicher Kinder.«

Dukat fand die zuckersüßen Worte so abscheulich, daß er es vermied, den Blick auf Weyoun zu richten. Statt dessen sah er Damar an, der kurz mit den Schultern zuckte und sagte: »Ich habe die Sicherheitspatrouillen in der Station verdoppelt.« Der Adjutant schritt zur anderen Seite der Offiziersmesse und blickte dort aus einem Fenster.

Kira atmete tief durch. Die Vorstellung von zusätzlichen cardassianischen Patrouillen in der Raumstation gefiel ihr ganz offensichtlich nicht.

Weyoun bemerkte ihre Reaktion und wandte sich an Dukat. »Sind solche Sicherheitsmaßnahmen wirklich nötig?«

Dukat mußte eine Antwort geben, obwohl er lieber darauf verzichtet hätte. »Meine Erfahrungen zeigen, daß man sehr vorsichtig sein sollte, wenn man es mit Bajoranern zu tun hat.«

»Was ist los, Dukat?« warf Kira ein. »Fürchten Sie vielleicht, wir könnten Ihnen die Raumstation wieder wegnehmen?«

Damar drehte sich zu ihr um. »*Versuchen* Sie es.«

Weyoun trat zwischen sie, um eine direkte Auseinandersetzung zu verhindern. »Ich bitte Sie. Es gibt keinen Grund für Streitereien dieser Art. Wir sind hier alle Freunde.«

»Sind wir das?« fragte Kira.

»Natürlich. Und wenn Sie irgendwelche Vorschläge haben, Major, so können Sie sich jederzeit an mich wenden.«

»Gut«, erwiderte Kira scharf. »Ich möchte, daß die bajoranische Sicherheitstruppe ihre Befugnisse zurückbekommt.«

»Und vielleicht auch noch ihre Waffen, wie?« knurrte Damar.

»Ja.«

»An Bord dieser Raumstation ist eine bajoranische

Sicherheitstruppe nicht mehr erforderlich«, sagte Dukat. »Unsere cardassianischen Soldaten können problemlos für Ordnung sorgen.«

Zorn blitzte in Kiras Augen, und sie sah Weyoun an. »Die Föderation und Bajor haben sich die Verantwortung für die Sicherheit an Bord der Station immer geteilt. Wenn ich mich recht entsinne, haben Sie gesagt, die gleiche Vereinbarung hätten wir mit dem Dominion getroffen. Schließlich sind wir hier doch alle ›Freunde‹, oder?«

Weyoun wollte auf keinen Fall die Abmachungen in Frage stellen, die Bajors Neutralität gewährleisteten. »Vielleicht sollten Sie Ihre Entscheidung noch einmal überdenken«, sagte er zu Dukat, und seine Stimme klang dabei fester als sonst.

Die Worte lösten mehrere Alarmglocken in Dukat aus. Und damit noch nicht genug: Es verbarg sich auch eine Beleidigung in ihnen.

»Es bleibt bei der Anweisung«, erwiderte er. »Sie sind vielleicht bereit, den Bajoranern zu trauen, aber ich nicht. Sie bleiben unbewaffnet, bis sie mein Vertrauen verdienen.« An Kiras Adresse gerichtet fügte er hinzu: »An meiner Stelle würden Sie sich ebenso verhalten, Major.«

Die Sache gefiel ihr nicht, aber sie verstand. Dukat sah es in ihren Augen und hörte es in ihrem Schweigen. Der Ring an ihrem rechten Ohr baumelte, als sie den Kopf hob. Sie hatte Dukats Botschaft empfangen. Die Dinge veränderten sich, und sie würden sich auch weiterhin verändern. Für Bajoraner gab es einen Platz an Bord der Raumstation, solange sie sich fügten und nichts gegen die cardassianische Herrschaft unternahmen.

Kira verzichtete auf eine Antwort und wandte sich dem Ausgang zu. Bevor sie ihn erreichen konnte, gesellte sich Weyoun an ihre Seite. »Vielleicht ist es am besten, die Angelegenheit eine Zeitlang ruhen zu lassen. Ich bin sicher, daß es uns im Lauf der Zeit gelingt, diese kleinen Probleme zur Zufriedenheit aller Beteiligten zu lösen.«

Kira blieb stehen. »Ich werde mich an diese Worte erinnern.«

»Da bin ich sicher. Noch etwas... Odo.«

»Was ist mit ihm?«

»Weiß er, daß ich mir alle Mühe gebe, die Bande zwischen dem Dominion und dem bajoranischen Volk zu festigen?«

Dukat hörte aufmerksam zu. Hier gab es einen seltsamen Faktor in der Vereinbarung: Odo. Weyoun hielt ihn für einen Gründer, für einen Gott – aber er stand mit den Bajoranern und sogar mit der Föderation in Verbindung. Dieser vermeintliche Widerspruch mußte den Vorta sehr belasten. Er suchte die Zustimmung des Gestaltwandlers, doch Odo gewährte sie ihm nur widerstrebend. Versuchte Weyoun aus diesem Grund, die Bajoraner zufriedenzustellen? Fürchtete er Odo?

»Warum fragen Sie ihn nicht selbst?« erwiderte Kira, und Dukat hätte fast geantwortet. Er begriff gerade noch rechtzeitig, daß die Worte Weyoun galten.

»Nein, nein...« Der Vorta flüsterte fast. »Ich möchte ihn nicht stören. Guten Tag, Major...«

Kira schien genug von dem Vorta zu haben. Sie gab keine Antwort und verließ die Offiziersmesse mit langen Schritten.

Dukat trat etwas näher an Weyoun heran. »Eine faszinierende Frau, nicht wahr?«

»Das kann ich kaum beurteilen«, entgegnete der Vorta. »Aber ich weiß, daß wir sie als Verbündete brauchen.«

Damars Stiefel klackten auf dem Boden, als er sich näherte. »Die Bajoraner werden nie unsere Verbündeten sein...«

»Hinaus!« rief Weyoun. Als Damar verblüfft stehenblieb und einen fragenden Blick auf Dukat richtete, fuhr der Vorta fort: »Sehen Sie nicht ihn an. *Ich* habe Ihnen gerade befohlen, diesen Raum zu verlassen. Und zwar *sofort*!«

Damars Gesicht wurde fast ebenso blaß wie das eines Jem'Hadar, und es gelang ihm nicht, seinen Ärger zu verbergen. Bei Cardassianern war es durchaus üblich, daß Adjutanten ihre Meinung äußerten. Weyouns seltsame Autorität als Repräsentant des Dominion stellte Damars Position in Frage, und deshalb wußte er nicht recht, wie er sich unter den gegenwärtigen Umständen verhalten sollte.

Nur diese Unsicherheit hinderte ihn daran, dem Vorta die bananenförmigen Ohren abzureißen und sie ihm in den Hals zu stopfen. Er begnügte sich damit, Weyoun mit einem Blick zu durchbohren, bevor er den Raum ebenso rasch verließ wie zuvor Kira.

»Ich finde ihn nützlich«, sagte Dukat und gab Weyoun keine Gelegenheit, Damars Entlassung zu fordern. Er wußte genau, was geschah. Weyoun hatte das verbale Duell um die oberste Autorität verloren und Damar fortgeschickt, um seine eigene Macht zu unterstreichen.

»Es wäre vielleicht besser, mich in Zukunft an allen Entscheidungen in Hinsicht auf die Raumstation zu beteiligen«, sagte der Vorta. »Und nun... Was ist mit dem Wurmloch? Sie haben mir versichert, das Minenfeld in einem Monat zu neutralisieren. Inzwischen sind *zwei* Monate vergangen.«

»Ich gebe zu, daß die Arbeiten langsamer vorankommen als zunächst erwartet«, erwiderte Dukat ruhig und achtete auf seinen Tonfall. »Es handelt sich nicht um gewöhnliche Minen. Immer dann, wenn wir eine zerstören oder deaktivieren, wird sie von den anderen in der Nähe durch ein repliziertes Exemplar ersetzt.«

»Sich selbst replizierende Minen«, murmelte Weyoun. »Ich würde gern den Föderationstechniker kennenlernen, der diese Idee entwickelte...«

»Ich würde mich über eine Gelegenheit freuen, ihm den Hals umzudrehen«, sagte Dukat und gab sich zerknirscht.

»Wir müssen das Minenfeld so schnell wie möglich beseitigen, um das Wurmloch wieder zu öffnen.«

»Es ist nur eine Frage der Zeit. Und wir brauchen uns überhaupt keine Sorgen zu machen. Immerhin gewinnen wir den Krieg.«

»Derzeit sieht alles gut für uns aus, ja. Aber um die Föderation endgültig zu schlagen, brauchen wir Verstärkung, und die kann uns nur durchs Wurmloch erreichen. Außerdem benötigen wir bald Nachschub an Ketracel-Weiß.«

»Ich habe Ihnen versprochen, das Minenfeld zu neutralisieren«, sagte Dukat. »Und ich bin fest entschlossen, dieses Versprechen zu halten.«

Weyoun maß ihn mit einem nachdenklichen, analysierenden Blick, und tief in Dukat krampfte sich etwas zusammen. Ahnte der Vorta etwas? Weyouns milchige Augen schienen selbst in die entlegensten Winkel seines Selbst zu sehen. Dukat schob das Kinn ein wenig vor und versuchte, auch weiterhin ruhig zu bleiben. In der Miene des Vorta wies nichts darauf hin, was ihm durch den Kopf ging.

Natürlich setzte Dukat Techniker ein, um die Minen zu beseitigen, aber es waren nicht die besten Techniker – noch nicht. Ihren Berichten zufolge waren die Föderationsminen ausgeklügelte und sehr gefährliche Apparate.

Ja, daran konnte kein Zweifel bestehen...

»Ich hasse sie. Ich hasse Dukat. Ich hasse Weyoun. Ich hasse mich selbst.«

»Beruhigen Sie sich, Major...«

»Beruhigen *Sie* sich, Odo. Der Vorta hält Sie für eine Gottheit. Sie können ihm gegenüber reserviert sein, und dann läßt er Sie in Ruhe. Ich verabscheue es, wie er versucht, zwischen Dukat und mir Frieden zu stiften – obgleich wir alle wissen, daß das Dominion überhaupt keinen Frieden im Sinn hat. Zumindest keinen mit Bajor. Man benutzt uns nur, und wir lassen es zu.«

Ein Glas stand vor Kira, aber sie hatte noch nichts getrunken. Eigentlich hielt sie nicht viel von Quarks Kasino, aber seit einer Weile schien es der einzige Ort zu sein, wo man einigermaßen sicher war vor der Arroganz von Cardassianern und Jem'Hadar.

Natürlich gehörten auch Cardassianer zu den Gästen: Sie saßen an den Tischen, tranken und vertrieben sich die Zeit mit verschiedenen Glücksspielen. Aber sie gingen einem nicht so sehr auf die Nerven wie jene Cardassianer, die im Kontrollraum an den Konsolen hockten oder vorgaben, die Präsenz von Kira und Odo zu begrüßen.

Es waren auch einige Jem'Hadar-Soldaten zugegen und boten einen besonders seltsamen Anblick: Sie aßen oder tranken nichts, zeigten auch kein Interesse an den Spielen. Sie saßen einfach nur da und beobachteten alle anderen, während Ketracel-Weiß durch ihre Schläuche floß. Nur diese eine Substanz brauchten sie. Warum konnten sie das Zeug nicht irgendwo anders in sich hineinfließen lassen?

Kira kehrte dem Rest des Kasinos den Rücken zu; sie wollte die anderen Gäste nur hören, nicht sehen. Dann konnte sie sich wenigstens vorstellen, daß keine Cardassianer und Jem'Hadar anwesend waren.

Links von ihr saß Odo, der als Gestaltwandler ebenfalls nichts aß oder trank. Aber Kira wußte, daß er sich im Gegensatz zu Cardassianern und Jem'Hadar gern wie ein ganz normaler Gast verhalten hätte.

»Sie hätten Weyoun sehen sollen«, fuhr die Bajoranerin fort. »Ein aalglatter Bursche... Er möchte nur deshalb gute Beziehungen zu den Bajoranern, weil Sie hier sind und eine bajoranische Uniform tragen. Er hofft, dadurch Ihr Wohlwollen zu erringen.«

»Haben Sie etwas dagegen?« fragte Odo.

»Nein, nicht... direkt. Aber es gefällt mir nicht, nur deshalb zu bekommen, was ich will, weil es Weyoun zufälligerweise in den Kram paßt. Irgendwann hat er es vielleicht satt, oder die Machtstruktur ändert sich – und dann?«

»Wer hat Ihrer Meinung nach mehr Macht, Dukat oder Weyoun?«

»Schwer zu sagen... Dukat wirkte nicht gerade eingeschüchtert, aber er vertrat seinen Standpunkt auch nicht mit zuviel Nachdruck. Weyoun ärgert sich vermutlich darüber, daß das Minenfeld noch immer existiert – dadurch können die hiesigen Truppen des Dominion weder Nachschub noch Verstärkung erhalten. Ich weiß nicht, wie Dukat dazu steht. Einerseits erweckt er den Eindruck, nicht besonders erfolgreich zu sein, aber andererseits... Keine Ahnung. Ich kann mir beim besten Willen nicht vorstellen, was zwischen Dukat und Weyoun abläuft. Was den Gul betrifft, Odo... Ich schätze, ihm geht es in erster Linie um Rache. Er kann es einfach nicht ertragen, daß Bajor über Cardassia siegte.«

»Glauben Sie, er will wieder Arbeitslager einrichten?«

»Früher oder später dürfte es dazu kommen.«

»Dann sollten wir wohl dankbar dafür sein, daß ihm Weyoun über die Schulter blickt«, meinte Odo.

»Vielleicht. Ich werde einfach nicht schlau aus dem Vorta. Ich traue ihm nicht wirklich, aber wahrscheinlich verdient er mehr Vertrauen als Dukat.«

Kira verzog das Gesicht. Ergaben diese Worte einen Sinn? Durfte sie einem unbekannten Teufel mehr trauen als einem anderen, den sie gut kannte? So etwas erschien absurd…

Odo beobachtete, wie Quark durch die Menge schritt und den Jem'Hadar verärgerte Blicke zuwarf. »Weyoun weiß, daß es im Interesse des Dominion liegt, die Vereinbarungen mit Bajor zu respektieren. Die Gründer wollen dem Alpha-Quadranten zeigen, daß sie zu ihrem Wort stehen.«

Kira nickte, obwohl sie ebensogut wie Odo wußte: Weyouns Wort und die Versprechungen des Dominion dienten nur als Mittel zum Zweck. »Weyoun hat mich nach Ihnen gefragt. Es scheint ihm sehr wichtig zu sein, was Sie von ihm halten.«

»Ich versuche, *nicht* an ihn zu denken.«

»Es würde ihn sehr verletzen, das von Ihnen zu hören.« Kira schmunzelte. »Vielleicht weise ich ihn bei Gelegenheit darauf hin.«

Aus dem Schmunzeln wurde ein Lächeln, das ihnen beiden ein wenig Trost gewährte.

Odo richtete einen nachdenklichen Blick auf Kira. »Es freut mich, daß Sie noch lächeln können.«

»Nur wenn ich bei Ihnen bin«, erwiderte die Bajoranerin, obwohl sie es für gefährlich hielt, soviel von ihren Empfindungen preiszugeben. Hinzu kam eine Übereinkunft zwischen ihnen: Persönliche Gefühle sollten im Hintergrund bleiben, bis dieser Kampf entschieden war, so oder so.

»Das sind sehr freundliche Worte«, sagte Odo. Er freute sich wirklich darüber, daß sie ihn nicht zurückwies.

»Es stimmt«, betonte Kira. »Wenn ich mit Ihnen rede, erscheinen mir die Dinge nicht ganz so schlimm. Aber wenn ich dann daran denke, daß Dukat im Büro des Captains sitzt, oder daß die Föderation den Krieg verliert, während wir hier Däumchen drehen…«

Bitterkeit und Ärger darüber, mit dem cardassianischen Erzfeind zusammenarbeiten zu müssen... All das vibrierte in Kiras Worten. Zorn brannte in ihr, als sie sich im Kasino umsah und beobachtete, wie Quark zwar nicht die Jem'Hadar bediente, wohl aber die Cardassianer.

Sie zuckte plötzlich zusammen, als sie jemand an der Schulter berührte. Aber es war nur Odo, der diesmal einen direkten Kontakt zu ihr suchte.

»Ich empfinde wie Sie, Major«, sagte er. »Aber derzeit sind uns die Hände gebunden, und wir können nur versuchen, ein wenig Zeit zu gewinnen. Captain Sisko hat recht: Bajor darf nicht in den Krieg hineingezogen werden.«

Kira seufzte und ließ die Schultern hängen. »Wer bin ich schon, daß ich dem Gesandten widersprechen könnte.«

Die Bajoranerin lächelte erneut und fühlte, wie ihre Wangen zu glühen begannen. Sie wollte noch etwas hinzufügen, schwieg jedoch, als sich Quark näherte.

»Danke für Ihre Geduld«, sagte der Ferengi und blickte kurz zu den anderen Gästen, als er ein hohes Glas vor Kira absetzte. »Es herrschte mehr Betrieb als erwartet. Dieser Drink geht auf Kosten des Hauses.«

Kira griff nach dem Glas, betrachtete kurz die goldene Flüssigkeit darin und sah dann Quark an. »Was wollen Sie?«

»Das Übliche. Frieden, Liebe, Verständnis, ganz zu schweigen von einer großzügig bemessenen Gewinnspanne, die zum Glück immer wahrscheinlicher wird. Ich hätte nie damit gerechnet, so etwas sagen zu können, aber die gegenwärtige Art der Besatzung ist gar nicht mal so schlecht.«

»Ich nehme an, da haben Sie recht«, räumte Kira ein. »Vorausgesetzt, es geht Ihnen nur um den Profit.«

Quark ließ den Blick durch sein Reich schweifen.

»Nein, ich denke dabei nicht nur an den Profit, Major«,

erwiderte Quark erstaunlich offen. »Sehen Sie sich um. Erkennen Sie irgendwo Ghettozäune auf der Promenade? Fallen Ihnen erschöpfte bajoranische Zwangsarbeiter auf, die nach einem anstrengenden Tag in den erzverarbeitenden Anlagen zu Boden sinken? Hören Sie die Schreie verhungernder Kinder? Ich nicht. Bitte verstehen Sie mich richtig – ich vermisse die Föderation ebenso wie Sie. Ich weise nur darauf hin, daß die Dinge viel schlimmer sein könnten.«

Im Anschluß an diese Worte ging er fort, um mit einem anderen Gast zu sprechen.

Unbehagen regte sich in Kira. Vielleicht war das ein Teil des Problems: Die Situation an Bord von *Deep Space Nine* hätte tatsächlich viel schlimmer sein können.

»Ich sage das nur sehr ungern«, ließ sich Odo vernehmen. »Aber er hat recht. Das Dominion scheint entschlossen zu sein, sich als Freund von Bajor zu präsentieren.«

»Wenn es ein so guter Freund ist... Wieso gibt es dann keine bajoranischen Sicherheitsoffiziere an Bord dieser Raumstation?«

Odo verzichtete auf eine Antwort, und Kira konnte es ihm nicht verdenken. Sie beide wußten, daß es dem Dominion nicht um Freundschaft ging. Es benutzte Bajor, ebenso wie die Romulaner, Cardassianer, Tholianer, Miradorn und alle anderen, die einen Nichtangriffspakt mit den Gründern geschlossen hatten.

Aber vielleicht hatte Quark recht. Vielleicht hätte es wirklich viel schlimmer sein können.

Vielleicht.

»Na schön, General. Was haben Sie herausgefunden?«

»Ist der Kom-Kanal abgeschirmt?«

»Ja, und ich bin ziemlich sicher, daß meine Stiefel keine getarnten Gestaltwandler sind. Wir müssen schnell handeln, bevor Starfleet eine weitere große Niederlage erleidet. Es könnte das Ende der Föderation sein, wenn sie noch einmal hundert Schiffe verliert.«

»Das stimmt. Nun, Sie haben richtig vermutet. Der Argolis-Haufen steckt voller Sensorstationen. Dadurch ist der Feind imstande, unsere Flottenbewegungen über mehrere Sektoren hinweg zu beobachten – was ihn in die Lage versetzte, eine Falle für die Siebte Flotte vorzubereiten.«

»Das Sensornetz muß zerstört werden«, sagte Sisko. »Es würde einen Alarm auslösen, wenn sich ein Geschwader nähert, aber auf ein einzelnes Schiff reagiert es vielleicht nicht.«

»Im Gegensatz zu den Raumern, deren Aufgabe es ist, die einzelnen Sensorstationen zu bewachen«, erwiderte General Martok.

»Was bedeutet, daß wir die Wachschiffe fortlocken müssen. Mit einem Ablenkungsmanöver. Es geht darum, irgendwo für Unruhe zu sorgen, ein echtes Problem für das Dominion zu schaffen... Ich wünschte, ich könnte mit Dax oder Worf darüber reden...«

»Wir haben eine Vereinbarung getroffen, Captain. Diese Sache bleibt unter uns. Es sind schwere Zeiten – wir können nicht einmal den Stühlen trauen, auf denen wir sitzen.«

»Keine Sorge, Martok. Ich bin fest entschlossen, mich an die Vereinbarung zu halten. Bestimmt fällt mir irgend etwas ein, um die Wachschiffe vom Sensornetz fortzulocken. Das Minenfeld am Zugang des Wurmlochs bedeutet, daß die Ressourcen des Dominion im Alpha-Quadranten begrenzt sind. Der Gegner muß die Wachschiffe von den Sensorstationen abziehen, wenn sich woanders eine kritische Situation ergibt. Immerhin glaubt er, daß wir die Stützpunkte auch weiterhin für Ersatzteillager und dergleichen halten. Wenn ich Sie um einen Gefallen bitten darf, General... Übermitteln Sie diese Informationen dem Starfleet-Geheimdienst und fügen Sie die Empfehlung hinzu, daß sie an Admiral Ross weitergeleitet werden. Wenn es über mich läuft, könnte jemand Verdacht schöpfen.«

»Sie wollen Ross daran beteiligen?«

»Ja. Ich möchte möglichst viele unserer Pläne durch ihn realisieren. Nur dann habe ich eine gewisse Kontrolle über Vorschläge und eventuelle Spezialmanöver.«

»Ich wünsche Ihnen jede Menge Kriegerglück, Captain, denn diesen Kampf führen Sie mit einem schlecht balancierten Bat'leth.«

»Da haben Sie recht, General. Aber was bleibt uns anderes übrig?«

»Ja, was bleibt uns anderes übrig?«

7

Starbase 375

»Ich bin froh, daß Sie mit heiler Haut zurück sind, Ben.«

»Ich hatte Glück. Wir haben viele Leute verloren.«

»Ja, das stimmt. Und wir werden noch mehr verlieren, bevor dieser Krieg vorbei ist.«

Die Einrichtung des kleinen, grauen Büros bestand nur aus einem Schreibtisch und mehreren Sesseln. Der große Bildschirm an der einen Wand zeigte das Symbol der Föderation der Vereinten Planeten: ein silberner Kreis mit Sternen, umrahmt vom einem stilisierten Blattdiadem. Zwei weitere Monitore und ein Datenmodul – sonst nichts. Es roch nach Reinigungsmitteln.

Admiral Ross war nicht etwa älter als Sisko, sondern sogar zwei Jahre jünger, aber er wirkte bereits müde und ausgelaugt. Sein ganzes Leben lang hatte er Büroarbeit geleistet – jemand mußte sich um den Verwaltungskram kümmern, und Ross eignete sich gut dafür. Die Öffentlichkeit liebte Geschichten von tapferen Offizieren, die gefährliche Abenteuer erlebten, aber wer genauer darüber nachdachte, mußte erkennen: Solche Abenteuer waren nur möglich, wenn Raumschiffe logistische Unterstützung erhielten. Während der vergangenen fünf Jahre hatte auch Sisko die Aufgaben eines Verwalters wahrgenommen, und seitdem begegnete er Administratoren mit mehr Respekt.

Ross tat ihm leid – die Siebte Flotte war unter seinem Oberkommando geflogen.

Die Wahrheit lastete schwer auf dem Admiral: Ja, Starfleet würde weitere Verluste erleiden, das wußten sie beide. Mit jedem verstreichenden Tag fiel es schwerer, zuversichtlich zu bleiben. Wenn es so weiterging wie bisher, dauerte es nur noch einen Monat bis zu den ersten Kamikaze-Einsätzen.

»Ich hoffe, Sie sind mit diesem Büro zufrieden«, sagte Ross.

Sisko versuchte, nicht zu stark zu reagieren und verwundert zu wirken. »Ich wußte gar nicht, daß ich ein Büro brauche. Ich dachte, ich bin hier, um neue Einsatzorder zu erhalten.«

»Ich fürchte, Sie werden länger hierbleiben, als Sie dachten, Captain«, erwiderte Ross ernst. »Von jetzt an haben Sie nicht mehr das Kommando über die *Defiant*.«

Einen verblüfften Eindruck erwecken. Die richtigen Fragen stellen, aber nicht zu viele…

»Man nimmt mir das Kommando über die *Defiant*?« Ein protestierender Unterton ließ sich in Siskos Stimme vernehmen. »Ist mir irgendein Fehler unterlaufen? Ich meine, abgesehen davon, daß ich eine wichtige Raumstation verloren und ein Abkommen zwischen dem Feind und einem unserer Verbündeten vermittelt habe?«

Ross lachte leise. »Ich finde Ihren Sinn für Humor recht eigenartig… Nun, Sie und Ihre Leute haben auch einen Weg gefunden, den Zugang zum Wurmloch zu verminen, und dadurch gewannen wir wertvolle Zeit. Sie haben genau die richtigen Entscheidungen getroffen, wenn man die Umstände berücksichtigt. Die Raumstation existiert noch, und Bajor ist nicht verwüstet…«

»Sagen Sie mir nicht, daß Sie mit meinen Leistungen zufrieden sind, während Sie mir gleichzeitig mein Schiff wegnehmen.«

»Ich habe meinen Adjutanten, zwei Vizeadmirale, sieben Commodore, neunzig Unteroffiziere und einunddreißig taktische Spezialisten verloren. Ihre Versetzung hierher ist nicht permanenter Natur, aber wir brauchen Sie zumindest für eine Weile.«

»Eine Weile…«

»Bis zur Restrukturierung unseres taktischen Kerns.«

Sisko überlegte, ob er erneut protestieren sollte, aber er kannte Ross nicht gut genug, um zu wissen, wie weit er gehen durfte. »Worin besteht meine Aufgabe?«

»Sie sind meine Verbindung zum Starfleet-Geheimdienst. Ich habe nicht direkt Sie angefordert, aber Sie wurden mir vorgeschlagen. Wahrscheinlich deshalb, weil Sie wissen, wonach es in jenem Sektor Ausschau zu halten gilt, in dem Sie fünf Jahre verbrachten. Wir müssen die schwachen Punkte des Dominion entdecken und eine Möglichkeit finden, sie auszunutzen… Sie kennen den cardassianischen Raum besser als die meisten von uns, und genau dort befinden sich die Stützpunkte des Feindes. Versuchen Sie, den einen oder anderen Treffer zu landen. Verstehen Sie mich nicht falsch: Sie können mit Ihrem Schiff zu besonderen Missionen aufbrechen, aber die Flotte begleiten Sie nicht. Möchten Sie selbst mit Ihrer Crew reden, oder soll ich das übernehmen?«

»Nein, Sir. Darum kümmere ich mich selbst.«

»Na schön. Tut mir leid.«

»Schon gut, Sir. Ich versichere Ihnen, daß ich mich sofort an die Arbeit mache. Wer ist beim Starfleet-Geheimdienst für die Sektoren Bravo und Echo im cardassianischen Raum zuständig?«

»Sie vergeuden keine Zeit, wie?«

»Wir haben keine Zeit zu vergeuden, Admiral.«

»Deshalb sind Sie hier.«

»Ja, ich weiß.«

»Man hat dir das Kommando über die *Defiant* genommen? Warum?«

»Admiral Ross nannte keinen Grund. Er beschränkte

sich darauf, neue Einsatzorder für sechzehn Uhr anzukündigen.«

Sisko saß in seinem neuen Sessel und vermied es, Dax anzusehen. Sie wanderte durchs Büro und maß ihn dabei mit einem durchdringenden Blick, der vielleicht zuviel bemerkte, wenn er ihn erwiderte.

»Wenigstens bleibt die Crew zusammen«, sagte Dax und seufzte. »Wir *bleiben* doch zusammen, oder?«

»Verlaß dich drauf.«

»Nun, wie willst du die nächsten beiden Stunden verbringen?«

Oh, wie groß war die Versuchung, Dax einzuweihen. Aber er hatte eine Vereinbarung mit Martok getroffen – nur sie beide sollten Bescheid wissen, sonst niemand.

»Darüber habe ich noch nicht nachgedacht«, erwiderte Sisko. Es belastete ihn sehr, einen alten Freund zu belügen, und er versuchte, das größere Ziel im Auge zu behalten.

»Vielleicht solltest du die Gelegenheit nutzen, um mit deinem Vater Kontakt aufzunehmen«, schlug Dax vor.

»Vielleicht.«

»Benjamin...« Sie legte die Hände auf den Schreibtisch und beugte sich vor. »Seit Monaten hast du nicht mehr mit ihm gesprochen. Jack *ist* sein Enkel.«

»Und wie erkläre ich ihm, daß ich alle Föderationsbürger von *Deep Space Nine* evakuiert habe, mit Ausnahme seines Enkels?«

»Dir fällt schon etwas ein.«

»Enkel«, sagte Sisko. »Dabei stellt man sich einen zehnjährigen Jungen mit einer Angel oder einem Fanghandschuh vor. Ich habe noch immer dieses Bild von Jake in mir, aber er ist keine zehn Jahre mehr alt, sondern ein erwachsener Mann. Empfinden alle Eltern auf diese Weise? Jahrelang mußte ich den Kopf senken oder mich bücken, um ihm in die Augen zu sehen, aber plötzlich sind die Beine lang und die Schultern breit.

Praktisch von einem Augenblick zum anderen nimmt er sein Leben selbst in die Hand. Ist das normal?«

Dax lächelte. »So geht es allen Eltern, mit denen ich gesprochen habe. Es kommt einem Schock gleich festzustellen, daß man nicht mehr der wichtigste Faktor im Leben des Sohnes oder der Tochter ist, daß die ehemaligen Kinder einen eigenen Weg beschreiten und ihre Entscheidungen selbst treffen.«

»Sofern sie nicht vom Dominion getroffen werden«, sagte Sisko. »Ich frage mich, was Jake durch den Kopf ging, als er es ablehnte, die Raumstation zu verlassen. Er möchte Journalist sein, eine Art Berichterstatter, und deshalb hält er es für notwendig, gewissermaßen im Schützengraben zu liegen. Steht es mir zu, ihm zu sagen, daß er einen Fehler macht? Ich habe nicht auf meinen Vater gehört – und finde mich jetzt im gleichen Graben wieder. Warum fühle ich mich so, als hätte ich ihn verlassen?«

»Quäl dich nicht mit solchen Überlegungen«, meinte Dax. »Jake blieb an Bord von *Deep Space Nine*. Es war seine Wahl. Dein Vater gerät bestimmt außer sich, wenn er davon erfährt. Manche Dinge lassen sich einfach nicht ändern. Finde dich damit ab, Benjamin, ohne daß es zu einer Bürde wird. Früher oder später verläßt jeder sein Nest. Alle Personen, die sich in der Raumstation aufhalten, haben Eltern. Ich schätze, das gilt sogar für Odo.«

»Hör auf damit, so vernünftig zu sein.« Sisko rutschte in seinem Sessel ein wenig zur Seite. »Geh jetzt, damit ich mit meinem Vater sprechen kann. Kehr zum Schiff zurück und gib den anderen Bescheid.«

»Es wird ihnen nicht gefallen.«

»Das ist bedauerlich.«

»Ja. Wir sehen uns um sechzehn Uhr.«

»Du hast *was*?«

Der Bildschirm zeigte eine Küche, die weitaus einladender wirkte als das kleine, graue Büro. Auf dem Herd im Hintergrund kochte etwas, und Sisko glaubte fast, den Duft der köstlichen Speisen wahrzunehmen, die sein Vater zubereitete. Joseph Sisko war berühmt für seine Kochkünste – ein Talent, das sich in gewissen Kreisen wieder großer Beliebtheit erfreute. Mahlzeiten, die aus Töpfen und Pfannen kamen, hatten etwas, das Replikator-Produkten fehlte. *Wenigstens in einer Ecke dieses Quadranten braucht das Essen nicht rationiert zu werden*, dachte Sisko.

»Vater«, sagte er, musterte das schmale, dunkle Gesicht auf dem Bildschirm und fühlte sich dabei von einem Blick durchbohrt, »es ist nicht so schlimm, wie es sich anhört.«

Daraufhin zeigte sich noch mehr Ärger in der Miene von Joseph Sisko. »Du meinst, du hast meinen Enkel *nicht* der Gnade eines hinterhältigen und skrupellosen Feindes überlassen?«

Vor Siskos innerem Auge erschien erneut ein Zehnjähriger, in der einen Hand eine Angel und in der anderen ein Fanghandschuh.

»Nun... Doch, das habe ich.«

»Dann *ist* es also so schlimm, wie es sich anhört.«

»Es war nicht meine Entscheidung, Vater«, erwiderte Sisko voller Unbehagen. »Jake wollte an Bord der Raumstation bleiben...«

»Oh, jetzt gibst du Jake die Schuld!«

»Ich gebe ihm nicht die *Schuld*. Jake ist kein Kind mehr und für sich selbst verantwortlich.«

Sollte er erneut – zum dritten Mal – erklären, daß er zunächst geglaubt hatte, Jake befände sich gar nicht mehr an Bord von *Deep Space Nine*? Zweifellos hatten sich ihm mehrere Gelegenheiten geboten, die Raumstation zu verlassen. Sisko erinnerte sich daran, ihn einem Transporter zugewiesen zu haben, um ganz sicher zu sein, daß es bei der Evakuierung einen Platz für ihn gab.

War es sinnvoll, jetzt noch einmal darauf hinzuweisen, oder klang es zu sehr nach Jammern? Eins stand fest: Joseph Sisko mangelte es gewiß nicht an Intelligenz.

Siskos Vater hatte zunächst sehr zornig reagiert, aber während dieser Gesprächspause veränderte sich etwas. Während er seinen Sohn über viele Lichtjahre hinweg musterte, verdrängte er den Ärger und versuchte, ruhiger zu sprechen.

»Glaubst du, es ist alles in Ordnung mit ihm?«

In Gedanken ging Ben Sisko Fakten und Theorien durch. Wie würde das Dominion den Sohn des bajoranischen Gesandten behandeln? Entschied es, seine Präsenz an Bord der Raumstation zu tolerieren? Oder sah es vielleicht einen Feind in ihm, jemanden, den es zu eliminieren galt?

»Ich hoffe es. Ich hole ihn zurück, Vater, das verspreche ich.«

Absurd. Was versprach er da? Wollte er vielleicht seinen Dienst vernachlässigen und die Abmachung mit Martok vergessen, um zu versuchen, eine Situation zu beeinflussen, die er gar nicht beeinflussen konnte? Nur ein Narr versprach so etwas.

»Wann?« fragte Joseph Sisko.

»Keine Ahnung. Es könnte noch eine Weile dauern. Ich erwarte neue Einsatzbefehle und weiß nicht, wohin mich meine nächste Mission führt.«

Großartig. Zweimal in zehn Minuten hatte er Personen angelogen, die ihm sehr nahestanden.

»Sag deinen Vorgesetzten, daß du deinen Sohn holen willst«, meinte Joseph Sisko.

»Himmel, wir sind im Krieg! Ich kann mir nicht einfach freinehmen, muß mich an meine Anweisungen halten.« Er wechselte das Thema, um nicht länger über diese Sache sprechen zu müssen. »Was macht das Restaurant?«

»Oh, es ist alles in Ordnung damit«, erwiderte Joseph

Sisko. »Seit drei Wochen habe ich niemanden mehr vergiftet. Stehen die Dinge wirklich so schlimm, wie die Nachrichten behaupten?«

Ben Siskos Vater wollte sich offenbar nicht ablenken lassen.

»Vielleicht noch schlimmer«, antwortete der Captain vorsichtig.

»Du verstehst es wirklich, einen besorgten alten Mann aufzumuntern.«

Die Bürde der Täuschung wurde noch schwerer. »Du hast mich nicht zum Lügner erzogen.«

»Ich wollte einen Koch aus dir machen«, entgegnete Joseph Sisko. »Und sieh nur, was aus dir geworden ist. Weißt du, es gibt da etwas, das ich nicht verstehe. Du hast immer betont, wie groß der Weltraum ist und daß er voller Wunder steckt.«

»Das stimmt auch...«

»Nun, dann sollte es im Universum doch genug Platz geben, um seinen Bewohnern zu erlauben, sich gegenseitig in Ruhe zu lassen.«

»An Platz herrscht kein Mangel, wohl aber an Vernunft.«

Einige Sekunden lang dachten Vater und Sohn über ein Universum nach, das nicht existierte. Sie wußten beide, wie wenig Sinn es hatte, eine komplexe Galaxis aus einem naiven Blickwinkel zu sehen. Handel, Streit, Hoffnungen, unterschiedliche Ziele, Machtkämpfe – überall keimten Konflikte.

»Ich sollte jetzt besser an die Arbeit zurückkehren«, sagte Joseph Sisko. »Es ist bald Mittag, und da haben wir immer besonders viel zu tun. Gib gut auf dich acht, Ben. Und bring mir meinen Enkel zurück.«

»Darauf kannst du dich verlassen.«

»Alles Gute.«

»Auch für dich.«

Der Bildschirm wurde dunkel – Joseph Sisko hatte

den Kom-Kanal geschlossen. Ben Sisko deaktivierte den Kommunikator. Das wäre erledigt. Lügen über Lügen – es fiel ihm schwerer als erwartet.

»Captain Sisko«, erklang die Stimme des Sekretärs aus dem Interkom.

»Ja?«

»Es ist fünfzehn Uhr fünfundfünfzig. Admiral Ross, Commander Dax und Dr. Bashir sind hier.«

»Schicken Sie sie herein. Warum haben Sie mich nicht darauf hingewiesen, daß sie warten?«

»Tut mir leid, Sir.«

Die Tür öffnete sich, und drei Personen betraten das Büro. Admiral Ross nickte knapp, ging geradewegs zu einem Bildschirm an der Wand und schob ein Datenmodul in den Abtaster. »Hier ist die Analyse Ihrer Informationen aus dem Echo-Sektor, Ben. Da haben Sie schnelle Arbeit geleistet.«

»Danke, Sir.« Sisko stand auf und gesellte sich den anderen an der Projektionsfläche hinzu, wechselte dabei einen kurzen Blick mit dem verwirrten Bashir und der wie immer ganz entspannt wirkenden Dax.

Er bekam gar keine Gelegenheit, ihre stummen Fragen zu beantworten, denn eine Sternkarte erschien auf dem Bildschirm.

»Dies ist eine sehr wichtige Information«, sagte Ross. »Captain Sisko hat eins der wichtigsten Nachschublager der Jem'Hadar lokalisiert.«

»Die *Defiant* kann jederzeit starten«, sagte Dax und vermutete sicher, daß man sie und Dr. Bashir deshalb in dieses Büro bestellt hatte.

»Ich weiß«, sagte Ross. »Aber die *Defiant* ist nicht für diesen Einsatz bestimmt.«

Bashir runzelte die Stirn. »Warum sind wir dann hier?«

»Captain Sisko mußte das Kommando über die *Defiant* abgegeben. Angesichts der vielen Kommandostatus-Anfragen konnten wir es nicht rechtfertigen, daß eine Person den Befehl über zwei Raumschiffe hat.« Der Admiral deutete auf die Sternkarte. »Der Starfleet-Geheimdienst hat ein zentrales Lager für Ketracel-Weiß entdeckt, und zwar im stellaren Territorium der Cardassianer. Wir müssen es zerstören.«

»Ohne jene Substanz können die Jem'Hadar nicht mehr eingesetzt werden«, bemerkte Bashir.

»Ohne Ketracel-Weiß *sterben* die Jem'Hadar«, betonte Ross.

»Ich werde ihnen keine Träne nachweinen«, sagte Dax. »Hauptsache, wir gewinnen irgendwie den Krieg.«

»Vielleicht läßt er sich nur auf diese Weise beenden«, erwiderte Ross ernst. »Abgesehen von einer Kapitulation unsererseits.«

»Aber wie sollen wir ohne die *Defiant* und ihren Tarnschirm ins cardassianische Raumgebiet vorstoßen?« fragte Bashir.

Sisko verbarg ein Lächeln, das ihn verraten hätte. »Das frage ich mich ebenfalls.«

»Sie brauchen gar keine Tarnvorrichtung«, sagte Ross. »Wir haben etwas Besseres.«

Er berührte eine Schaltfläche, und auf der Projektionsfläche erschien ein krabbenförmiges Angriffsschiff der Jem'Hadar – es schwebte in einem Starfleet-Hangar. »Es handelt sich um das Schiff, das Sie im vergangenen Jahr erbeutet haben, Captain. Jetzt können Sie herausfinden, wozu es fähig ist.«

Julian Bashir wandte sich an Sisko. »Wissen Sie, wie man das Ding fliegt?«

»Nein«, antwortete Sisko. »Aber ich bin lernwillig.«

Die Mission sollte in zwei Wochen beginnen, und ein Aufschub kam für Sisko nicht in Frage. Er fungierte auch weiterhin als Adjutant des Admirals und hatte Ross davon überzeugt, der beste Kommando-Offizier für die Ketracel-Mission zu sein. Es kam ohnehin niemand anders in Frage. Die Besatzung des erbeuteten Jem'Hadar-Schiffes würde aus der Crew der *Defiant* bestehen, was den Kreis der Personen, die von dem bevorstehenden Einsatz wußten, weiter begrenzte – obgleich die Geheimhaltung das Leben des Kadetten Nog gefährdete. Normalerweise ging man nicht auf eine solche Weise vor, aber es waren schwere Zeiten. Alle Besatzungsmitglieder der *Defiant* waren isoliert und dann zum Angriffsschiff versetzt worden, ohne daß sie Gelegenheit bekamen, mit unbeteiligten Personen Kontakt aufzunehmen.

Zwei Wochen lang untersuchten Dax und O'Brien die Bordsysteme des Jem'Hadar-Schiffes und zeigten den anderen, wie man damit umging. Eine optimale Lösung war das gewiß nicht. Niemand von ihnen wurde zu einem Experten für irgendeinen technischen Bereich, aber jeder lernte, mit der einen oder anderen Konsole umzugehen. Das Element ›Teamwork‹ rückte dadurch ein wenig in den Hintergrund; Improvisation konnte vielleicht einen Ausgleich schaffen. Steuerungsmatrix, Manövrierdüsen, Sensoren, Reaktorkern, Induktion, Phaserspulen, Resonanzemitter und Subraumgitter hatten Priorität. Das Schiff mußte fliegen und sein Kampfpotential nutzen können; alles andere spielte eine untergeordnete Rolle.

Die einzige wichtige Veränderung an Bord betraf Bashirs Wunsch, eine Krankenstation einzurichten und mit allen notwendigen Dingen auszustatten, unter anderem einer Diagnoseliege und einem sterilen Schirm. An Bord des Jem'Hadar-Schiffes gab es nicht einmal Stühle oder Sessel.

Sisko hatte es abgelehnt, irgendwelche anderen Geräte zu installieren. Nicht einmal ein Replikator kam für ihn in Frage. Wenn der Gegner ihr Schiff sondierte, durfte keine fremde Technik auffallen. Alles mußte darauf hindeuten, daß es sich um ein ganz gewöhnliches Jem'Hadar-Schiff handelte.

Während dieser beiden Wochen kam Sisko nur selten an Bord des Angriffsschiffes und blieb nie sehr lange. Ein längerer Aufenthalt hätte die Crew dazu verleiten können, sich mit Fragen an ihn zu wenden, und das wollte er vermeiden. Sie sollten allein zurechtkommen, denn während eines Kampfes blieb ihnen nicht genug Zeit, den Captain um Rat zu fragen.

Am vierzehnten Tag betrat Sisko die Brücke des Jem'Hadar-Schiffes, gefolgt vom Cardassianer Garak, der wie ein Clown grinste – er freute sich sehr darüber, daß man ihn gebeten hatte, an der Mission teilzunehmen. Sie wollten ins cardassianische Raumgebiet vorstoßen, und deshalb war es durchaus sinnvoll, einen Cardassianer zu haben, den man auf Kom-Schirmen präsentieren konnte, wenn es notwendig werden sollte.

Niemand bemerkte den Captain. Garak verharrte einen Schritt hinter ihm und schwieg glücklicherweise, während Sisko in der Liftnische stehenblieb und die Crew beobachtete, für die bald ein sehr gefährlicher Einsatz begann. Er sah und hörte zu.

»Steuerungsmatrix, überprüft und in Ordnung«, sagte Dax. Kerzengerade stand sie an den taktischen Kontrollen. »Parabolische Heckdüsen, überprüft und in Ordnung. Sensoren, überprüft und in Ordnung. Chief?«

O'Brien hatte eine Verkleidungsplatte an der technischen Konsole gelöst und kontrollierte die Schaltkreise dahinter. »Reaktorkern... überprüft und in Ordnung. Induktionsstabilisatoren, überprüft und in Ordnung. Phaserspulen... überprüft und in Ordnung.«

»Nog?«

»Resonanzemitter, überprüft und in Ordnung«, meldete der junge Ferengi. Er klang immer nervös. »Subraum-Feldgitter, überprüft und in Ordnung. Signalprozessoren, überprüft und... in Ordnung, glaube ich...«

O'Brien sah auf. »Was soll das heißen, ›glaube ich‹? Seit zwei Wochen machen wir uns mit diesem Schiff vertraut.«

Nog wirkte fast trotzig, als er erwiderte: »Ich würde gern einen Jem'Hadar-Soldaten an Bord der *Defiant* bringen und feststellen, wie gut er nach zwei Wochen mit ihren Systemen zurechtkommt. Diese Kontrollen sind... anders beschaffen. Man braucht viel Zeit, um sich an sie zu gewöhnen.«

Sisko lächelte traurig, schwieg auch weiterhin und bedeutete Garak zu warten.

O'Brien setzte die Untersuchung der Schaltkreise fort. »Wir haben keine Zeit mehr. Bald fliegen wir mit diesem Schiff ins stellare Territorium des Gegners, und dabei können wir uns keine Fehler leisten.«

»Mir werden keine unterlaufen, Chief.«

»Gut.«

Nog verlagerte das Gewicht vom einen Bein aufs andere. »Ich verstehe nicht, warum wir hier auf Sessel verzichten müssen.«

»Auf der Brücke eines Jem'Hadar-Schiffes sind keine Sessel vorgesehen«, erwiderte O'Brien.

»Nun, meine Füße sind nicht für langes Stehen vorgesehen«, sagte Nog. »Sie ermüden schnell.«

»Vielleicht sollten wir Sie hierlassen.«

Nog wirkte plötzlich noch nervöser und konzentrierte sich wieder auf seine Arbeit. »Meinen Füßen würde das gefallen, aber mir nicht.«

»Glauben Sie mir, Kadett«, sagte O'Brien. »Es sind nicht Ihre Füße, um die Sie sich Sorgen machen sollten, sondern Ihr Magen. Vielleicht haben Sie bemerkt, daß es an Bord dieses Schiffes nicht einen einzigen Replikator gibt.«

»Das sollte kein Problem sein. Captain Sisko meinte, wir hätten genug Rationen.«

O'Brien lachte. »Versuchen Sie mal, sich drei Wochen

lang nur von Starfleet-Rationen zu ernähren. Und behaupten Sie dann noch einmal, so etwas sei kein Problem.«

Dax sah sich um. »Wissen Sie, was *wirklich* ein Problem ist? Das Fehlen von großen Bildschirmen. Wer baut eine Brücke ohne Fenster?«

Ein guter Hinweis, fand Sisko. Der Kontrollraum des Jem'Hadar-Schiffes erweckte den Eindruck von Enge und Platzmangel. Im Vergleich dazu wirkte selbst die Brücke der *Defiant* geräumig.

Der Captain wollte sein Schweigen gerade beenden, als Julian Bashir aus einer rückwärtigen Nische trat und Dax einen elektronischen Datenblock reichte. »Die gleichen Leute, die ein Raumschiff ohne Krankenstation bauen. Das ist die Liste der medizinischen Ausrüstungsgüter, die ich an Bord gebracht habe. Sie befinden sich in meinem Quartier – einen besseren Ort konnte ich nicht finden.«

Dax warf einen kurzen Blick auf die Liste. »Hoffentlich kommt es nicht zu einem medizinischen Notfall, während Sie schlafen.«

»Es freut mich, daß Sie das Fehlen einer medizinischen Abteilung für amüsant halten. Aber wenn wir in Schwierigkeiten geraten, wünschen Sie sich keine Bildschirme, Sessel oder ein Replikator-Sandwich, sondern ein Biobett mit Geweberegenerator.«

Klang die Stimme des Arztes schärfer als sonst? Sisko sah Garak an, der als guter Freund Bashirs galt, und die Miene des Cardassianers schien seine Vermutung zu bestätigen. Seit Dax und Worf ihre Hochzeit angekündigt hatten, war Bashir ihr gegenüber merklich kühler und unfreundlicher. Er schien die Hoffnung auf eine Zukunft mit Dax schon vor einer ganzen Weile aufgegeben zu haben, aber manche Dinge ließen sich nicht so einfach überwinden.

»Vielleicht.« Dax blieb gelassen. »Aber derzeit würde ich mich über einen großen Bildschirm freuen.«

»Oder über einen Sessel«, warf Nog ein.

»Oder ein repliziertes Sandwich«, fügte O'Brien hinzu.

Sisko trat einen Schritt vor, um den Wortwechsel mit seiner Präsenz zu beenden. O'Brien sah ihn sofort und verkündete: »Captain auf der... Nun, ich schätze, es ist eine Brücke.«

»Also gut, Leute«, sagte Sisko fest. »Alles für den Start vorbereiten.«

Bashir – er würde sich um die Fernbereichsensoren kümmern, solange keine Patienten seine Aufmerksamkeit erforderten – wandte sich an Garak und fragte: »Sind Sie gekommen, um uns viel Glück zu wünschen?«

»Nicht unbedingt«, erwiderte der Cardassianer.

»Ich habe Mr. Garak gebeten, uns zu begleiten«, sagte Sisko. »Wir haben vor, durchs cardassianische Raumgebiet zu fliegen. Er könnte sich also als nützlich erweisen.«

Bashir zeigte seine Freude ganz offen, klopfte Garak auf die Schulter und trat zur Sensorkonsole.

Der Cardassianer lächelte. »Es geschähe nicht zum erstenmal.«

O'Brien stand hinter den zylindrischen Monitorgehäusen der technischen Station. »Nehmen Sie irgendwo Platz.«

Sisko schritt zum Befehlsstand und fühlte sich seltsam unvollständig, als er dort keinen Kommandosessel vorfand.

»Wir sind startklar, Sir«, meldete Nog.

Dax wartete an den Navigationskontrollen und sah zu Sisko. Er nickte. »Bring uns fort von hier, alter Mann.«

»Aye, Captain. Heckdüsen werden aktiviert.«

Das erbeutete Jem'Hadar-Schiff entfernte sich von Starbase 375 und verließ das Sonnensystem. Sisko setzte eins der virtuellen Module auf, die an Kopfhörer erinnerten und mit denen die Jem'Hadar ihre Schiffe steuerten. Sofort prickelte es zwischen seinen Schläfen, als das Gerät einen direkten Signalkontakt mit dem Gehirn herstellte. Ein mentaler ›Bildschirm‹ entstand und zeigte ihm den hinter ihnen liegenden Raumbereich. Er beobachtete, wie die Starbase in der Dunkelheit des Alls verschwand. Als sie die Bahn des äußersten Planeten passierten, blieben auch die Anflugschneisen der Starbase hinter ihnen zurück, was bedeutete, daß sie frei manövrieren konnten.

»Wenden«, sagte Sisko.

Das Schiff neigte sich abrupt und zu stark zur Seite. Das Bild vor Siskos innerem Auge zeigte ihm plötzlich Sterne, die einen seltsamen Tanz vollführten. Er schwankte und taumelte, wie auch die anderen Brückenoffiziere – ihnen allen fiel es schwer, das Gleichgewicht zu wahren. Dax' Hände huschten über Schaltelemente, und innerhalb weniger Sekunden gelang es ihr, das Schiff wieder unter Kontrolle zu bringen.

»Ich wollte nur sicherstellen, daß alle wach sind«, sagte sie.

»Jetzt schläft niemand mehr«, erwiderte Sisko. »In Zukunft sollten wir auf solche Manöver verzichten.«

»Ich will's versuchen…«

»Nimm Kurs auf die cardassianische Grenze, null fünf vier Komma null neun drei. Warp sechs.«

»Ja, Sir.«

Starbase 375 befand sich in einem gutgeschützten Bereich, und gleichzeitig gehörte sie zu den am weitesten von der Erde entfernten Raumbasen, zumindest in dieser Richtung. Dadurch waren sie dem cardassianischen Raum näher als dem Kern der Föderation. Mit Warp sechs dauerte es nur einige Stunden, bis sie das Patrouillengebiet der stärksten Starfleet-Kriegsschiffe erreichten. Dicht dahinter erstreckte sich die cardassianische Grenze, deren Verlauf in diesen Sektoren nicht genau festgelegt war. Viele Abschnitte galten als umstritten, und dort mußten sie mit Begegnungen aller Art rechnen. Vielleicht bekamen sie es mit Jem'Hadar zu tun, die sie ›nach Hause‹ eskortieren wollten. Cardassianer mochten klüger sein und darauf bestehen, jemanden an Bord zu beamen. Starfleet-Schiffe würden das ›fliehende‹ Jem'Hadar-Schiff vermutlich unter Beschuß nehmen, ebenso wie Klingonen, die bestimmt alle Kom-Signale ignorierten und nur die Waffen sprechen ließen. Praktisch alles war möglich.

Sisko schnitt eine Grimasse. Das dumpfe Pochen hinter seiner Stirn wurde immer schmerzhafter.

Er hatte schon einmal ein derartiges virtuelles Modul getragen, bis die Kopfschmerzen solche Intensität gewannen, daß er mit den direkt zum Gehirn übermittelten Daten kaum mehr etwas anfangen konnte. Dadurch war der Sinn solcher Geräte für ihn in Frage gestellt.

Ein Zischen an seinem Hals wies ihn darauf hin, daß Bashir einen Injektor verwendet hatte, doch das injizierte Mittel richtete nur wenig gegen die Schmerzen aus.

Sisko beugte sich über eine der Konsolen und versuchte, das hämmernde Pochen zu ignorieren.

»Leider hatte ich nur wenig Zeit, um die Nebenwirkungen dieser Geräte zu untersuchen«, sagte Bashir.

»Nun«, ächzte Sisko, »eine dieser Nebenwirkungen kennen wir: Kopfschmerzen.«

»Die virtuellen Module sind dafür bestimmt, von Vorta oder Jem'Hadar getragen zu werden, nicht von Menschen.«

»Darf ich etwas vorschlagen, Captain?« ließ sich Garak vernehmen.

Sisko hielt die Augen geschlossen und spürte, wie sich seine Nackenmuskeln allmählich entspannten. »Vorausgesetzt, Sie sprechen leise...«

»Wir haben gesehen, daß Dukat während des Angriffs auf *Deep Space Nine* ein solches Gerät verwendete.

Vielleicht kommt die cardassianische Physiologie besser damit zurecht.«

»Melden Sie sich freiwillig?«

»Ja. An Bord dieses Schiffes gibt es zwei virtuelle Module. Wenn ich eins benutze, brauchen Sie keins zu tragen, zumindest nicht die ganze Zeit über.«

»Ich stimme Garak zu, Captain.« Bashir flüsterte fast. »Je seltener Sie das Gerät tragen müssen, desto besser.«

Sisko beschränkte seine Bewegungen auf ein Minimum, als er nach dem zweiten Modul griff und es Garak reichte. Das eigene nahm er ab.

»Es ist wie ein geistiger Bildschirm«, kommentierte der Cardassianer und betrachtete das mentale Bild. Wenige Sekunden später schnappte er nach Luft, und Sisko glaubte zunächst, daß es sich um eine Reaktion auf die erlebte virtuelle Realität handelte. Aber dann wies Nog darauf hin, daß sich Gefahr anbahnte.

»Sir, ein Föderationsschiff nähert sich mit Kurs eins fünf sieben Komma null neun fünf – es ist die U.S.S. *Centaur*!«

Sisko hätte das Steuerungsgerät fast wieder aufgesetzt. »Das ist Charlie Reynolds' Schiff…«

»Ich sehe es!« stieß Garak hervor.

Ein Phaserstrahl ließ den Jem'Hadar-Raumer erzittern, und Sisko begriff, daß man sie für den Feind hielt.

8

Ganz gleich, wie stabil die Schilde sein mochten: Starfleet-Phaser waren ziemlich wirkungsvoll.

Sisko beschloß, das virtuelle Modul wieder aufzusetzen – er mußte unbedingt sehen, was geschah. Wieder entflammte Schmerz hinter seiner Stirn, und er sah ein Bild, das ihn nicht überraschte. Genau diese Befürchtungen hatte Charlie Reynolds mit dem Hinweis geweckt, daß er zur cardassianischen Grenze abkommandiert worden war. Sisko und seine Gefährten befanden sich an Bord eines feindlichen Schiffes und durften niemanden von ihrem Einsatz erzählen, um den Erfolg der geheimen Mission nicht zu gefährden.

Allerdings: Charlie war eine Ausnahme.

»Öffnen Sie einen Kom-Kanal zur *Centaur*, Kadett!«

Sisko gab diese Anweisung, nachdem das Jem'Hadar-Schiff zwei weitere Treffer eingesteckt hatte. Es bedeutete, den Kreis der informierten Personen ein wenig zu erweitern, Charlie Reynolds und seine Crew darauf hinzuweisen, daß eine streng geheime Starfleet-Mission stattfand. Keine besonders kluge Entscheidung, aber eine, die den besonderen Umständen gerecht wurde. Sie mußten in den cardassianischen Raum mit einem Schiff vordringen, das nicht zu sehr beschädigt war – andernfalls bekamen sie vielleicht keine Gelegenheit, das stellare Territorium der Cardassianer auch wieder zu verlassen.

»Ich kann nicht«, erwiderte Nog. »Unser Kom-System ist ausgefallen.«

»Vielleicht sollten Sie die Möglichkeit in Erwägung ziehen, das Feuer zu erwidern«, meinte Garak.

Bashir warf ihm einen erschrockenen Blick zu. »Ausgeschlossen! Es ist ein Starfleet-Schiff.«

Wieder traf eine Phaser-Entladung die Deflektoren, und der Jem'Hadar-Raumer schüttelte sich so heftig, daß Sisko und die anderen fast zu Boden gefallen wären. Es erwies sich als immer unangenehmer, dauernd zu stehen.

»Sagen Sie das den Angreifern«, entgegnete Garak.

Und noch ein Treffer. Krieg: Man nahm keine Rücksicht und schoß sofort.

»Wir sollten irgend etwas unternehmen«, sagte O'Brien, ohne irgendwelche Vorschläge zu unterbreiten.

In gewisser Weise war es gut, daß ihr Kom-System nicht funktionierte. Wenn sie diese Sache lebend überstanden, gab es keine zusätzlichen Personen, die das Geheimnis teilten.

»Bring uns über die Grenze, Dax, und zwar mit maximaler Warpgeschwindigkeit«, sagte Sisko. »Hoffen wir, daß uns Charlie Reynolds nicht ins Raumgebiet des Dominion folgt.«

Reynolds – warum mußte ausgerechnet er es sein, nachdem sie sich fünfzehn Jahre lang nicht gesehen und an Bord der Starbase wieder getroffen hatten? Nein, nicht fünfzehn Jahre, sondern zwölf. Was auch immer. Reynolds war nie sehr einfallsreich gewesen, dafür aber ausgesprochen hartnäckig. Er brachte die Akademie hinter sich, indem er einfach nie aufgab, obgleich er für alles doppelt solange brauchte wie die übrigen Kadetten. Und wenn er schließlich etwas gelernt hatte, so vergaß er es nie. Er verfügte über ein begrenztes Wissen, das jedoch nicht verblaßte, so wie bei vielen anderen Menschen. Er kannte seine Schwächen und Stärken, und er handelte dementsprechend. Außerdem konnte er auf die Hilfe einer erfahrenen Crew zurückgreifen. Mit anderen Worten: Die *Centaur* war ein sehr gefährlicher Gegner.

Sisko hatte nur einen Vorteil: Er kannte seinen Widersacher und erinnerte sich an die gemeinsamen Simulationen. Charlies Verhalten ließ sich vorhersagen, wenn er während der vergangenen zwölf Jahre nicht gelernt hatte, gelegentlich auch zu improvisieren.

Auf dem immer noch Schmerz verursachenden geistigen Bildschirm sah Sisko, wie ihnen ein Starfleet-Patrouillenschiff mit vielen Agenten an Bord folgte und immer wieder die Phaserkanonen abfeuerte. Was für eine Ironie des Schicksals. Charlie arbeitete für den Starfleet-Geheimdienst, und es ging ihm nicht in erster Linie darum, die Grenze abzusichern. Er war vielmehr bestrebt, die geheime Mission seines Schiffes zu schützen, und das galt auch für Sisko. Wenn Charlie über den Einsatz des erbeuteten Jem'Hadar-Schiffes Bescheid gewußt hätte... Bestimmt wäre er klug genug gewesen, nichts darüber verlauten zu lassen.

»Wann erreichen wir die Grenze?« fragte Sisko.

Dax bediente die Navigationskontrollen. »Wir haben sie gerade passiert.«

Und die *Centaur* folgte ihnen auch weiterhin, obgleich sie jetzt im stellaren Territorium des Dominion unterwegs waren. Das bestätigte Siskos Verdacht: Reynolds schien befugt zu sein, alle Zeugen für die Präsenz der *Centaur* zu beseitigen.

»Die *Centaur* nimmt uns noch immer unter Beschuß«, meldete Nog.

Sisko schnitt eine Grimasse. »Charlie wußte nie, wann es besser ist aufzuhören«, sagte er und dachte an seine Verpflichtung, Reynolds' Mission geheimzuhalten – Dax und die anderen durften nichts davon erfahren.

O'Brien veränderte einige Schaltungen. »Scheint ein ziemlich verbohrter Bursche zu sein...«

»Die Frage lautet: Wie verbohrt sind wir?« erwiderte Garak.

Das Jem'Hadar-Schiff erzitterte, als die Schilde erneut destruktive Energie absorbieren mußten.

»Captain«, sagte Dax, »der letzte Treffer hat eine unserer Manövrierdüsen beschädigt.«

Von einem Augenblick zum anderen änderte Sisko seine Strategie. Wenn er und seine Crew getötet wurden, konnte die geheime Mission im cardassianischen AllRaum nicht stattfinden. Dann verlor Starfleet die Chance, jene Station zu vernichten, in der Ketracel-Weiß produziert und gelagert wurde. Ohne diese Station mußte der Nachschub für die Jem'Hadar rationiert werden, was sich negativ auf ihr Kampfpotential auswirkte. Je genauer Sisko darüber nachdachte, desto klarer wurde das Bild: Ihre Mission war wichtiger als Charlie und die *Centaur*.

Eine schreckliche Wahrheit – aber er mußte sich mit ihr abfinden.

»Warptransfer unterbrechen und wenden.« Er sah zu O'Brien. »Treffen Sie Vorbereitungen dafür, das Feuer zu erwidern.«

Die Brückenoffiziere wechselten schockierte, fassungslose Blicke.

»Ja, Sir«, bestätigte O'Brien.

Dax sah auf ihre Anzeigen. »Die *Centaur* hat den Warptransfer ebenfalls unterbrochen.«

Mit Impulsgeschwindigkeit rasten die beiden Schiffe aneinander vorbei und feuerten. Doch es wurde sofort klar, daß O'Brien es an der sonst üblichen Entschlossenheit mangeln ließ. Zwar traf er die *Centaur*, aber nur dort, wo die Phaserstrahlen keinen nennenswerten Schaden anrichten konnten.

Die *Centaur* begann mit einem neuen Anflug und versuchte, sich in eine gute Schußposition zu bringen, hinter und über dem Jem'Hadar-Schiff. Es gelang Dax, den Gegner mit einem speziellen Manöver zu verwirren.

»Zielerfassung auf die Waffenbänke«, sagte Sisko und sah zu O'Brien. »Lassen Sie das Triebwerk intakt. Ich möchte vermeiden, daß Charlie auf der falschen Seite der Grenze festsitzt.«

»Wir nähern uns wieder«, ließ sich Dax vernehmen.

»Charlie fliegt gern weite Schleifen«, sagte Sisko. »Bleib dicht an ihm dran. Angriffsmuster Omega.«

Dax steuerte das Jem'Hadar-Schiff unter die *Centaur*, und die von O'Brien ausgelösten Phaserstrahlen tasteten über die untere Seite des Starfleet-Raumers, erfaßten dabei die sublateralen Waffenbänke. Die *Centaur* wich aus und kam erneut in einem weiten Bogen herum. Doch dann überlegte sie es sich plötzlich anders und flog fort.

»Die *Centaur* geht in den Warptransit«, stellte Dax fest, und deutliche Zufriedenheit erklang in ihrer Stimme. »Sie kehrt in Richtung Föderationsraum zurück.«

»Ja!« freute sich Nog.

Garak wandte sich an O'Brien. »Gute Arbeit, Chief.«

Sisko seufzte erleichtert, als er begriff, daß er seinen alten Freund nicht töten mußte.

O'Brien wirkte noch immer kummervoll. »Danke«, erwiderte er. »Aber ich wußte gar nicht, daß ich einen direkten Treffer erzielt habe.«

Sisko sah sich um und erwartete, daß einer der anderen Brückenoffiziere eine Antwort darauf gab.

»Vielleicht haben Sie das auch gar nicht«, sagte Dax. »Ich orte drei Jem'Hadar-Schiffe, die hierher unterwegs sind.«

Sisko trat an die Navigationsstation heran und blickte auf die Anzeigen. »Charlie muß sie bemerkt haben.«

Von einer Gefahr zur anderen... Die drei Jem'Hadar-Raumer flogen ihnen entgegen und hatten zusammen genug Feuerkraft, um einen ganzen Außenposten zu vernichten. Sisko spürte, wie seine Anspannung wuchs. Bestanden sie vielleicht auf einer Kontrolle des Schiffes? Versuchten sie, einen Kom-Kontakt herzustellen?

Die drei Schiffe rasten an ihnen vorbei.

»Sie schenken uns überhaupt keine Beachtung«, sagte Nog verblüfft.

»Nicht einmal ein Hallo für uns«, fügte Dax hinzu.

O'Brien starrte auf seine Displays. »Sie sind zu sehr damit beschäftigt, die *Centaur* zu jagen.«

»Ob Reynolds ihnen entkommen kann?« fragte Bashir besorgt.

Sisko atmete tief durch und ahnte, was sich die anderen nun von ihm erhofften: den Befehl, ihre geheime Mission aufzugeben und der *Centaur* zu helfen. Mit drei Gegnern konnte er es nicht aufnehmen.

»Charlie hat sich schon des öfteren in schwierigen Situationen befunden«, meinte Sisko. »Irgendwie wird er damit fertig.«

Was hätte er sonst sagen sollen?

»Ich wünschte, wir könnten helfen«, murmelte Dax.

»Dazu sind wir leider nicht imstande. Bringen Sie unser Kom-System in Ordnung, Chief. Dax, wir gehen wieder auf den ursprünglichen Kurs. Warp sieben.«

»Sie richten die Zielerfassung auf unser Triebwerk!«

»Aufs Triebwerk?«

»Bestätigung.«

»Zusätzliche Energie in die Heckschilde leiten! Warum haben sie sich so viel Zeit gelassen? Bringen Sie uns über die Grenze zurück; mal sehen, ob uns die Jem'Hadar ins Raumgebiet der Föderation folgen. Setzen Sie die Ausweichmanöver fort, Randy.«

»Ausweichmanöver, Charlie!«

»Schreien Sie nicht.«

»Okay.«

»Wie ist der Status des Triebwerks, Chief?«

Charlie Reynolds wartete auf eine Antwort. Als keine kam, drehte er sich um und versuchte, die durch den Kontrollraum treibenden Rauchwolken mit seinen Blicken zu durchdringen. Der Chefingenieur war über eine Konsole gebeugt, und sein Oberkörper steckte in einer Wartungsöffnung. Er rührte sich nicht – war er bewußtlos?

Reynolds stand auf, trat ans Geländer heran, griff darüber hinweg und berührte den Chefingenieur am Ellenbogen. »Alles in Ordnung, Fitz?«

»Ja. Ziehen Sie bitte nicht an meinem Arm. Ich halte einen Phasenadaptor in der Hand.«

»Ich dachte schon, Sie hätten das Bewußtsein verloren.«

»Noch nicht.«

»Ist es sehr schlimm?«

»Ja.«

»Können wir den Warptransit fortsetzen?«

»Das sollten wir besser.«

»Ersticken Sie nicht darin.«

»Nein...«

»Warp sechs, Randy. Bringen Sie uns fort von hier. Roger, Feuer frei. Halten Sie den Gegner beschäftigt. Wenn er noch einmal unser Triebwerk trifft, sind wir erledigt.«

»Warp sechs, aye.«

»Feuer frei bestätigt, Charlie.«

Reynolds trat über den am Boden liegenden Fähnrich hinweg und stellte fest, daß der junge Bursche zumindest atmete. Erst seit einem Tag gehörte er zur Crew der *Centaur*. Es gab nur eine Möglichkeit, ihn zu retten – indem die ganze Crew in Sicherheit gebracht wurde.

»Randy, gehen Sie auf Warp sieben, wenn das möglich ist.«

»Ich versuch's.« Der Pilot Randall Lang beugte sich

zum Schaltpult vor. »Sechs Komma vier... Komma fünf...«

Charlie stand neben dem Kommandosessel und legte Lang eine Hand auf die Schulter. Es war eine beruhigende Geste, die darauf hinweisen sollte, daß sie sich umeinander kümmerten. Solche Dinge zählten.

Reynolds mochte sein kleines Schiff und die kleine Crew. Die meisten von ihnen waren seit fünf Jahren zusammen, seit dem ersten größeren Transfer von Starfleet-Personal nach Blue Rocket, wo es ruhig und friedlich zuging. Kaum jemand wollte seinen Posten dort wieder aufgeben, und so verwandelte sich Blue Rocket in eine Art Geheimnis für Eingeweihte. Gelegentlich wurde jemand abkommandiert, aber es geschah nur selten, daß man den dort stationierten Starfleet-Offizieren neue Einsatzorder übermittelte. Die idyllische Welt war genau der richtige Ort für einen Familienvater mit acht Kindern.

Dann begann der Krieg, und jetzt waren sie alle heimatlos. Einige Freunde lebten nicht mehr, und es gab den einen oder anderen neuen Rekruten, aber der Kern der ursprünglichen Gemeinschaft existierte nach wie vor. Allerdings breitete sich jetzt immer mehr ein Gefühl der Unbeständigkeit aus.

Die anderen sahen in Reynolds eine Garantie dafür, daß sie irgendwann nach Blue Rocket zurückkehren konnten, um das Leben fortzusetzen, das sie hatten aufgeben müssen. Bisher war es Charlie gelungen, sich selbst und seine Gefährten davon zu überzeugen, daß sie nur eine Übergangsphase erlebten.

Um seine Freunde abzulenken und zu verhindern, daß ihre Vorgesetzten auf den Gedanken kamen, die Crew auf andere Schiffe zu verteilen, hatte Charlie Reynolds jede Gelegenheit zum aktiven Dienst wahrgenommen. Derzeit bedeutete das Infiltration. Und *das* bedeutete Flucht vor drei Kampfschiffen der Jem'Hadar.

»Einer der drei Verfolger dreht ab, Charlie.« Die wissenschaftliche Offizierin Geraldine Ruddy ließ beide Hände auf den Kontrollen ihrer Station ruhen, als sie den Kopf drehte. »Er kehrt über die Grenze zurück.«

»Wir sind nur zwei Jem'Hadar-Schiffe wert«, kommentierte Reynolds. »Sammeln Sie möglichst viele Ortungsdaten über das dritte Schiff, Gerrie. Was ist mit den beiden anderen?«

»Sie fliegen nach wie vor auf einem Verfolgungskurs, und zwar mit voller Geschwindigkeit. Wenn wir so schnell bleiben wie bisher, dürften sie keine Gelegenheit erhalten, uns zu überholen und einen Hinterhalt vorzubereiten.«

Reynolds wandte sich an den Navigator. »Irgendwelche Hindernisse vor uns?«

Der neben Lang sitzende Roger Buick kaute wie üblich auf einem Zahnstocher und schüttelte den Kopf. »Nein, Charlie. Vor uns erstreckt sich nichts anderes als leerer Raum.«

»Haben Sie gehört, Rand?«

»Ja.« Langs schwarzes Haar klebte an der schweißfeuchten Stirn, während er konzentriert auf die Anzeigen blickte. »Wir sind mit Vollgas unterwegs.«

Reynolds wanderte im Kommandobereich umher. Eine seltsame Mischung aus Neugier und Ärger vibrierte in ihm. Warum hatte das erste Jem'Hadar-Schiff nicht sofort das Feuer auf sie eröffnet? Warum war es so sehr bestrebt gewesen, einem kleineren und schlechter bewaffneten Starfleet-Kreuzer auszuweichen? Es hatten sich keine wesentlichen Schäden an Bord jenes Schiffes feststellen lassen, und dadurch wurde alles noch rätselhafter.

Und als es schließlich das Feuer eröffnete... Warum hatte es die Zielerfassung nur auf die Waffenbänke der *Centaur* gerichtet? Und warum so halbherzige

Schüsse? Normalerweise zeichnete sich das Verhalten der Jem'Hadar durch ein einheitliches Muster aus: Sie waren immer konzentriert, immer aggressiv und immer bestrebt, den Feind zu töten. Warum hatten sie diesmal versucht, einen Kampf zu vermeiden?

»Vielleicht befanden sich Cardassianer an Bord«, murmelte Reynolds und runzelte die Stirn. »Haben Sie das Schiff sondiert, Gerrie?«

»Welches?«

»Das erste. Ich meine den einzelnen Raumer auf der anderen Seite der Grenze.«

»Den wir angegriffen haben?«

»Genau.«

»Was für eine Sondierung? Bio?«

»Ja. Wer war an Bord?«

»Ich konnte keine entsprechenden Daten gewinnen, Charlie. Die Sensorschilde waren bereits aktiviert.«

»Warum flog das Schiff mit aktivierten Sensorschilden, wenn uns niemand kommen sah?«

»Es ist mir ein Rätsel – insbesondere deshalb, weil Sensorschilde ziemlich viel Energie verbrauchen. Man sollte meinen, daß es einen guten Grund gibt, sie zu aktivieren, oder?«

Reynolds schüttelte den Kopf. »Die Jem'Hadar sind häßlich, aber keineswegs dumm. Hier stimmt was nicht. Wo sind die beiden anderen Schiffe?«

»Sie verfolgen uns nach wie vor«, antwortete Randy Lang. »Die Entfernung schrumpft.«

»Können wir irgend etwas über Bord werfen, das die Jem'Hadar veranlaßt, langsamer zu werden, Fitz? Fitz!«

Mohammed Fitzgerald kroch aus dem offenen Wartungsschacht: ein attraktiver, ewig junger Warpingenieur mit braunen Augen und feuerrotem Haar, das an einigen Stellen angesengt zu sein schien. Blut und Schweiß zeigten sich in seinem Gesicht. »Ja, Charlie?«

Trotz der alles andere als erfreulichen Situation

schmunzelte Reynolds. »Ich glaube, Sie haben sich die Nase verbrannt.«

»Ich fühle die Nase gar nicht.«

»Schon gut. Ich besorge Ihnen eine neue, wenn wir dies alles überstanden haben. Gibt es etwas, mit dem wir nach den Verfolgern werfen können, das sie langsamer werden läßt und uns Gelegenheit gibt, den Abstand um ein oder zwei Lichtjahre zu vergrößern? Kühlmittel? Antimaterie? Strahlung...«

»Ganz gleich, was wir auch ausschleusen – wir verlieren dadurch an Schub«, wandte Fitzgerald ein. »Außerdem könnte es zu einer Kursabweichung kommen, was den Verfolgern einen Vorteil gewährt. Warum fliegen wir nicht einfach geradeaus weiter, mit verstärkten Heckschilden?«

Die Jem'Hadar schienen eine Antwort liefern zu wollen: Sie feuerten auf die *Centaur*, und das Starfleet-Schiff erbebte so heftig, daß Reynolds übers Geländer fiel und Fitzgerald gegen die Konsole prallte, an der er bis eben gearbeitet hatte.

»Charlie!«

Der Ruf kam von Randy Lang.

Eine Hand schloß sich um Reynolds' Arm und zog ihn auf die Knie. Er griff nach dem Geländer und sah nach oben. »Es ist alles in Ordnung mit mir, Randy. Steuern Sie das Schiff.«

»Sie bluten am Kopf.«

»Sie sollen das Schiff steuern, Randy.«

Reynolds versuchte aufzustehen, aber er fand einfach nicht die Kraft dazu. Seine Beine schienen jemand anders zu gehören und gehorchten ihm nicht.

Das Schiff schüttelte sich erneut. Ein weiterer Treffer?

»Der Captain ist auf der Brücke, und zwar im wahrsten Sinne des Wortes.« Fitzgerald zog ihn hoch.

Jetzt brauchte Reynolds nur noch stehenzubleiben. Er versuchte einige Sekunden lang, sich von der Benommenheit zu befreien. Als er wieder klar denken konnte, stand er mit dem Rücken am Geländer, und ein weiterer Treffer erschütterte die *Centaur*.

»Das war stärker. Kommen die Gegner näher?«

»Einer von ihnen«, bestätigte Gerrie Ruddy. »Der andere fällt zurück. Aber ein Schiff genügt völlig. Wir sind schon ein ganzes Stück im Föderationsraum, Charlie. Wieso kehren die Jem'Hadar nicht um?«

»Weil sie stur sind. Wenn sie jemanden verfolgen, so lassen sie nicht locker.«

Lang blickte von seinen Kontrollen auf. »Soll das heißen, daß die Burschen nicht aufgeben werden?«

»Ja. Die Jem'Hadar werden den Flug fortsetzen, bis sie uns erwischen – oder bis jemand sie erwischt.«

»Und wenn uns niemand zu Hilfe kommt?«

Eigentlich erübrigte sich eine Antwort, aber Reynolds gab sie trotzdem. »Dann machen wir eine Bruchlandung auf der Erde und genehmigen uns einen Landurlaub auf Tobago.«

Zu seiner Erleichterung lachten alle. Selbst der immer noch auf dem Boden liegende Fähnrich stöhnte und lächelte schief.

»Haben wir keine Möglichkeit, dem Feind irgendein Hindernis in den Weg zu legen, Fitz?« fragte Reynolds.

Fitzgerald drehte einen Schraubenschlüssel in der Hand, als er darüber nachdachte. »Nun... Wir müssen nicht unbedingt Energie einsetzen, oder?«

Reynolds wagte es, eine Hand vom Geländer zu lösen, als er sich zu Fitzgerald umdrehte. »Was käme sonst in Frage? Ein fester Gegenstand? Vielleicht die Kabelrollen?«

Fitzgerald und der Captain starrten sich einige Sekunden lang an.

Schließlich zuckte der Chefingenieur mit den Schultern. »Warum nicht?«

Die Worte klangen fatalistisch, aber sie gaben ihnen neue Hoffnung.

Die für ein anderes Schiff bestimmten Kabelrollen lagerten im oft benutzten Frachtraum. Die *Centaur* war weder ein Frachter noch ein Kampfschiff, eher das Starfleet-Äquivalent eines Mehrzwecklasters, der für die unterschiedlichsten Missionen eingesetzt werden konnte.

»Wir könnten ein richtiges Durcheinander schaffen«, sagte Gerrie. »Indem wir die Kabel vor dem Ausschleusen entrollen.«

»Gute Idee. Geben Sie der Sicherheitsabteilung Bescheid. Und schicken Sie einige Fähnriche nach unten, um den anderen zu helfen. Da wir gerade bei Fähnrichen sind... Jemand sollte dem armen Kerl auf die Beine helfen.«

Roger Buick verließ seinen Platz an den Navigationskontrollen – derzeit waren keine besonderen Flugmanöver erforderlich. Behutsam zog er Fähnrich Aryl hoch, führte ihn durch den Kommandobereich der Brücke und half dem jungen Mann dann dabei, auf einer Stufe Platz zu nehmen. »Sind Sie verletzt?« fragte Buick.

Reynolds beobachtete die beiden Jem'Hadar-Schiffe. Die Ortungsschirme zeigten sie als graue Punkte direkt hinter der *Centaur*.

»Natürlich ist er verletzt«, sagte der Captain. Er wollte einige aufmunternde Worte hinzufügen, den jungen Mann mit seinem Vornamen ansprechen, aber Aryl war Argelianer, und bei Argelianern war nur ein Name üblich.

»Nein, ich bin nicht verletzt«, widersprach Aryl und reagierte damit genauso, wie es Reynolds gehofft hatte. Aryl preßte sich kurz beide Hände aufs Gesicht, um wieder Leben in die erstarrten Zügen zu bringen, strich dann das schmutzige braune Haar zurück und stand auf. »Ich kann die Arbeit fortsetzen...«

»Wenn Sie das nächste Mal eine explodierende Konsole sehen, sollten Sie nicht darauf zulaufen, sondern einen sicheren Abstand wahren. Kehren Sie an Ihren Platz zurück. Das gilt auch für Sie, Roger.«

»Aye, Sir«, bestätigte Buick und sank wieder in den Sessel der Navigationsstation, obwohl es eigentlich gar nicht viel zu navigieren gab. Er fungierte gleichzeitig als Kom-Offizier, aber es gab auch nicht viel zu kommunizieren. Deshalb bereitete er die Waffensysteme vor, obwohl sie nur dann zum Einsatz gelangen konnten, wenn sich die *Centaur* dem Gegner zum Kampf stellte.

Reynolds nahm im Kommandosessel Platz und öffnete einen internen Kom-Kanal. »Frachtraum, geben Sie mir Bescheid, wenn Sie mit den Kabelrollen fertig sind.«

»Wir sind fast soweit. Von insgesamt zehn sind sechs entrollt. Die Kabel bilden einfach einen großen Haufen, Charlie. Entspricht das Ihrer Vorstellung?«

»Ja, Narhi. Ein ordentliches Wirrwarr – darauf kommt es mir an.«

»In Ordnung.«

»Beeilen Sie sich.«

»Verstanden.«

»Und versuchen Sie… Rand, halten Sie unsere Geschwindigkeit konstant! Wir dürfen nicht langsamer werden!«

»Ich verliere Energie!« Der Pilot berührte mehrere Schaltflächen und blickte dann zum Chefingenieur. »Unternehmen Sie etwas, Fitz!«

Fitzgerald eilte zu den technischen Kontrollen, die noch funktionierten. Er versuchte, bestimmte energetische Transferleitungen zu reaktivieren, doch nach einigen Sekunden schüttelte er den Kopf und drehte sich um. »Nichts zu machen, Charlie.«

»Frachtraum«, sagte Reynolds, »wir können nicht länger warten. Schieben Sie den ganzen Kram in den rückwärtigen Ladeplatz und schleusen Sie ihn aus.«

Der Captain bekam keine Antwort und widerstand der Versuchung, eine zu verlangen. Er hatte die Leute dazu aufgefordert, aktiv zu werden, und er konnte nur hoffen, daß sie seine Anweisungen ausführten.

»Werfen Sie auch die Kisten über Bord, Narhi«, fügte Reynolds hinzu. »Und Ihre Werkzeuge.«

Noch immer keine Antwort. Die *Centaur* wurde langsamer und schüttelte sich alle vier oder fünf Sekunden – die Jem'Hadar feuerten in immer kürzeren Abständen. Die Schilde des Starfleet-Schiffes flackerten, und im Kontrollraum stoben Funken aus den Konsolen. Reynolds begriff, daß sie nicht mehr viel länger durchhalten konnten.

Geraldine Ruddy schlug mit der Faust auf die wissenschaftliche Station. Ein Display vor ihr zeigte den Raumbereich hinter der *Centaur*. »Kabel werden ausgeschleust!«

9

Charlie Reynolds trat rasch an die Seite der wissenschaftlichen Offizierin Ruddy, und einige andere Brückenoffiziere gesellten sich ihm hinzu. Er drehte kurz den Kopf, um sich zu vergewissern, daß Randy Lang und Fitzgerald ihre Posten nicht verlassen hatten. Die beiden Männer saßen nach wie vor an ihren Kontrollen und beobachteten das Geschehen hinter der *Centaur* auf einem anderen Bildschirm.

Ein Durcheinander aus Drähten, Seilen, Kabeln, Werkzeugen und Metallkisten erschien auf den Monitoren und bildete ein großes Knäuel.

»Wir müssen schneller werden, Fitz«, sagte Reynolds. »Um den Abstand zu vergrößern.«

»Ich könnte die Schilde anzapfen, aber...«

»Es ist mir völlig gleich, woher Sie die notwendige Energie nehmen!«

»Na schön. Rand, ich erhöhe jetzt das energetische Potential des Triebwerks.«

Lang beugte sich zu seiner Konsole vor und betätigte Schaltflächen.

Mehrere Bildschirme zeigten, wie die Wolke aus Kabeln und anderen Gegenständen hinter der *Centaur* zurückblieb. Gleichzeitig nahm die Entfernung zum Jem'Hadar-Schiff weiterhin schnell ab. Mit voller Geschwindigkeit kam der feindliche Raumer heran, und nach einigen Sekunden versuchte er, zur Seite auszuweichen.

»Sie haben das Hindernis gesehen!« entfuhr es Gerrie.

»Selbst wenn es nicht zu einer Kollision kommt – wir gewinnen auf jeden Fall ein wenig Zeit«, sagte Reynolds. Seine Leute durften auf keinen Fall die Hoffnung verlieren.

Das Ausweichmanöver der Jem'Hadar gelang nicht ganz. Die Backbordschwinge des Schiffes berührte einen Kabelstrang, und das genügte. Das ganze Knäuel wurde mitgerissen und prallte dann mit solcher Wucht an den Rumpf des Raumschiffs, daß mehrere Segmente glatt durchschlagen sowie einige Waffenbänke und Sensormodule zerstört wurden. Das Schiff geriet völlig außer Kontrolle, drehte sich immer wieder um die eigene Achse und verhedderte sich noch mehr in dem Durcheinander. Mehrere Metallkisten bohrten sich durch die Außenhülle.

Der Jem'Hadar-Raumer verlor an Geschwindigkeit und trudelte hilflos durchs All.

»Das wär's – jetzt ist das Schiff dort draußen kaum mehr als ein Wrack«, sagte Reynolds. »Wir können wieder langsamer werden, Rand. Sparen Sie Energie. Buick, setzen Sie sich mit der Starfleet-Sektorwache in Verbindung und teilen Sie ihr mit, wo sie ein erbeutetes Schiff mit ziemlich verlegenen Jem'Hadar an Bord abholen kann.«

Die Brückenoffiziere lachten und kehrten zu ihren Stationen zurück. Den einen oder anderen von ihnen mochte es wundern, daß sie überlebt hatten.

Reynolds konnte es selbst kaum fassen und preßte sich die Hand an den schmerzenden Kopf. Sie hatten wirklich einiges hinter sich…

Er sank in den Kommandosessel. »Gerrie?«

»Ja?«

»Nehmen Sie Kontakt mit Starbase 375 auf, sobald wir den Bereich der Kom-Stille verlassen haben. Ich möchte einen Termin vereinbaren.«

»Mit wem?«

»Mit einem alten Kumpel – dem Flottenadmiral. Ich werde sein Büro betreten, auf den Schreibtisch klettern, von oben auf ihn hinabsehen und sagen: ›Also gut, Ross – was geht hier vor?‹«

»Das Schiff vor uns hat der Station auf dem Asteroiden gerade eine Nachricht übermittelt«, sagte Garak. »Es bittet um Lieferung von Ketracel-Weiß.«

»Also ist dies der richtige Ort«, erwiderte Dax.

Sie bediente die Navigationskontrollen jetzt mit größerer Sorgfalt. Immerhin befanden sie sich im Raumgebiet des Dominion, und hier fiel ein ungeschickt navigierendes Jem'Hadar-Schiff sofort auf.

Sisko wußte ihre Bemühungen zu schätzen.

Garak überwachte auch weiterhin die Kommunikation zwischen dem anderen Jem'Hadar-Raumer und der Station auf dem kleinen Asteroiden, dem sie sich näherten. Sisko nickte zufrieden. Dies war eine der »speziellen Missionen«, mit denen ihn Starfleet Command beauftragte – ein Ergebnis von Vizeadmiral Warners Druck auf Admiral Ross, der durch den Verlust der Siebten Flotte in Schwierigkeiten geraten war. Das Schiff vor ihnen brauchte Ketracel-Weiß, damit die Jem'Hadar-Crew auch weiterhin einsatzbereit blieb, und es verringerte seinen Abstand zum Asteroiden.

»Ich habe gerade ein Sicherheitsnetz über dem Asteroiden gesehen, Captain«, meldete Garak. »Man ließ das Schiff passieren, damit es seine Vorräte erneuern kann.«

»Halten Sie auch weiterhin Ausschau«, sagte Sisko. Er spielte kurz mit dem Gedanken, das andere virtuelle Modul aufzusetzen, entschied sich aber dagegen. »Achten Sie auf alle Details.«

»Das Schiff hat hundertzehn leere Behälter in die Station gebeamt«, erwiderte Garak. »Und jetzt empfängt es hundertzehn volle.«

Sisko klopfte auf seinen Insignienkommunikator. »Alles klar, Chief?«

Miles O'Briens Stimme drang aus dem Kom-Lautsprecher. »Ich habe hier dreiundachtzig leere Behälter – und einen weiteren, der nicht leer ist. Neunzig Isotonnen angereichertes Ultritium sollten nicht nur die Station vernichten, sondern auch alles andere im Umkreis von achthundert Kilometern.«

»Dann sollten wir besser *neun*hundert Kilometer entfernt sein, wenn die Bombe explodiert...«

»Das andere Schiff verläßt den Orbit«, sagte Garak.

Sisko drehte sich um. »Dax?«

»Der ganze Transfer hat zweiundneunzig Komma drei Sekunden gedauert«, antwortete sie.

Garak betätigte ein Schaltelement. »Ich habe um vierundachtzig Behälter mit Ketracel-Weiß gebeten... Ausgezeichnet! Meine Anfrage wird bestätigt.«

Zum Glück waren die Jem'Hadar berechenbar – andernfalls hätte eine derartige Mission weitaus mehr Schwierigkeiten bereitet.

Sisko hielt unwillkürlich den Atem an, als ihr Schiff dem Asteroiden entgegenglitt, um ebenfalls eine Lieferung Ketracel-Weiß zu erhalten. Er wartete einige Sekunden und sagte dann: »Chief, programmieren Sie den Zünder auf drei Minuten.«

»Zünder programmiert«, tönte es aus dem Lautsprecher.

»Drei Minuten?« wandte sich Bashir an den Captain. »Wenn der Transfer auch bei uns zweiundneunzig Sekunden dauert... Dann bleibt uns nicht viel Zeit, um diesen Ort zu verlassen.«

»Die Jem'Hadar dürfen keine Gelegenheit erhalten, das Ultritium zu finden.« Mit diesen Worten wies Sisko darauf hin, daß ihr Überleben weniger wichtig war als ein Erfolg der Mission. Bashir schwieg und erhob keine Einwände.

»Behälter transferieren«, sagte Sisko.

»Behälter sind transferiert«, bestätigte Dax.

Nog sah von einigen zylindrischen Monitorgehäusen auf. »Wer auch immer dort unten im Dienst ist… Hoffentlich macht er nicht ausgerechnet jetzt Mittagspause.«

»Die Jem'Hadar essen nicht, Nog«, erwiderte Bashir nervös. Er hätte sich einen solchen Hinweis sparen können.

»Gut«, meinte der Kadett. »Und woher sollen wir wissen, daß die Crew der Station aus Jem'Hadar besteht?«

»Beruhigen Sie sich, Kadett«, sagte Dax. »Alles läuft nach Plan. Es wurden gerade vierundachtzig Behälter mit Ketracel-Weiß in unseren Frachtraum gebeamt.«

Garak berührte erneut Schaltflächen. »Ich bestätige den Empfang und bitte um Abflugerlaubnis.«

»Gut«, brummte Sisko. »Warptransfer vorbereiten.«

»In Bereitschaft«, erwiderte Dax.

»Captain, ich glaube, es gibt da ein Problem…« Garak wirkte plötzlich sehr angespannt. »Das Sicherheitsnetz ist aktiviert worden!«

»Wiederholen Sie die Bitte um Abflugerlaubnis.«

Tasten klickten…

»Keine Antwort.«

Bashir trat zu Sisko. »Wenn die Jem'Hadar das Sicherheitsnetz nicht deaktivieren, bevor die Bombe hochgeht, sind wir erledigt«, sagte er leise.

»Eine Minute und dreißig Sekunden bis zur Detonation«, meldete Dax.

Chief O'Brien kam auf die Brücke.

»Glauben Sie, man hat die Bombe gefunden?« fragte Nog den Chefingenieur.

»Das bezweifle ich«, antwortete O'Brien. »Nicht so schnell.«

Bashir sah ihn an. »Warum läßt man uns dann nicht fort?«

»Gute Frage.« Sisko ballte die Fäuste.

»Captain«, warf Garak ein, »die Station setzt sich mit uns in Verbindung… Wir werden angewiesen, im Orbit zu bleiben.«

»Warum?«

»Ein Grund wird nicht genannt.«

»Noch eine Minute und fünfzehn Sekunden«, sagte Dax.

Sisko drehte sich um. »Können wir in dem Sicherheitsnetz eine Lücke schaffen, Chief?«

»Ja, aber das dauert mindestens zwei Minuten.«

»Soviel Zeit bleibt uns nicht. Läßt sich die Energieversorgung des Netzes irgendwie lahmlegen?«

»Die Explosion dürfte dafür sorgen«, sagte Nog.

»Was uns nicht viel nützt«, kommentierte Garak.

»Noch eine Minute.«

»Vielleicht nützt es uns doch etwas«, murmelte Sisko. »Wenn die Bombe explodiert und den Stützpunkt zerstört, wird das Sicherheitsnetz nicht mehr mit Energie versorgt und stellt somit kein Problem mehr da. Wir müssen zum Zeitpunkt der Explosion nur schnell genug sein, um nicht von ihr erfaßt zu werden.«

Dax blickte zu ihm. »Aber nicht schnell genug, um in das Sicherheitsnetz zu geraten, solange es noch aktiv ist.«

»Eine riskante Angelegenheit«, meinte O'Brien.

Sisko versuchte, zuversichtlich zu klingen. »Es kommt nur auf die richtige zeitliche Abstimmung an.«

Dax' Finger huschten über die Schaltflächen ihrer Konsole und gaben alle notwendigen Daten ein. »Mal sehen… Radiale Geodäsie in einem neununddreißiger Cochrane-Warpfeld kontrahiert gewöhnlichen Raum mit…«

»Wir müssen eins Komma drei Sekunden vor der Explosion mit voller Impulskraft beschleunigen«, sagte

Julian Bashir. Ein genetisch optimiertes Gehirn hatte gewisse Vorteile.

Sisko sah auf. »Dax?«

»Der Computer gibt Julian recht.«

»Das wundert mich nicht«, meinte Garak. »Beide denken auf die gleiche Weise.«

Bashir lächelte bescheiden, während Dax erneut die Tasten ihrer Konsole klicken ließ. »Die Navigationsstation wird auf Computerkontrolle umgeschaltet… Erledigt.«

»Zeit?«

»Noch zweiundzwanzig Sekunden bis zur Explosion.«

Nog ließ den angehaltenen Atem entweichen. »Zweiundzwanzig Sekunden… Das ist eine Menge Zeit!«

»Na bitte, Kadett«, brummte O'Brien. »Es bestand überhaupt kein Grund zur So…«

Ein Donnern hallte durchs Schiff, das sich abrupt zur Seite neigte – Sisko und die anderen blieben nur deshalb auf den Beinen, weil sie sich an den Konsolen festhielten. Monitore platzten auseinander, und Flammen züngelten aus Schaltpulten.

Eine gewaltige Explosion hatte die Station auf dem Asteroiden zerstört.

Das erbeutete Jem'Hadar-Schiff entging der Vernichtung, weil es nicht stationär gewesen war. Deshalb führte ein Teil der enormen destruktiven Energie zu einer jähen Beschleunigung.

»Ganz offensichtlich ist die Bombe zu früh hochgegangen!« rief O'Brien, um den Lärm zu übertönen.

»Bring uns fort von hier, Dax«, sagte Sisko und hielt sich noch immer an einer Konsole fest.

Einige intakt gebliebene Monitore zeigten wabernde Glut, die sich ihnen erst näherte und dann langsam zurückzuweichen schien. Der Eindruck täuschte natürlich: Das Explosionsfeuer breitete sich auch weiterhin aus, aber der Jem'Hadar-Raumer wurde jetzt immer schneller.

Der energetischen Druckwelle konnten sie nicht entkommen.

Nach wenigen Sekunden erfaßte sie das Raumschiff, dessen Heck von mehreren Trümmerstücken getroffen wurde. In Sisko verkrampfte sich alles, und am liebsten hätte er selbst die Steuerung des Schiffes übernommen. Aber er beherrschte sich und beschloß, Dax zu vertrauen.

Ein oder zwei schreckliche Sekunden lang befürchtete er, daß ihr Geschick nicht genügte, um mit dieser Situation fertig zu werden. Manchmal brauchte man schlicht und einfach Glück...

»Wir schaffen es!« rief O'Brien.

Die Fluglage des Schiffes stabilisierte sich wieder, und das Donnern verklang.

»Es lief nicht ganz nach Plan«, sagte Garak. »Aber ich schätze, Starfleet kann mit dem Resultat zufrieden sein.«

»In der Tat, Mr. Garak.« Sisko nickte Dax zu. »Gute Arbeit, alter Mann.« Er trat zu O'Brien. »Wie sieht's aus?«

Der Chefingenieur überprüfte die Bordsysteme. »Nicht besonders gut. Ich muß auf die Notsysteme für die Lebenserhaltung umschalten. Wir haben keine Deflektoren mehr. Die Steuerungssysteme sind hin, und...«

Sisko beobachtete, wie ein Schatten auf O'Briens Züge fiel. »Was ist los?« fragte er.

»Die Kernmatrix ist hinüber – wir haben kein Warppotential mehr.«

Auf Sisko wirkten diese Worte wie ein Faustschlag in den Magen. Von einem Augenblick zum anderen fühlte er sich erschöpft, ließ die Schultern hängen und wandte sich Dax zu. Ihr Gesichtsausdruck war alles andere als hilfreich.

Garak wirkte verwirrt und besorgt. »Entschuldigen

Sie bitte, aber wenn wir kein Warppotential haben... Wie lange brauchen wir dann, um die nächste Starbase zu erreichen?«

Damit hatte er das zentrale Problem angesprochen.

»Ziemlich lange, Mr. Garak«, sagte Sisko und bestätigte damit etwas, das ihnen allen durch den Kopf ging.

»Wie lange?«

Die Hartnäckigkeit des Cardassianers weckte Ärger in Sisko.

Julian Bashir gab eine Antwort, die für Hoffnung keinen Platz ließ.

»Siebzehn Jahre, zwei Monte und drei Tage, plus minus eine Stunde.«

Die wichtigste Aufgabe eines guten Bürgers
in unserer Republik besteht in seiner Bereitschaft,
einen eigenen Beitrag zu leisten.

THEODORE ROOSEVELT

10

Captain Charles Reynolds stand vor Admiral Ross, stützte die Hände in die Hüften und durchbohrte sein Gegenüber mit einem erbarmungslosen Blick. Er hatte seine Frage gestellt. Jetzt wartete er auf eine Antwort.

»Wovon redest du da, Charlie?« erwiderte der Admiral. »Was geht wo vor?«

»Du hast jemand anders zur cardassianischen Grenze geschickt, nicht wahr?« Reynolds deutete auf den nahen Monitor, der eine Sternkarte zeigte. »Wer ist dort unterwegs, wo ich glaubte, ganz allein zu sein?«

»Charlie, du weißt doch, daß ich über die Missionen anderer Starfleet-Einheiten keine Auskunft geben kann.«

»Seit man dich zum Admiral befördert hat, bist du verdammt stur geworden, Hal. Wir sind einem Jem'Hadar-Schiff begegnet, das nicht angriff und auch kein Interesse daran zu haben schien, uns zu verfolgen. Es flog immer wieder Ausweichmanöver und feuerte erst, als wir es unter Beschuß nahmen. Und selbst dann schoß es so auf unsere Waffenbänke wie mein Sohn mit seiner Schleuder auf Vögel. Er verabscheut die Jagd, Hal. Einmal weinte er die ganze Nacht, weil er eine Möwe am Flügel verletzte. Die Fremden unternahmen nicht den geringsten Versuch, auf unser Triebwerk zu feuern. So verhalten sich keine Jem'Hadar. Wer befand sich an Bord jenes Schiffes?«

»Ihr habt doch nicht… äh…«

Diese Worte boten einen wichtigen Hinweis.

»Nein, wir haben den Raumer nicht vernichtet. Drei andere Jem'Hadar-Schiffe verjagten uns. Und das erste Schiff machte keine Anstalten, uns ebenfalls zu verfolgen. Es schickte uns nicht einmal eine Salve hinterher.«

»Wie seid ihr entkommen?«

»Indem wir alles aus unserem Triebwerk herausholten und uns außerdem noch etwas einfallen ließen. Ich gehöre zum Starfleet-Geheimdienst, Hal, erinnerst du dich? Leute wie ich haben gelernt, mit schwierigen Situationen fertig zu werden. Na los, heraus damit.« Reynolds nahm im Sessel vor dem Schreibtisch Platz, ohne Ross aus den Augen zu lassen. »Ich habe mich schon seit einer ganzen Weile nicht mehr verflüssigt oder die Gestalt gewechselt.«

Abrupt beugte er sich vor, griff nach einem kleinen Briefbeschwerer aus Metall in Form einer Seemöwe und hielt die Flügelspitze an den Handballen. Wenn er jetzt genug Druck ausübte…

»Laß den Unsinn, Charlie«, sagte der Admiral.

Blut quoll aus der kleinen Wunde und tropfte auf den grauen Teppich. Reynolds wartete und sah Ross an.

Die Anspannung des Moments sorgte dafür, daß der Admiral die Maske fallenließ. Kummer zeigte sich in seinem Gesicht. »Schon gut, Charlie…« Er seufzte. »Ich weiß, daß du kein Gestaltwandler bist.«

Reynolds senkte eine Braue und hob die andere, während er einen ganz besonderen Blick auf Ross richtete. So hatte er auch die Besatzungsmitglieder seines Schiffes angesehen, als er von ihnen nicht mehr wie ein Captain behandelt werden wollte, sondern wie jemand, den sie wirklich respektierten.

»Ihr Typen von Starfleet Command habt ein großes Geheimnis«, sagte er, während auch weiterhin Blut auf den Teppich tropfte. »Weihst du mich nun ein, oder muß ich verbluten?«

Ross wirkte wie in die Enge getrieben. Aber vielleicht

war er auch nur müde. Reynolds schwieg einige Sekunden lang und ließ die Stille für sich arbeiten.

»Ist mit deiner Hand alles in Ordnung?« fragte der Admiral und warf einen nervösen Blick auf den Teppich.

Reynolds drückte einen Finger auf den Schnitt im Handballen und seufzte ungeduldig.

Der Computer wies mit einem leisen Piepen darauf hin, daß eine Nachricht eingetroffen war, aber der Admiral achtete nicht darauf. Abgesehen vom leisen Plätschern aus dem Aquarium auf der anderen Seite des Büros herrschte Stille.

»Sisko steckt dahinter, nicht wahr?« fragte Reynolds.

Ross zuckte zusammen. »Wie kommst du denn darauf, Charlie?«

»Ich habe von meinem Gehirn Gebrauch gemacht, Hal. Na schön, ich weiß folgendes – unterbrich mich, wenn mir irgendwo ein Fehler unterläuft. Ich greife das Jem'Hadar-Schiff an. Es richtet die Zielerfassung nur auf unsere Waffenbänke. Und dann sitze ich plötzlich in der Falle: ein Schiff vor und drei hinter mir. Aber mir gelingt die Flucht. Das Schiff vor mir verzichtet darauf, mich zu verfolgen. Warum? So verhalten sich keine Jem'Hadar. Sie zielen nicht nur auf die Waffenbänke, wenn sie aufs Triebwerk feuern können. Ich zähle zwei und zwei zusammen, kehre zur Starbase zurück, stelle Ermittlungen an und finde heraus, daß Ben Sisko zwar zum Personal der Starbase gehört, aber nicht hier ist. Warum ist er nicht hier, Hal?«

»Du bist eine echte Nervensäge, Charlie.«

»Und wenn schon.« Reynolds lehnte sich im Sessel zurück und rutschte mehrmals von einer Seite zur anderen. »Sisko ist in meinem Abschnitt der Grenze unterwegs, und zwar an Bord eines erbeuteten Jem'Hadar-Schiffes, mit dem er ins Raumgebiet des Dominion vorstoßen und dort scheußliche Dinge anstellen kann. Und ihr verratet niemandem etwas davon, weil ihr die eigenen Schuhe für getarnte Spione haltet.«

Der Admiral begann zu schwitzen – Feuchtigkeit glänzte auf seiner Stirn.

Reynolds nahm das als Zeichen des Sieges. »Meine Güte, ich hätte das Schiff vernichten und alle Personen an Bord töten können! Zum Teufel, Hal, ich möchte nicht riskieren, irgendwelche Starfleet-Angehörigen umzubringen, die mit einer geheimen Mission beauftragt sind. Ich würde mich für den Rest meines Lebens mit Schuldgefühlen quälen. Wir verhalten uns wie ein Haufen alter, paranoider Witwen und nicht wie ein koordinierter Militärapparat. Früher oder später werden wir einen hohen Preis dafür bezahlen müssen. Die Admiralität sollte sich mit den verantwortlichen Offizieren des Geheimdienstes absprechen und einen Weg finden, Gestaltwandler zu identifizieren. Andernfalls könnt ihr Admirale bald niemandem mehr Befehle erteilen, weil es Starfleet nicht mehr gibt.«

Reynolds beugte sich erneut vor und schlug mit der verletzten Hand auf den Schreibtisch. Blut blieb auf der glänzenden Oberfläche zurück.

»Geheime Missionen müssen so vorbereitet werden, daß wir nicht riskieren, auf unsere eigenen Leute zu schießen. Laßt euch eine Art Code einfallen. Oder isoliert einzelne Gruppen, um zu gewährleisten, daß sie nicht infiltriert werden können. Irgend etwas in dieser Art muß doch möglich sein. Wenn Ben Sisko und seine Crew mit Suchen-und-Zerstören-Einsätzen beauftragt sind, so solltest du mich besser informieren – dann kann ich dafür sorgen, daß er unterwegs nicht auf unerwartete Hindernisse stößt. Beim nächsten Mal erscheinen vielleicht keine drei Jem'Hadar-Schiffe, die mich verjagen und daran hindern, einen vermeintlich gegnerischen Raumer zu vernichten. Überleg es dir gut, Hal.«

Ross seufzte und schüttelte den Kopf. Der Schatten

eines Lächelns umspielte seine Lippen, als er Reynolds musterte. »Dir dürfte klar sein, daß ich dich jetzt töten muß...«

»Na klar.«

»Was willst du, Charlie?«

»Dabeisein.«

»Dabeisein?«

»Ich möchte an der Sache beteiligt werden. Irgend etwas geht vor, und das finde ich großartig. Es wird auch höchste Zeit, daß etwas geschieht! Wir können uns nicht dauernd zurückziehen, wenn wir den verdammten Krieg gewinnen wollen. Wie jeder andere Captain bin ich dafür, schlau und gerissen vorzugehen, und zwar schnell, denn es kann sehr unangenehm sein, direkt vor einem Burschen zu stehen, der größer und stärker ist und uns bisher eine Lektion nach der anderen erteilt hat, das sollte selbst Admirälen klar sein.«

»Ein ziemlich langer Satz...«

»Ja, lange Sätze werden vielleicht zu meiner neuen Spezialität, Hal. Lange Missionen, lange Ehen, lange Versprechen, lange Verpflichtungen. Aber ich möchte keinen langen Krieg führen. Ein Schiff mit den richtigen Informationen und einem guten Plan kann manchmal mehr ausrichten als eine ganze Flotte. Und genau deshalb möchte ich an den Spezialeinsätzen beteiligt werden.«

»Du und deine Crew...«, begann Ross.

»Ja, meine Crew und ich. Für uns hat die Sache auch einen sehr persönlichen Aspekt. Die Jem'Hadar haben fast Blue Rocket erreicht, und unsere Familien wurden bereits evakuiert. Wir laufen Gefahr, alles zu verlieren, was wir mit viel Mühe aufgebaut haben. Ich konnte meinen Kindern etwas geben, das nur wenige Raumschiffkommandanten vorzuweisen haben: eine Adresse. Und ich möchte sie behalten. Ich habe acht Kinder, Hal. Ich will nicht, daß jemand stirbt, und mir liegt auch nichts daran, über die Freilassung von sechzehn Millionen Kriegsgefangenen zu verhandeln. Du brauchst Leute wie uns. Meine Crew und ich sind auf der anderen Seite gewesen. Wir sind abgehärtet. Wer in entscheidenden Augenblicken kneift, ist bereits versetzt worden oder tot. Wir sind wie Sisko und seine mit allen Wassern gewaschene Truppe. Wir zögern nicht, unser Leben zu riskieren, denn wir wissen, daß wir auf dem besten Weg sind, den Krieg zu verlieren. Deshalb nutzen wir jede Möglichkeit, uns irgendwo festzubeißen. Uns ist klar, daß man Starfleet Command in viele kleine Abteilungen aufgesplittert hat, um Unterwanderungen durch Gestaltwandler zu verhindern. Warum also das Risiko eingehen, mit jemand anders darüber zu reden? Ich weiß bereits Bescheid. Kennst du viele Leute, denen du vorbehaltlos vertrauen kannst? Meine Crew und ich... Wir sind keine Kamikaze. Wir wollen nicht sterben, aber wir sind bereit, uns zu opfern, wenn es erforderlich ist. Wenn wir überleben, und wenn alles vorbei ist... Dann möchte ich nur, daß meine Leute und ich zusammenbleiben und nach Blue Rocket versetzt werden. Ihr habt uns dort schon einmal vergessen, und das darf sich ruhig wiederholen. Nun, Hal? Wie entscheidest du dich?«

Plötzliche Stille folgte Charlies Worten, die von den Wänden widerzuhallen schienen. Das leise Summen des eingeschalteten Computerterminals und das kaum wahrnehmbare Zischen der Klimaanlage schwollen zu einem regelrechten Tosen an.

Admiral Ross blickte über den Schreibtisch, während Reynolds schwieg und wartete. Charlie konnte nicht nur reden, sondern sich auch in Geduld fassen.

Darum ging es im Leben, nicht wahr? Man redete und wartete. Man redete noch etwas mehr und wartete länger.

Die Miene des Admirals verfinsterte sich. Unter den müden Augen zeichneten sich die Ringe deutlicher ab als noch vor einigen Minuten, und die Wangen hatten ihren rötlichen Ton verloren. Erneut seufzte er, wirkte dabei sehr erschöpft und resigniert.

»Charlie Reynolds, zum Teufel mit dir… Ich wünschte, du wärst ein *schlechter* Captain.«

»Sie wollten mich sprechen?«

Kira Nerys betrat das Büro, die Hände auf den Rükken gelegt. Dukat legte Siskos kleinen weißen Ball rasch auf den Schreibtisch zurück und hoffte, daß die Bajoranerin sein Interesse daran nicht bemerkt hatte.

»Ich wünsche mir Ihre Präsenz, Major«, sagte er und versuchte, freundlich zu klingen. »Genau darin liegt das Problem. Vor drei Monaten bin ich an Bord dieser Raumstation zurückgekehrt, und wir haben kaum Zeit miteinander verbracht. Oh, Sie können natürlich auf zahlreiche Konferenzen und Besprechungen hinweisen, an denen wir teilgenommen haben, aber aus irgendeinem Grund gingen unsere Kontakte nie über die Angelegenheiten der Station hinaus…«

»Für solche Dinge habe ich keine Zeit.« Kira ging zur Tür.

»Major!« zischte Dukat.

Die Bajoranerin blieb stehen und drehte sich langsam um.

»Ich habe Ihnen noch nicht erlaubt, mein Büro zu verlassen«, sagte er, sprach dabei aber nicht mehr ganz so scharf.

In den dunklen Augen der Bajoranerin blitzte es, und ihre Wangen wirkten blasser als sonst. »Was wollen Sie von mir, Dukat?«

Eine kleine Frage, und so viele Antworten. Dukat stand auf und trat vor Kira. In ihrer Anwesenheit am Schreibtisch zu sitzen… Das betonte die rein berufliche Natur ihrer Beziehung, und dem cardassianischen Gul ging es um etwas anderes.

»Ich bitte Sie, Major«, sagte er. »Sind die letzten drei Monate so schlimm gewesen?«

»Haben Sie mich deshalb kommen lassen?« Das Feuer in den Augen der Bajoranerin brannte heißer. »Damit ich Ihnen schmeichle? Möchten Sie von mir hören, daß Sie gute Arbeit geleistet haben und wir alle glücklich sind, Sie wieder bei uns zu wissen?«

Dukat schob sich noch etwas näher. »Sarkasmus steht Ihnen nicht, Major. Ihre Offenheit hingegen fand ich immer sehr reizvoll.«

Kira brummte. »Ich habe wichtigere Dinge zu tun, als hier zu stehen und mir solchen Unsinn anzuhören.«

Erneut setzte sie sich in Bewegung, aber diesmal reagierte Dukat schnell genug und versperrte ihr den Weg – er streckte den einen Arm aus und stützte sich an der Wand ab.

»Sie fühlen sich von mir verraten«, sagte er langsam.

»Nicht nur ich«, erwiderte Kira. »Sie haben alle verraten, sogar Ihr eigenes Volk.«

Glaubte sie das wirklich? Und teilten die anderen ihre Meinung? Dukat spürte plötzlich eine seltsame Kühle.

»Cardassia stand dicht vor dem Abgrund, Major«, sagte er. »Durch den Krieg gegen die Klingonen wurden wir zu einer drittklassigen Macht. Mein Volk verlor die Hoffnung. Ich habe es wieder stark werden lassen.«

»Und zu welchem Preis? Sie haben Cardassia ans Dominion verkauft.«

»Ein hoher Preis, das stimmt«, pflichtete Dukat Kira bei. »Aber sehen Sie nur, was wir dafür bekamen: den ganzen Alpha-Quadranten.«

»Das muß sich erst noch herausstellen«, knurrte die Bajoranerin.

»Ja, da haben Sie recht.« Erneut veränderte Dukat sein Gebaren und lächelte gewinnend. Eigentlich hatte er gar nicht über zukünftige Angelegenheiten sprechen wollen. Wie konnte er sein Ziel erreichen? »Ich wäre imstande, den Aufenthalt an Bord dieser Raumstation sehr angenehm für Sie zu gestalten, Kira...«

Sie richtete einen zornigen Blick auf ihn. »Ich schlage vor, Sie fangen damit an, indem Sie demnächst ein Mundwasser benutzen.«

Dukat lachte und trat zurück. »Ich bin ein geduldiger Mann. Ich kann warten.«

Kira kochte jetzt, und der Gul fragte sich, ob er sie auch deshalb so faszinierend fand – sie steckte voller Leidenschaft. Es war nicht seine Absicht gewesen, sie zu provozieren, aber er hatte es auch nicht vermieden. Welch einen prächtigen Anblick bot sie nun, obgleich ihr Gesicht Haß zum Ausdruck brachte! Irgendwann, so glaubte Dukat, würde dieser Haß aus ihr verschwinden.

»Worauf wollen Sie warten?« zischte sie. »Was erhoffen Sie sich, Dukat? Daß es Ihnen früher der später gelingt, mich mit Ihrem Charme zu überwältigen? Daß ich mich in Ihr falsches Lächeln verliebe? Sind Sie wirkich verrückt genug zu glauben, daß es zwischen uns irgendwann so etwas wie eine intime Beziehung geben könnte?«

Rote Flecken bildeten sich auf ihren Wangen. Dukat streckte die Hand aus, um ihre weiche Haut zu berühren. »Das ist bereits der Fall.«

Kira stieß die Hand fort.

Dukat lachte, um über seine Nervosität hinwegzutäuschen. Er hielt plötzlich einen Rückzug für angebracht.

»Es wartet Arbeit auf mich, Major«, sagte er und versuchte, seine Enttäuschung zu verbergen. »Ich wünsche Ihnen noch einen guten Tag.«

Bashir verließ die Brücke, um festzustellen, wie es auf den unteren Decks aussah. Sisko, Dax, Garak, O'Brien und Nog blieben im Kontrollraum, starteten Diagnoseprogramme und versuchten, eine genauere Vorstellung von den Schäden an Bord zu gewinnen. Mehrere andere

Besatzungsmitglieder halfen bei der Situationsbewertung. Garak trug auch weiterhin das virtuelle Modul und hielt nach fremden Raumschiffen Ausschau. Früher oder später kam bestimmt jemand, um herauszufinden, warum der Stützpunkt des Asteroiden nicht mehr auf Kom-Signale reagierte.

Ohne Warppotential konnten sie diesen Raumbereich nicht verlassen.

»Nun, Chief?« fragte Sisko. »Wie sieht's aus?«

O'Brien lag auf dem Boden. »Der Hauptkern ist nur leicht beschädigt, ganz im Gegensatz zu den Versorgungssystemen. Die Reparatur wird einige Tage dauern...«

»Wie viele?«

»Etwa... drei oder vier, schätze ich. Vorausgesetzt, ich muß nicht zu viele Ersatzteile herstellen...«

»Captain!« erklang Garaks Stimme. »Zwei Kampfschiffe der Jem'Hadar sind hierher unterwegs!«

Sisko wandte sich einem Monitor zu. »Chief!«

O'Brien rief gerade Dax etwas zu, dann mischte Nog sich ein. Sisko achtete nicht darauf. »Wo sind die Schiffe jetzt, Garak?«

»Kurs drei eins null Komma zwei fünf eins. Sie kommen schnell näher!«

Sisko griff nach dem zweiten virtuellen Modul, setzte es auf und versuchte, sich auf die Bilder zu konzentrieren, die direkt in seinem Gehirn entstanden. Um ihn herum ertönten Stimmen, die Manövrierdüsen, Gyrostabilisatoren, laterale Matrizen und andere Dinge erwähnten. Sisko sah verwirrend hin und her gleitende Sterne; dann stabilisierte sich die Darstellung und präsentierte ihm die beiden Jem'Hadar-Schiffe im Anflug.

»...Notsysteme... Steuerbordkonsole...«

»...habe es bereits damit versucht...«

»Keine Energie...«

»Dax!« sagte Sisko laut. »Sechzig Grad über dem Bug

befindet sich ein Nebel aus dunkler Materie. Können wir ihn erreichen?«

»Ja, aber jener Bereich ist nie kartographisch erfaßt worden. Wir wissen nicht, was uns dort erwartet.«

Garak stotterte etwas von Waffenreichweite, und fast im gleichen Augenblick eröffneten die Jem'Hadar das Feuer. Der Gegner wußte Bescheid, und ganz offensichtlich wollte er keine Rücksicht nehmen.

Um Sisko herum erbebte alles.

»Bring uns in den Nebel, alter Mann. Volle Impulskraft.«

Das Schiff wurde erneut getroffen, als Dax es auf das Ziel ausrichtete und beschleunigte. Die Trägheitsabsorber funktionierten nicht richtig, und Sisko hatte das Gefühl, daß tausend kleine Hände an ihm zupften und zerrten.

Als er schon zu glauben wagte, daß sie vielleicht Glück hatten, erzielten die Jem'Hadar einen direkten Treffer, der alle Konsolen auf der Brücke zerstörte. Eine Mauer aus Licht umgab Dax, und sie breitete die Arme aus, wirkte dadurch fast wie ein Engel. Dann kehrte die Realität zurück, und Dax lag drei Meter von ihrer Station entfernt auf dem Boden. Sie stand nicht wieder auf.

Sisko trat über Trümmerstücke hinweg und sank neben ihr auf ein Knie. Sofort saugte der Stoff der Uniformhose Flüssigkeit auf – Blut. Dax' Leib war aufgerissen – dicht unter den Rippen zeigte sich eine klaffende Wunde. Erste Hilfe allein reichte hier nicht aus. Ihre Lider zuckten, und sie versuchte, bei Bewußtsein zu bleiben. Ihre Finger tasteten nach Siskos Hand.

»Sisko an Bashir – medizinischer Notfall!«

Das virtuelle Modul übermittelte dem Captain auch weiterhin Daten. Vor dem inneren Auge sah er das geisterhafte Bild des Nebels aus dunkler Materie – das Schiff raste direkt darauf zu. Der Kurs war programmiert, und es gab jetzt keine Möglichkeit mehr, ihn zu ändern. Das bedeutete: Sie waren hilflos allen Gravitationsfeldern ausgesetzt.

Wieder trafen Strahlblitze der Jem'Hadar das Schiff. Sisko fiel zur Seite und verlor dabei das virtuelle Modul – es landete in dem Durcheinander, das einmal die Navigationsstation gewesen war.

Die Wirklichkeit gewann einen seltsam surrealen Aspekt. Dax versuchte zu sprechen. Sisko murmelte ihr tröstende Worte zu, die keinen Sinn ergaben. Bashir traf ein und verabreichte der Verletzten ein schmerzstillendes Mittel, aber abgesehen davon konnte er ihr kaum helfen. Heftige Erschütterungen erfaßten das Schiff, und dann hörten die Angriffe plötzlich auf.

Ein weiterer Stoß durchlief das Raumschiff, aber diesmal kam er offenbar von vorn. Wie war das möglich? Waren sie mit irgendeinem Hindernis kollidiert?

»Die Sensoren sind ausgefallen!« rief O'Brien. »Ebenso das Impulstriebwerk und alle wichtigen Bordsysteme... Immerhin steht uns noch die Notenergie zur Verfügung, aber ich weiß nicht, wie lange noch...«

»Werfen Sie einen Blick nach draußen, Garak!« forderte Sisko den Cardassianer auf.

Garak rückte sein virtuelles Modul zurecht. »Mal sehen...«, murmelte er.

Sisko wandte sich an O'Brien. »Was ist passiert?«

Der Chefingenieur verzog das blasse Gesicht. »Keine Ahnung. Vielleicht machen sich Gravitationsfluktuationen bemerkbar...«

Der Cardassianer schnappte nach Luft.

»Festhalten!«

11

Sie hätten sein arrogantes, selbstgefälliges Gesicht sehen sollen. Der Krieg ist zwar noch nicht vorbei, aber Dukat verhält sich so, als hätte er ihn bereits gewonnen. Ich würde ihm gern zeigen, daß er sich irrt.«

Kira Nerys ging in Odos Sicherheitsbüro auf und ab. Noch immer brodelte Zorn in ihr, und sie bedauerte, Dukats wahre Absichten in bezug auf sie nicht nennen zu können. Immerhin wußte sie, was Odo für sie empfand, und sie wollte seine Gefühle nicht verletzen. Was war nur los? Benutzte sie das falsche Parfüm?

Ich verwende überhaupt kein Parfüm...

»Ich fürchte, daß er tatsächlich gewonnen hat«, erwiderte Odo ernst. »Zunächst einmal. Nehmen Sie mich. Ich weiß überhaupt nicht, warum ich jeden Tag hier sitze. Ich habe keine Sicherheitstruppe mehr, die ich in der Raumstation patrouillieren lassen könnte.«

Kira blieb abrupt stehen und sah ihn an. »Dann verlangen Sie eine! Fordern Sie, daß man Ihren bajoranischen Mitarbeitern die früheren Befugnisse zurückgibt.«

»Das wird Dukat nie zulassen.«

»Vergessen Sie Dukat«, sagte Kira. Wenn das nur möglich gewesen wäre... »Wenden Sie sich direkt an Weyoun. Er hört bestimmt auf Sie. In seinen Augen sind Sie eine Art Gott. Das gibt Ihnen Macht!«

Odo musterte Kira aufmerksam. Der Umstand, daß er nicht sofort antwortete, weckte Hoffnung in der Bajoranerin. Ja, natürlich! Er hatte einen natürlichen Vorteil! Warum machten sie nicht davon Gebrauch?

»Welchen Sinn hat es, Macht zu haben, ohne sie zu benutzen?« fuhr Kira fort. »Weyoun verehrt die Gründer, und Sie sind einer von ihnen…«

Odo schob das seltsam glatte Kinn vor. »Ich gehöre ganz gewiß nicht zu den Gründern.«

»Nein, nein, so meinte ich das nicht«, entgegnete Kira. »Sie *wissen* doch, was ich meine.«

»Ja. Nun, ich schätze, ich muß mich damit abfinden. Es hat keinen Sinn, Tatsachen zu leugnen. Ich bin, was ich bin…«

»Und für Weyoun sind Sie ein Gründer. Sprechen Sie mit ihm, Odo. *Seien* Sie ein Gründer. Stellen Sie Ihre Autorität wieder her. Wir brauchen sie. Kommen Sie, Odo. Ich begleite Sie.«

Odo fand es so abscheulich, eine Audienz beim großen Weyoun zu beantragen, Vorta und Repräsentant des Dominion, daß er sich am liebsten verflüssigt hätte, um in irgendeinem Spalt zu verschwinden. Noch gräßlicher war der Umstand, daß er das Ende eines Gesprächs zwischen Weyoun und Dukat hörte, als Damar ihn hereinführte.

»…sind die Gründer die Herren. Ich bin nur ihr Diener. So wie auch die Jem'Hadar. Und Sie.«

»Mag sein, aber selbst unter Dienern gibt es jemanden, der die Verantwortung trägt.«

»Eine solche Bemerkung habe ich von Ihnen erwartet, Dukat. Interessant, aber auch banal.«

Odo spielte mit dem Gedanken, sich umzudrehen und wieder zu gehen, aber Damar kündigte ihn bereits an. »Entschuldigen Sie bitte die Störung. Aber er bestand darauf, sofort von Ihnen empfangen zu werden.«

Odo musterte Damar erstaunt – eine solche Bitte hatte er nicht geäußert. Vielleicht hatte es Damar aus irgendeinem Grund eilig. Gefiel es dem Cardassianer vielleicht nicht, daß sein Gul von dem Vorta wie ein Untergebener behandelt wurde?

Odo machte sich eine gedankliche Notiz und trat vor. Weyoun eilte ihm mit ausgestreckten Armen entgegen und schien zu dem Sakrileg bereit zu sein, ihn zu umarmen.

»Gründer«, gurrte der Vorta, »Ihr Besuch ehrt mich sehr. Kann ich Ihnen zu Diensten sein?«

»Ich möchte, daß meine bajoranischen Mitarbeiter ihre früheren Befugnisse zurückerhalten«, sagte Odo geradeheraus.

Weyoun neigte voller Ehrfurcht den Kopf. »Selbstverständlich.«

Oh, viel zu leicht...

Odo beschloß, die Situation auszunutzen. »Von jetzt an bin ich für die Sicherheit auf der Promenade verantwortlich.«

»Da sehe ich überhaupt kein Problem.«

Odo hatte sich einige Argumente zurechtgelegt und bekam nun gar keine Gelegenheit, sie zu nutzen. Er begnügte sich damit, in die trüben, violetten Augen des unterwürfigen Vorta zu starren. In Weyouns Gesicht zeigte sich eine Bewunderung, die Odo widerwärtig fand.

»Ich schon.«

Die Realität meldete sich wieder zu Wort. Odo drehte sich zu Dukat um.

Ebenso wie Weyoun. Der Vorta richtete einen strengen Blick auf den Cardassianer und hob die Hand. »Dies ist eine Angelegenheit zwischen mir und Odo, Dukat. Bitte mischen Sie sich nicht ein.«

Und dann lächelte er.

Odo konnte den Anblick des Lächelns nicht ertragen und wandte sich an Damar. »Meine Leute werden sich innerhalb einer Stunde im Arsenal einfinden.«

Damar versteifte sich. Es ging ihm ganz offensichtlich

gegen den Strich, Bajoraner an Bord einer Raumstation zu bewaffnen, die Cardassianer gerade von ihnen zurückerobert hatten. Er sah Dukat an, doch der Gul preßte die Lippen zusammen und nickte. Damar mußte sich fügen.

Odo sah keinen Grund mehr, noch länger zu bleiben. Doch als er sich zur Tür umdrehen wollte, trat Weyoun vor. »Da ich nun auf Ihr Anliegen eingegangen bin…«

Odo wartete.

»Vielleicht wären Sie bereit, mir einen Gefallen zu erweisen.«

Odo glaubte zu spüren, wie seine Körpertemperatur um ein oder zwei Grad sank. Er schwieg auch weiterhin.

Der Vorta schenkte den beiden anwesenden Cardassianern überhaupt keine Beachtung mehr. »Es wäre uns eine Ehre, wenn Sie mit uns zusammen die Station verwalten würden.«

»Wie bitte?«

»Bisher besteht der Verwaltungsrat nur aus Dukat und mir«, erklärte Weyoun. »Sie wären das dritte Mitglied.«

»Kommt überhaupt nicht in Frage!« Dukat erwachte plötzlich aus seiner Starre. »Sind Sie übergeschnappt, Weyoun? Ist Ihnen nicht klar, wieviel Mühe es uns kostete, die Kontrolle über diese Raumstation den Bajoranern und Föderationssympathisanten abzuringen?«

»Odo ist kein Bajoraner und gehört auch keinem der Föderationsvölker an, Dukat. Er ist ein Gründer. Wir dürfen nicht über ihm stehen, weder hier noch irgendwo anders.«

»Lächerlich.«

»Trotzdem.«

Odo sah keinen Ausweg aus dieser Situation. Weyoun hatte ihn mit großem Geschick in eine Position gebracht, die ihm keine Wahl ließ. Die Frage lautete nun: War ihm die bajoranische Sicherheitstruppe wichtig genug, um darauf zu verzichten, den verdammten Vorta zu packen und ihn ins Wurmloch zu werfen?

Andererseits: Vielleicht bot es auch Vorteile, Mitglied des Verwaltungsrates zu sein…

»Bitte erfüllen Sie mir diesen Wunsch«, sagte Weyoun. »Bitte.«

Kira kniff die Augen zusammen und machte keinen Hehl aus ihrer Verblüffung.

»*Sie* sollen Mitglied des Verwaltungsrates werden, der alle Entscheidungen für die Station trifft?«

In Quarks Kasino ging es laut genug zu, daß Kira und Odo dort miteinander reden konnten. Trotzdem hatte die Bajoranerin das Gefühl, von allen angestarrt und belauscht zu werden.

»Ebenso wie Weyoun und Dukat, ja«, bestätigte Odo. »Dadurch werde ich unmittelbar an der Stationspolitik beteiligt.«

Das klang fast plausibel, und dadurch wurde alles noch unglaublicher. »Halten Sie das wirklich für eine gute Idee?« fragte Kira.

»Dukat hielt die Idee für schrecklich.« Das klang so, als sähe Odo darin einen wichtigen Hinweis. »Sie hätten sein Gesicht sehen sollten, als Weyoun mir seinen Vorschlag unterbreitete.«

Nicht schlecht. Aber keineswegs gut genug.

Kira beugte sich vor und hatte Mühe, ihre Körpersprache unter Kontrolle zu halten. »Begreifen Sie denn nicht, daß Weyoun Sie benutzt? Ihre Präsenz im Rat bestätigt die Kontrolle des Dominion über *Deep Space Nine*!«

Odo schlug die Beine übereinander und neigte die Schultern auf eine Weise, die Kira mitteilte, daß er sich beleidigt fühlte. »Ich dachte, *wir* benutzen *ihn*.« Er schwieg lange genug, um Kira mitzuteilen, daß er sich mit diesen Dingen auskannte. »Ich bin mir der Gefahren bewußt, Major. Ich hatte schon einmal Gelegenheit, auf diesem schmalen Grat zu wandern, während der cardassianischen Besatzung. Ich schaffe es auch unter den gegenwärtigen Umständen. Und diesmal bin ich nicht allein. Sie helfen mir.«

Kira nickte und griff nach Odos Hand. »Ja, das stimmt. Ich helfe Ihnen.«

Ein Teil der Schärfe wich aus seinen Zügen. »Dann ist dies also doch ein Sieg.«

»Ja, ich denke schon«, murmelte Kira. »Aber aus irgendeinem Grund fühlt er sich nicht wie einer an. Ich wünschte, wir wären nicht dazu verpflichtet, an diesem Ort zu bleiben. Für Sie muß es besonders schwer sein. Ich kann mir wenigstens einreden, hier die Interessen meines Volkes wahrzunehmen.«

»Es ist auch mein Volk«, sagte Odo leise, was Kira plötzlich in Verlegenheit brachte. »Bajor gehört zu den vielen unglücklichen Orten, die sich in der Nähe eines Konflikts befinden. In den Geschichten aller Völker gibt es Beispiele für Leute, deren Vorgarten etwas Wertvolles enthielt. Es stammt nicht von ihnen, und sie wollten es auch gar nicht, aber sie müssen es verteidigen, wenn sie nicht überrannt werden wollen. Wir befinden uns in einer solchen Situation, Major… Und irgend etwas wird geschehen und die Dinge verändern. Denn jetzt sind wir im Vorgarten der Föderation. Die Cardassianer und das Dominion klopfen an. Bald erwachen die schlafenden Riesen, und dann bekommen wir Hilfe. Ja, wir bekommen bald Hilfe…«

12

»Und... *ziehen!* Und... *ziehen!*« – Ein Ufer. Himmel, Felsen, ein blaues Meer, dessen Wellen an eine felsige Küste schlugen. Nach all den Jahren im All kam diese Szene einem Traum innerhalb eines Alptraums gleich. Mitten in der Bucht ragte ein Teil des abgestürzten Jem'Hadar-Schiffes aus dem Wasser.

Ben Sisko forderte die anderen Überlebenden auf, das improvisierte Floß ans Ufer zu ziehen. Zusammen mit O'Brien, Bashir und Lieutenant Neeley zerrte er an einem Gebilde, das aus Fässern, Rohren und Kabelsträngen bestand. Darauf lagen nicht nur Phaser, Tricorder, Jacken und andere Dinge, die sie aus dem Wrack hatten retten können, sondern auch die bewußtlose Dax.

»Und... *ziehen!*«

Nog und Garak befanden sich bereits an Land. Ebenso Fähnrich Gordon, der auf Händen und Knien ruhte, Meerwasser spuckte und versuchte, nicht das Bewußtsein zu verlieren.

Sisko beneidete sie. Er sehnte sich danach, den warmen Sand zu erreichen. Er wollte sich hinlegen und entspannen, endlich einmal ausruhen.

»Noch einmal! Und... *ziehen!*«

Sand knirschte, und das Floß verharrte mit einem Ruck, der Sisko die letzte Kraft zu nehmen schien. Sie hatten es geschafft.

»Wie... geht es ihr?« brachte der Captain hervor.

Bashir war nicht annähernd so erschöpft wie die anderen und scannte Dax mit seinem medizinischen Tricorder. »Ihr Zustand ist stabil. Garak! Ich brauche Hilfe!«

»Verdammter Mist!«

Von wem stammten diese Worte? Oh, natürlich von O'Brien.

»Was ist los?« fragte Sisko.

»Auch das noch!«

»Was ist los?«

»Ich habe mir die Hose zerrissen!«

»Sie haben sich die Hose zerrissen?«

Die Komik der Situation sorgte dafür, daß Sisko erst lächelte und dann lachte.

»Ja, genau...« O'Brien deutete auf ein bis zum Knie aufgerissenes Hosenbein.

Sisko fand das urkomisch, lachte zusammen mit dem Chefingenieur und stützte sich dabei am Floß ab. Eine zerrissene Hose. Gab es eine schlimmere Katastrophe?

Der Absturz. Eine fremde Welt, auf der sie festsaßen.

»Ist sonst alles in Ordnung mit Ihnen, Chief?« schnaufte Sisko, als er wieder zu Atem kam. »Sind Sie trotz zerrissener Hose unverletzt geblieben?«

»Mal sehen... Wir sind auf einem seltsamen kleinen Planeten abgestürzt, der in einem Nebel aus dunkler Materie eine weiße Sonne umkreist. Nun, abgesehen davon, daß uns hier der Hungertod droht, ist alles prima.«

Sisko holte noch einmal tief Luft, stand auf und wandte sich vom Floß ab. Garak und Bashir setzten Dax gerade im Schatten eines Felsens ab. Nun, es *war* ziemlich hell... Wo es Sonnenschein und Wasser gab, mußte es auch Nahrung geben. Außerdem hatten sie ein paar Notrationen gerettet. Damit konnten sie einige Tage lang durchhalten.

Der Captain blickte zum Himmel hoch. »Trotz der Helligkeit ist es ziemlich kühl. Wenn die Sonne untergeht, könnte es ziemlich kalt werden. Wir sollten irgendwo Zuflucht suchen.«

O'Brien hielt die aufgerissene Hose mit der einen Hand zusammen, als er am Kliff emporblickte. »Vielleicht finden wir irgendwo eine trockene Höhle.«

»Das wäre nicht schlecht. Wir müssen dafür sorgen, daß Dax es warm hat. Wirklich schade, daß Diagnosebetten nicht schwimmen.« Sisko drehte sich um und sah zu dem sinkenden Jem'Hadar-Schiff zurück, das bis vor kurzer Zeit ihr Zuhause gewesen war. Es drehte sich langsam, während die eine Schwinge nach oben wies. Das Wasser kroch am Rumpf empor. »Wie tief ist es an jener Stelle?«

»Die Meerestiefe schwankt in dieser Bucht zwischen dreihundert und fünfhundert Metern.«

»Also kann niemand von uns zum Wrack tauchen.«

»Fragen Sie Julian. Vielleicht kann er seinen genetisch verbesserten Atem lange genug anhalten.«

»Heute sind Sie die Freundlichkeit selbst, Chief. Helfen Sie mir, das Floß noch weiter auf den Strand zu ziehen.«

»Es liegt doch nicht mehr im Wasser...«

»Vielleicht gibt es hier Gezeiten, und außerdem ist das Ding viel zu auffällig. Ich möchte es zwischen den Felsen dort drüben verbergen, bevor uns jemand sieht.«

»Meine Güte, wer sollte uns hier schon sehen?« fragte O'Brien verwundert.

»Unsere Waffen sind bei den Jem'Hadar nicht ohne Wirkung geblieben. Nog meinte, er hätte im letzten Moment ein Schiff gesehen, das ins Trudeln geriet und uns mit fast dem gleichen Kurs folgte. Möglicherweise ist der andere Raumer ebenfalls abgestürzt. Wenn er ins Meer fiel, könnte die Crew überlebt haben.«

»Mit ein wenig Glück zerschellte er irgendwie auf dem Land.«

»Auf Glück können wir uns leider nicht verlassen, Chief. Fassen Sie jetzt mit an. *Ziehen!*«

13

Ein fremdes Ufer. Ein Planet, der das Überleben ermöglicht: atembare Atmosphäre, genug Licht, zuviel Licht, eine Oberfläche, auf der man sich bewegen kann. Bewegungen zu Fuß sind mühevoll. Jem'Hadar sind nicht für den Krieg auf einem Planeten bestimmt, sondern für den Kampf im All. Gehen bedeutet Anstrengung. Das Schiff ist verloren und liegt unerreichbar im tiefen Wasser.

Dritter Remata'Klan. Erfährt ungewohnte Empfindungen. Sorge. Die Zukunft – ungewiß. Der Vorta verletzt. Kritische Situation… Ohne einen Vorta verlieren Jem'Hadar die Orientierung. Wer verteilt Ketracel-Weiß, wenn der Vorta stirbt? Wie können Jem'Hadar-Soldaten einen verletzten Vorta behandeln?

Antwort: Rückkehr zur normalen Prozedur. Patrouillieren. Informationen sammeln. Entscheiden. Handeln.

Vierter Limara'Son nähert sich.

»Wir haben eine Verteidigungslinie vor dem Höhlenzugang geschaffen«, meldet er. »Zwei Patrouillen sind unterwegs, um die Küste in beiden Richtungen zu erkunden.«

Die Hinweise entgegennehmen. Schweigen. Fakten erfordern keine Antwort. Die Wellen, das Donnern der Brandung… Alles sehr seltsam.

Limara'Son. »Der Zustand des Vorta hat sich verschlechtert. Er wird bald sterben.«

Remata'Klan. »Was ist mit dem Ersten und Zweiten?«

Andere sonderbare Empfindungen. Ungewißheit. Ja,

so fühlt sich Ungewißheit an. Geht Schwäche damit einher? Die Unfähigkeit, Einfluß auf das Geschehen zu nehmen?

Limara'Son. »Ich habe die Leichen desintegriert und die Ausrüstungsgegenstände unter den anderen verteilt.«

Gut. Dinge sind unternommen worden. Positive Bewegung. Ein Teil der Ungewißheit verschwindet.

Limara'Son. »Sie sind jetzt der Erste.«

»Nein. Ich habe die Befehle des Vorta in Frage gestellt. Das wird er nicht vergessen. Ich bleibe Dritter, solange er lebt.«

»Es war richtig von Ihnen, seine Anweisungen in Frage zu stellen. Wenn er uns vor zwei Tagen nicht befohlen hätte, in den Nebel zu fliegen, wären wir nicht abgestürzt...«

»Kritik stand mir nicht zu! Erinnern Sie sich... ›Gehorsam bringt den Sieg.‹«

Limara'Son bestätigte das Prinzip, indem er hinzufügte: »›Und der Sieg bedeutet Leben.‹«

Angemessene Demut. Gut. Die Situation wird klarer.

Wogendes Meer. Wind... Etwas, das beständig ist, und sich doch ständig verändert, ohne ein Ziel...

Remata'Klan. »Wir halten diese Welt für das Dominion, bis wir einen Kom-Kontakt herstellen können.«

»Und wenn ein solcher Kontakt nicht möglich ist?«

»Dann halten wir diese Welt für das Dominion, bis wir sterben.«

Zurück zum Lager. Eine feuchte Umgebung, aber einigermaßen vor den natürlichen Elementen geschützt. Ein Versteck, gut zu verteidigen, funktionell. Komfort ist kein notwendiger Faktor.

Alle Soldaten beschäftigt. Arbeit am Kommunikationssystem. Reinigung von Waffen, die mit dem salzigen Wasser in Berührung geraten sind. Schwerfällige Bewegungen. Nervosität. Werkzeuge rutschen aus zitternden Händen. Mangelnde Konzentration.

Sie alle brauchen mehr Ketracel-Weiß. Letzte Reste fließen durch die Schläuche.

Ein kleines Feuer, um ein wenig Licht in die Höhle zu bringen. Und damit es der Vorta warm hat. Flammen züngeln, richten aber kaum etwas gegen die klamme Finsternis aus. Der Vorta liegt auf einer Matte und scheint Schmerzen zu haben – sofern man Schmerzen sehen kann. Er ist sehr blaß. Staub und das Salz des Meerwassers haben sein Haar grau werden lassen.

Der Vorta. Er sieht Remata'Klan an. »Dies muß... eine große Genugtuung für Sie sein... Aber ich habe beschlossen, Ihnen nicht den Gefallen zu tun, in dieser stinkenden Höhle zu sterben. Ich will... am Leben bleiben...«

»Ich verstehe.«

»Wann können wir einen Kom-Kontakt herstellen?«

»Siebter Yak'Talon schätzt, daß wir in zehn Tagen einen ersten Versuch unternehmen können.«

Falten bilden sich in der Stirn des Vorta. »Zehn Tage...«

Er wirkt erschöpft. Die Augen sind nun geschlossen. Was denkt er? Wenn er stirbt... Wird Remata'Klan dann Erster? Bekommt er die Befugnis, Ketracel-Weiß zu verteilen?

Remata'Klan. »Es wird Zeit für Weiß.«

Der Vorta vollführt eine zustimmende Geste und deutet zum schwarzen Behälter. Remata'Klan nickt, und ein Soldat bringt ihn heran. Der Vorta öffnet das Sicherheitsschloß mit einem speziellen Code und klappt dann den verbeulten Deckel auf.

Remata'Klan kann den Inhalt des Behälters nicht erkennen. Jetzt den Hals zu recken, um über den Deckel hinwegzublicken... So etwas hätte Mißtrauen dem Vorta gegenüber bedeutet.

Soldaten nähern sich und warten auf ihre Dosis.

Schwäche, zitternde Glieder, Benommenheit, Krämpfe … Bald ist das alles überwunden.

Der Vorta. »Dritter Remata'Klan … Können Sie für die Loyalität Ihrer Männer bürgen?«

Teil des Rituals. Es gibt nur eine Antwort.

»Wir geloben den Gründern Treue, von jetzt bis zum Tod.«

»Dann empfangen Sie diesen Lohn von den Gründern. Möge er Ihnen Kraft geben.«

Die erste Phiole bekommt Remata'Klan. Die zweite …

Aber der Vorta klappt den Deckel zu und verschließt den Behälter.

Limara'Son. »Nur eine?«

Remata'Klan. »Sie sind unverschämt!«

Unruhe bei den Soldaten. Nur eine Phiole für sie alle? So wenig …

»Der Vorrat an Ketracel-Weiß muß reichen, bis wir gerettet werden.« Der Vorta. »Mindestens zehn Tage. Vielleicht noch länger. Ich werde das Weiß rationieren. Keine Sorge. Ich bin der Vorta. Ich kümmere mich um Sie alle.«

Remata'Klan nickt und fordert die anderen Soldaten mit einem Wink auf, die Arbeit fortzusetzen. Die Arbeit ist alles. Arbeiten, patrouillieren, überleben, verteidigen.

Hinter Remata'Klan liegt der verletzte Vorta. Vielleicht stirbt er. Allein.

Höhlen, kalt und dunkel. Feuchtigkeit sickerte durch die Schieferwände. Hier und dort zeigte sich der Glanz von Glimmer. Sisko dachte an den schwarzen Schreibtisch in seinem Büro an Bord von *Deep Space Nine*, an die dort brennenden Lampen. Hier gab es nichts, das Wärme schenkte, nicht einmal der Sonnenschein, der durch eine schmale Öffnung hereinfiel.

Sisko rang mit sich selbst und entschied dann, einen Phaser zu verwenden und damit einige aufragende Felsen zu erhitzen – sie fungierten als natürlicher Wärmespeicher. Natürlich durfte nicht zuviel Energie auf diese Weise vergeudet werden, denn vielleicht brauchten sie die Waffen noch. Wenn sie länger auf diesem Planeten bleiben mußten, benötigten sie eine Unterkunft, Brennmaterial und Nahrung. Darauf lief das Überleben hinaus: ein Dach über dem Kopf, Wärme und etwas zu essen.

Die durchnäßten Crewmitglieder beklagten sich nicht, begegneten der schwierigen Situation sogar mit einer Art Galgenhumor. Auf Siskos Anweisung hin zogen alle die nassen Uniformen aus und legten sie auf die heißen Felsen. Der Captain wollte vermeiden, daß sich jemand eine Lungenentzündung holte und dadurch Bashirs Aufmerksamkeit von Dax ablenkte. Dampf stieg auf und trieb durch die Höhle. Die Kleidung trocknete schnell – eine beabsichtigte Eigenschaft des Stoffes, aus dem die Uniformen bestanden –, aber die Stiefel blieben lange feucht, was sie zwang, barfuß herumzulaufen. Nog erstellte eine Liste der Dinge, die sie aus dem Wrack mitgenommen hatten. Neeley und Gordon untersuchten die Höhle nach verborgenen Ausgängen, die eventuell bewacht werden mußten, hielten dabei auch nach Bereichen Ausschau, denen es an Stabilität mangelte. Garak brachte O'Briens Hose in Ordnung. Bashir setzte seine sehr begrenzten medizinischen Ressourcen ein, um Dax zu helfen. Sisko... Seine Aufgabe bestand darin, sich Sorgen zu machen.

Einer schläfrigen Dax versprach er, sie in Sicherheit zu bringen. Als er anschließend über seine Worte nachdachte, kam er sich wie ein Narr vor.

Sie befanden sich in einem kartographisch nicht erfaßten Nebel, im stellaren Territorium der Cardassianer. Bei Starfleet wußte niemand von ihrem Aufenthaltsort und ihrer Situation. Wie sollte er Dax unter solchen Umständen in Sicherheit bringen?

Wann hörte er endlich damit auf, Unmögliches zu versprechen? Die Versicherung seinem Vater gegenüber, Jake von *Deep Space Nine* fortzubringen... Auch das waren leere Worte. Jetzt saß er hier fest, im wahrsten Sinne des Wortes mitten im Nichts, ohne eine Möglichkeit, diesen unbekannten Planeten zu verlassen. Hinzu kam zu allem Überfluß, daß sie mit der Präsenz von Feinden rechnen mußten. Die besten Voraussetzungen, um irgend etwas zu versprechen, nicht wahr?

Dax... Ihr Gesicht wirkte blutleer, und Schmerz zeichnete sich darin ab. Bashir konnte nur auf einige wenige Medikamente und seinen medizinischen Tricorder zurückgreifen – damit ließ sich nicht viel Hilfe leisten. Für Dax bedeutete das: Sie blieb größtenteils auf die Heilkräfte ihres eigenen Körpers angewiesen. Sisko versuchte sich einzureden, daß er ihren Rat nicht brauchte und auch ohne Dax imstande war, alle Probleme zu lösen.

Während seine Uniform trocknete, dachte er über ihre Lage und auch die an Bord von *Deep Space Nine* nach. Wie kamen Kira und Odo unter der Herrschaft von Gul Dukat zurecht? Sie mußten nicht nur mit ihm fertig werden, sondern auch mit einem schleimigen Vorta. Jede größere Jem'Hadar-Gruppe wurde von einem Vorta begleitet. Ein kaltblütiger, genetisch manipulierter Herr, der die heißblütigen, genetisch manipulierten Vasallen führte. Eine gefährliche Mischung.

Der sich auch noch Cardassianer hinzugesellten. Würden es Kira und Odo wagen, den Status quo an Bord der Raumstation zu beeinflussen? Gemischte Gefühle regten sich in Sisko, und er überlegte, wie er sich verhalten hätte. War es besser, einfach abzuwarten und zu sehen, wie sich die Dinge entwickelten? Mußten die Cardassianer und der Vorta bei Laune gehalten werden, damit Bajor und *Deep Space Nine* nicht zu Angriffszielen des Dominion wurden?

Vielleicht. Aber Kira war eine ehemalige Widerstandskämpferin, und Odo hatte lange Zeit unter strenger cardassianischer Herrschaft gelebt. Durfte Sisko unter solchen Voraussetzungen von ihnen erwarten, passiv zu bleiben?

Er selbst wäre nicht untätig geblieben und hätte es mit subtiler Subversion versucht. Gleichzeitig hoffte er, daß Kira und Odo nicht auf eine solche Weise aktiv wurden. Wie seltsam es sich anfühlte, Pläne zu schmieden und gar nicht in der Lage zu sein, sie in die Tat umzusetzen – oder nicht einmal zu wissen, ob es *richtig* gewesen wäre, auf ihrer Grundlage zu handeln. Sisko hatte Bajor und *Deep Space Nine* in einem sicheren Zustand zurückgelassen, um den Planeten und die Raumstation vor der Vernichtung zu bewahren. Er hoffte, daß seine Freunde verstanden und ihre Reaktionen unter Kontrolle hielten. Verlangte er zuviel von ihnen? Ohne eine Kom-Verbindung gab es keine Möglichkeit für ihn, sich über den gegenwärtigen Stand der Dinge zu informieren.

Und dann Jake. Kein Kind mehr, aber unerfahren… Er wollte beweisen, daß er auch in schwierigen Situationen zurechtkam. Was mochte mit dem Sohn des Gesandten passieren, wenn sich die Bajoranerin Kira und der Gestaltwandler Odo, den der Vorta für einen Gott hielt, gegen das Dominion wandten? Sisko wußte, daß er für Kira und Odo mit dem Abkommen zwischen Bajor und dem Dominion ein Problem geschaffen hatte. Ja, dadurch blieb Bajor zunächst vor einem Angriff geschützt, aber es setzte die Raumstation auch der Gnade des Dominion aus. Es gab praktisch keinen Handel mehr. Lieferungen von Ersatzteilen, medizinischen Versorgungsgütern und Lebensmitteln blieben aus. Planet und Station waren in dieser Hinsicht vollkommen vom Dominion abhängig, dessen Position dadurch stärker wurde. Die Oberhäupter des bajoranischen Volkes fanden bestimmt keinen Gefallen daran. Vor allem den Vedeks mußte es ein Dorn im Auge sein, daß das Dominion ihr geistliches Territorium besetzte.

Gul Dukat wußte natürlich darüber Bescheid und war zweifellos bereit, strenge Maßnahmen zu ergreifen, wenn es zu irgendwelchen Protesten kommen sollte. Keine gute Situation – und sie würde auch nie gut werden. Wenn irgend etwas schiefging, wenn Kira oder Odo die Beherrschung verloren… Dann geriet nicht nur die Raumstation in große Gefahr, sondern auch Bajor.

Irgendwann mußte *Deep Space Nine* zurückerobert werden.

Hilflosigkeit und Zorn bildeten eine brodelnde Mischung in Sisko. Er saß hier fest, ohne eine Möglichkeit, in das Geschehen draußen im All einzugreifen. Zuvor hatte seine Welt aus einem ganzen Raumsektor bestanden, aus einem großen Planeten, einer Raumstation mit vielen Personen und einem Tor zwischen zwei Quadranten der Galaxis. Jetzt war sie auf eine kleine Höhle mit wenigen Überlebenden geschrumpft, ein felsiges Ufer, das versunkene Wrack eines Jem'Hadar-Schiffes und einige Notrationen, die nur für wenige Tage reichten.

Sisko beschloß, seine Grübeleien zu beenden. »Mr. Gordon, brechen Sie mit Lieutenant Neeley auf und erkunden Sie den Bereich nördlich von hier. Mr. Garak, Kadett Nog, Sie gehen nach Südosten. Halten Sie nach Trinkwasser, eßbaren Pflanzen und Tieren sowie gefährlichen Geschöpfen und dergleichen Ausschau. Was gibt es sonst noch?«

»Die Jem'Hadar«, warf O'Brien ein.

»Oh, ja. Sie sollten damit rechnen, Jem'Hadar zu begegnen.«

»Warum sollten wir das?« fragte Nog.

»Weil ich es sage, Kadett.«

Der junge Ferengi blinzelte so verblüfft, als hätte er gerade eine Ohrfeige erhalten. »Oh… ja, Sir.«

Vielleicht war es ein Fehler, Nog zusammen mit Garak loszuschicken, den zwischen ihnen kam es immer wieder zu Auseinandersetzungen. Aber angesichts ihrer kleinen Gruppe gab es in diesem Zusammenhang kaum eine Wahl.

Die genannten Personen verließen die Höhle. Sisko, O'Brien, Bashir und die verletzte Dax blieben allein zurück. Das hereinfallende Licht trübte sich allmählich. Wie lange dauerte der Tag auf diesem Planeten? Die Luft schien ein wenig dünner zu sein, als Sisko es gewohnt war, aber sie enthielt genug Sauerstoff.

Zwei Stunden lang warteten sie, und Siskos Ungeduld wuchs. Am liebsten wäre er aufgestanden, um mit einer unruhigen Wanderung zu beginnen. Statt dessen beobachtete er O'Brien, der einige Dominion-Geräte untersuchte. Eigentlich handelte es sich nur um einige Schaltkreisblöcke, die sie im letzten Augenblick den anderen Dingen auf dem Floß hinzugefügt hatten.

»Was ist das?« fragte Sisko nach einer Weile.

»Mit ein wenig Glück schaffe ich es vielleicht, einen unserer Insignienkommunikatoren mit diesen Sensormodulen zu verbinden«, erwiderte der Chefingenieur. »Dann hätten wir einen einfachen Sender, allerdings ohne Energiequelle.«

Sisko sparte sich den Hinweis, daß es in diesem Sektor keine Freunde gab, die sie um Hilfe bitten konnten – immerhin gehörte er zum Raumgebiet des Dominion.

»Könnten Sie die Energie eines Phasers anzapfen?« erkundigte er sich.

»An diese Möglichkeit habe ich ebenfalls gedacht. Aber ich brauche einen Konverter, um die beiden Energiezellen zu überbrücken. Und dafür ist eine Ionentausch-Matrix erforderlich.«

Sisko schwieg. Es spielte ohnehin keine Rolle. Derzeit

benötigten sie alle ihre Phaser, und zwar so lange, bis sie sicher sein konnten, daß sich keine Feinde in der Nähe befanden. Die Wahrscheinlichkeit dafür, mit einer eventuellen Rettungsgruppe Kontakt aufzunehmen, war sehr gering, und deshalb mußte ihre erste Priorität darin bestehen, schlicht und einfach zu überleben.

Der Captain wollte sich gerade mit entsprechenden Hinweisen an den Chefingenieur wenden, als Fähnrich Gordon hereinkam. Er wirkte besorgt.

»Ich glaube, wir haben ein Problem, Captain. Garak und Nog haben sich noch nicht gemeldet, und ich konnte keine Kom-Verbindung mit ihnen herstellen.«

»Wann empfingen Sie den letzten Bericht?«

»Um vierzehn Uhr, Sir. Und wir vereinbarten, nach einer weiteren Stunde noch einmal miteinander zu sprechen.«

»Wo ist Neeley?«

»Sie hält draußen Wache, Sir. Wir haben nichts bemerkt. Nichts Lebendiges, meine ich.«

»Na schön. Doktor, Chief, wir brechen auf und beginnen mit der Suche. Wollen wir nur hoffen, daß keine Rettungsmission notwendig wird.«

Die Küstenlinie war breit und offen, bot nur wenig Deckung. Aber für Garak und Nog hatte es keine andere Möglichkeit gegeben, nach Südosten vorzustoßen.

Die Angehörigen der Suchgruppe hatten sich auf dem Strand verteilt, um keine Gruppe zu bilden, die man mit einem Schuß erledigen konnte. Alle hielten einen einsatzbereiten Phaser in der Hand, abgesehen von Neeley, die mit einem Tricorder der infraroten Spur folgte, die Garak und Nog hinterlassen hatten. Leider war sie hier und dort nicht mehr erkennbar, weil kaltes Meerwasser die Temperaturunterschiede vom Sand tilgte.

»Captain...« Neeley ging langsamer, um Sisko Gelegenheit zu geben, zu ihr aufzuschließen. »Ich registriere

Lebensformen auf dem Kliff. Entfernung fünfundsiebzig Meter, Höhe dreißig Meter.«

Sisko sah sich wie beiläufig auf dem Strand um, ohne einen direkten Blick auf den von Neeley genannten Ort zu richten. Er sprach so leise, daß seine Stimme nicht von Sensoren empfangen werden konnte. »Die ideale Stelle, um Ausschau zu halten… Sind es Jem'Hadar?«

»Ich glaube schon.«

»Nun, machen wir es ihnen nicht zu einfach. Sagen Sie O'Brien, daß wir den Weg zum großen Felsvorsprung fortsetzen. Aber wir laufen nicht, sondern gehen ganz ruhig.«

Neeley schritt ein wenig schneller, ohne dabei zu auffällig zu wirken, erreichte kurz darauf den Chefingenieur und gab Siskos Anweisungen weiter. Nach einigen Sekunden verharrte O'Brien und erweckte den Anschein, sich zu orientieren. Dann führte er die Gruppe zum Felsvorsprung, der aus der hohen Klippenwand ragte. Niemand sah auf. Niemand gab zu erkennen, daß sie wußten, beobachtet zu werden. Sisko blickte geradeaus. Neeley setzte die Sondierungen mit dem Tricorder fort. Langsam näherte sich O'Brien den Schutz bietenden Felsen, und Sisko bemerke, daß er bereits nach dem Auslöser der Waffe tastete.

Nur noch einige wenige Sekunden, bis sie einen Ort erreichten, der sich verteidigen ließ…

Vor O'Brien zerplatzte ein Teil des Felsens – ein Energiestrahl hatte ihn getroffen.

»In Deckung gehen!« rief Sisko. »Los! Los!«

Er packte Neeley, die sich noch immer so verhielt, als gäbe es keine Beobachter, die gerade das Feuer auf sie eröffnet hatten. Zusammen mit ihr eilte er zu den Felsen und warf dabei einen kurzen Blick über die Schulter. Weit oben sah er die graue Miene eines Jem'Hadar, und ein zweiter Strahlblitz zuckte vom Kliff herab.

»Das war verdammt knapp«, brachte der Captain

hervor, als er sich hinter den Felsvorsprung duckte. »Feuer frei.«

Er wollte zunächst hinzufügen, sie sollten nur gezielt schießen und keine Energie vergeuden, aber unter den gegebenen Umständen verzichtete er auf einen solchen Hinweis. Weitere Teile des Felsvorsprungs verdampften und zerbarsten, als die Jem'Hadar feuerten, und den Verteidigern blieb nichts anderes übrig, als sich noch tiefer zu ducken, um nicht getroffen zu werden. Der Gegner befand sich über ihnen und war damit im Vorteil. Mit der für sie typischen Entschlossenheit nahmen die Jem'Hadar den Felsvorsprung unter Beschuß, der daraufhin immer mehr schrumpfte. Beabsichtigten sie, erst die Deckung zu zerstören, um dann die Verteidiger zu erledigen?

Disruptorstrahlen kochten über Felsgestein und bohrten sich in den Sand.

Oben ertönte die Stimme eines Jem'Hadar. »Feuer einstellen!«

Aber die Soldaten des Dominion achteten nicht darauf und schossen auch weiterhin.

»Feuer einstellen!«

Einige Jem'Hadar kamen der Aufforderung nach, aber andere schenkten dem Befehl noch immer keine Beachtung.

»Sie sind angewiesen, das Feuer einzustellen!«

Wahrscheinlich stammten diese Worte vom »Ersten« Jem'Hadar beziehungsweise dem Leiter der Gruppe. Er schien seine Leute kaum kontrollieren zu können. Gut, das half ihnen vielleicht ein wenig weiter. Und es konnte ein Hinweis sein: Wenn die Jem'Hadar ebenfalls Schiffbrüchige waren, so fehlte es ihnen möglicherweise an Ketracel-Weiß. Litt ihre Disziplin darunter? Stellten sich erste Entzugserscheinungen ein?

O'Brien und Gordon feuerten noch immer auf die Position des Gegners. Sisko hinderte sie nicht daran. Wenn bei den Jem'Hadar tatsächlich die erste Phase der Entzugserscheinungen begonnen hatte, so kam es vielleicht zu Kontroversen, wenn man sie unter Druck setzte.

Ja, sie stritten miteinander. Sisko hörte ihre kehligen, gutturalen Stimmen, konnte jedoch nur einzelne Worte verstehen.

»...auf den Sechsten degradiert!«

»...tarnen... Basislager...«

»...Feuerschutz – ...ziehen.«

Die letzten beiden Silben waren Teil eines Wortes. Lautete es ›zurückziehen‹? Aber warum? Weshalb sollte den Jem'Hadar daran gelegen sein, den Rückzug anzutreten?

Sie befanden sich in der besseren Position. Weshalb sie aufgeben?

Vielleicht hatten sie einen entsprechenden Befehl erhalten, den sie nicht in Frage stellen durften. Sie waren nicht für unabhängiges Denken geschaffen. Gehorsam kam an erster Stelle, und Spontaneität gehörte nicht zu den notwendigen Eigenschaften. Ein so gestaltetes Selbst konnte leicht in Verwirrung geraten.

Sisko ließ O'Brien und die anderen mit den Phasern schießen, bis er sicher war, daß die Jem'Hadar das Feuer nicht mehr erwiderten.

»Sie ziehen sich zurück!« rief der Chefingenieur.

Sisko hätte ihn fast aufgefordert, leiser zu sein. »Sieht ganz danach aus.«

»Warum sind sie nicht getarnt?«

»Gute Frage. Hoffentlich ergibt sich aus der Antwort ein Vorteil für uns. Feuer einstellen! Lieutenant Neeley?«

»Sir?«

»Sind unsere Gegner wirklich fort?«

»Der Tricorder zeigt sie nicht mehr an, aber einige Daten ergeben keinen Sinn. Das Gerät scheint beschädigt worden zu sein.«

»Die Jem'Hadar sind nicht mehr dort oben?«

»Nein, Sir. Keine Lebensformen im Umkreis von...«

»Bringen Sie sich in eine Position, von der aus Sie den oberen Bereich des Kliffs sondieren können.«

»Ja, Sir.«

»Die anderen verteilen sich und kehren in Richtung Höhle zurück.«

Zwei Geiseln. Ein Erfolg.

Remata'Klan. »Knien Sie vor dem Vorta.«

Wie seltsam, daß sich im Gesicht des Vorta keine Zufriedenheit über die Gefangennahme dieser beiden Feinde zeigt. Ihre Präsenz beweist, daß das Raumschiff des Gegners ebenfalls abgestürzt ist. Der Zustand des Vorta... Hat er sich verschlechtert? Wie kann ein Jem'Hadar überhaupt des Befinden eines Vorta beurteilen?

Die beiden Gefangenen knien. Und schweigen.

Der Vorta. »Wie viele... andere... gehören zu Ihrer Gruppe?«

»Nog!« Der Ferengi. »Kadett dritter Klasse! ID-Nummer CX Strich neun drei sieben drei Strich...«

»Sei still!« Der andere Gefangene. Der Cardassianer. »Ich habe es Ihren Leuten bereits zu erklären versucht... Ich heiße Kamar und gehöre zum cardassianischen Geheimdienst, früher auch als Obsidian-Kommando bekannt. Vor einer Woche, während ich meine Pflicht im Dienst der glorreichen Gründer erfüllte, wurde ich von der U.S.S. *Centaur* gefangengenommen. Ich befand mich an Bord eines ihrer Shuttles, als ein Schlachtschiff des Dominion erschien und den Starfleet-Raumer zwang, im Nebel aus dunkler Materie Zuflucht zu suchen. Nun, das Shuttle geriet unter Beschuß, wurde getroffen, stürzte ab...«

»Entschuldigen Sie, Mr. Kamar.« Der Vorta. »Falls das wirklich Ihr Name ist... Aber wenn Sie mit uns verbündet sind – warum tragen Sie dann das hier?«

Ein Starfleet-Insignienkommunikator. Veränderung im Verhalten des Cardassianers. Er wirft einen Blick auf den Kommunikator…

»Ich hatte gehofft, daß Sie mich nicht danach fragen.«

»Ich möchte nur noch eine weitere Frage an Sie richten. Gibt es in Ihrer Gruppe einen Arzt?«

Der Cardassianer. »Ja.«

Der Ferengi. »Garak!«

Jetzt ist der wahre Name des Cardassianers bekannt. Die restlichen Behauptungen sind vermutlich ebenfalls gelogen.

»Seien Sie nicht zu streng mit ihm, junger Mann.« Der Vorta. »Er hat Ihnen gerade das Leben gerettet. Bringt die Gefangenen an einem sicheren Ort unter. Dritter…« Soldaten führen Garak und Nog ab. »Ich habe einen Auftrag für Sie. Vielleicht hängt unser aller Leben davon ab. Kann ich sicher sein, daß Sie meine Anweisungen ausführen, ohne sie in Frage zu stellen?«

Remata'Klan. Ein Zweck. Eine Mission. Keine leeren Momente mehr. »Mein Leben ist dem Dienst am Dominion gewidmet.«

»Gut. Suchen Sie die Starfleet-Gruppe. Aber greifen Sie *nicht* an. Stellen Sie ihren Aufenthaltsort und ihre Stärke fest. Kehren Sie dann zurück, um mir Bericht zu erstatten.«

»Ich verstehe.«

»Nein, Sie verstehen nicht. Aber das spielt keine Rolle. Sie brauchen auch gar nicht zu verstehen. Es ist nur wichtig, daß Sie sich ganz genau an meine Anweisungen halten.«

»›Gehorsam bringt den Sieg.‹«

»Ja. Ja, das stimmt… Gehen Sie jetzt.«

Gute Annäherung. Ohne entdeckt zu werden, obwohl es sehr hell ist – die weiße Sonne spendet erstaunlich viel Licht. Starfleet-Offiziere unten am Strand. Remata'Klan und die Soldaten oben auf dem Kliff, in der besseren Position…

Waffen entladen sich! Das ist gegen den Befehl! Der Vorta hat befohlen, nicht anzugreifen! Wer schießt?

Zwei… drei Jem'Hadar feuern auf die Starfleet-Angehörigen.

Der Gegner setzt sich mit Phasern zur Wehr; Energieblitze zerreißen harten Fels. Die Befehle des Vorta müssen respektiert werden, bis er stirbt!

Der Halsschlauch zittert. Benommenheit. Und sie wird stärker. Krämpfe. Zitternde Finger, weiche Knie…

»Feuer einstellen!« Remata'Klan. »Feuer einstellen!«

Doch die verwirrten Männer geben ihrem Zorn nach und schießen auch weiterhin. Ihre Strahlen treffen nicht die Starfleet-Offiziere, sondern nur den Felsvorsprung, hinter dem sie sich verbergen. Vergeudung von Waffenenergie!

Remata'Klan – schlägt den nächsten Jem'Hadar nieder. Limara'Son sieht auf, läßt den Strahler sinken und scheint wie aus einer mörderischen Trance zu erwachen. Hinter ihm hockt ein Soldat, der nichts hört, den Befehl ignoriert und immer wieder von seiner Waffe Gebrauch macht. Auch sein Halsschlauch zittert, und es befindet sich kaum mehr Ketracel-Weiß darin.

Limara'Son richtet seinen Disruptor auf den Soldaten. »Sie sind angewiesen, das Feuer einzustellen!«

Der Jem'Hadar bringt sich nur mit Mühe unter Kontrolle und schießt nicht mehr.

Die Starfleet-Angehörigen setzen noch immer ihre Phaser ein. Strahlblitze brennen über das Kliff, und Felssplitter jagen Geschossen gleich umher. Es fällt den Soldaten schwer, sich zurückzuhalten. Sie sind es gewohnt, aktiv zu sein, den Feind auszumerzen und dafür mehr Weiß zu bekommen. Ihre Verwunderung nimmt zu. Zuerst gab es einen Krieg. Zweck. Ordnung. Dann nur ein Schiff. Und dann nur einen Planeten. Jetzt rückt immer mehr der Mangel an Ketracel-Weiß in den Vordergrund. Bald wird es nur noch von den Entzugserscheinungen hervorgerufenen Wahnsinn geben. Und wenn der Vorta stirbt… Dann verlieren die Soldaten den Verstand, während sie versuchen, den Behälter zu öffnen.

Remata'Klan. »Sie hatten die Anweisung, den Gegner nicht anzugreifen! Wer hat zuerst geschossen?«

Stille.

Limara'Son, nach einer Weile. »Ich.«

Enttäuschung. Remata'Klan. »Sie sind auf den Sechsten degradiert. Wir tarnen uns jetzt und kehren zum Basislager zurück…«

Ein naher Felsen platzt mit einem ohrenbetäubenden Krachen auseinander. Heißer Schmerz. Remata'Klans Arm blutet.

Limara'Son. »Ich kann mich nicht mehr tarnen.«

Das galt auch für die anderen. Keine Energie mehr übrig. Kein Schutz.

Remata'Klan. »Sie geben uns Feuerschutz, während wir uns zurückziehen.«

Limara'Son. »Verstanden.«

Vorsichtig zurückweichen, während Limara'Son und der Neunte auf die Starfleet-Offiziere schießen. Eine Pause… In die Hocke gehen und beobachten, was der Feind unternimmt.

Limara'Son. »Remata'Klan… Ich bedauere, den Befehl mißachtet zu haben.«

Bedauern. Es gibt viele Dinge, die man bedauern kann. Sie haben es Fehlern zu verdanken, daß sie sich nun auf diesem Planeten befinden. Remata'Klans Hand auf Limara'Sons Schulter, um das Gleichgewicht zu wahren. Aufstehen und zum Basislager zurückkehren.

Remata'Klan. »Folgen Sie uns in neunzig Sekunden. Wir werden uns gemeinsam dem Zorn des Vorta stellen.«

»Warum wurde meinen Anweisungen zuwidergehandelt?«

Ein Echo hallt durch die Höhle. Der Vorta ist verletzt und stirbt, aber trotzdem klingt seine Stimme scharf.

Remata'Klan. »Der Mangel an Ketracel-Weiß erfüllt uns mit Unruhe. Ein Mann konnte sich nicht beherrschen, als er den Feind sah.«

»Welcher Mann?«

»Ich habe ihn bereits bestraft.«

»Wie heißt er?«

»Ich bin für ihn verantwortlich.«

»Den Namen!«

An Remata'Klans Seite wartet Limara'Son darauf, verraten zu werden. Doch wenn Gehorsam den Sieg bringt – bedeutet Loyalität dann nicht Erfolg?

»Ich bin nicht der Erste.« Remata'Klan. »Aber ich leite die Gruppe. Sie können disziplinarische Maßnahmen gegen mich ergreifen, aber nur ich kümmere mich um die Disziplin meiner Leute. So liegt es in der Natur der Dinge.«

Der Vorta ist verärgert, aber auch erschöpft. Er hat nicht die Kraft, auf seinem Standpunkt zu beharren.

Der Vorta. »Na schön. Ich überlasse den Mann Ihnen.«

Erfolg? Ein taktischer Sieg für Remata'Klan? Ist der Vorta jetzt vielleicht bereit, ihnen mehr Ketracel-Weiß zu geben?

Ein kurzer Wink, an die Soldaten gerichtet. »Wegtreten.«

Sie gehen schnell fort, um dem Vorta keine Gelegenheit zu geben, seine Meinung zu ändern.

»Sie haben gute Arbeit geleistet, Dritter.« Der Vorta. »Vielleicht schaffen Sie es doch noch zum Ersten. Nun, ich habe einen weiteren Auftrag für Sie …«

»Na schön, inzwischen dürfte ziemlich klar sein, daß wir ein Problem haben. Wir müssen von einem starken Gegner ausgehen – bis sich das Gegenteil erweist.«

Zusammen mit O'Brien hockte Sisko auf dem Boden der Höhle und zog Linien in den Sand.

»Wir richten drei Verteidigungsstellungen ein«, sagte der Captain und sah kurz zum Chefingenieur. »Sie und Fähnrich Gordon die südliche Anhöhe, Lieutenant Neeley unweit der Lavaröhre, Bashir und ich die Dünen.«

Die hinter Sisko auf der Felsplatte liegende Dax murmelte: »Ich bleibe hier und bewache meine Kleidung.«

Der Captain lächelte – und wurde sofort wieder ernst, als sein Insignienkommunikator zirpte.

»Neeley an Captain Sisko.«

»Ich höre.«

»Ein Jem'Hadar-Soldat hat sich mir genähert, Sir. Er möchte mit Ihnen allein sprechen.«

»Verstanden. Warten Sie. Und kehren Sie dem Burschen nicht den Rücken zu.«

»Bleibe in Bereitschaft.«

Sisko wandte sich an O'Brien. »Was halten Sie davon?«

»Jem'Hadar, die in einer besseren Position sind, einen taktischen Vorteil haben und dennoch verhandeln wollen?« Der Chefingenieur neigte nachdenklich den Kopf zur Seite. »Vermutlich brauchen sie irgend etwas, und zwar ziemlich dringend. Ich schlage vor, wir warten zunächst ab.«

»Das würde ich gern, aber Sie vergessen etwas.«

»Was denn?«

»Nog und Garak. Wir haben nichts mehr von ihnen gehört. Vielleicht ist der Jem'Hadar gekommen, um über ihre Freilassung zu verhandeln.«

»Wenn Nog und Garak in der Gewalt des Gegners sind, müssen Sie sehr vorsichtig sein.«

»Ich beabsichtige, schlau zu sein, und zwar noch schlauer als die Jem'Hadar.«

»Das ist nicht sehr schwer, Sir.«

»Nein, aber wenn sie einen Vorta dabeihaben, sieht die Sache ganz anders aus.«

»Wollen Sie wirklich mit dem Jem'Hadar reden, Sir?«

»Das sollte ich besser. Aber... es gibt da eine Sache, durch die wir einen Vorteil erringen könnten. Sisko an Neeley.«

»Hier Neeley.«

»Teilen Sie dem Jem'Hadar mit, daß ich bereit bin, ihn zu empfangen, hier in unserer Höhle – die zu seinem Gefängnis wird, wenn er keine Botschaft bringt, die zu einer Verbesserung der allgemeinen Situation führt.«

Sisko wußte, daß der Jem'Hadar direkt neben der Starfleet-Offizierin stand. Neeley bestätigte, und der Captain wandte sich erneut an O'Brien. »Gehen Sie draußen in Stellung, zusammen mit Bashir und Gordon. Verbergen Sie sich, aber seien Sie jederzeit zum Eingreifen bereit.«

»Verbergen und zum Eingreifen bereit sein, aye, Sir.«

Neeley brauchte zehn Minuten, um den Jem'Hadar zur Höhle zu bringen, obwohl sie es auch in zwei Minuten hätte schaffen können. Sie war klug genug, sich mehr Zeit für einen Umweg zu nehmen, obwohl Sisko sie nicht extra darauf hingewiesen hatte. Man führe einen Feind niemals auf dem direkten Weg zum eigenen Lager. Die Route sollte so kompliziert wie möglich sein, damit man sie sich kaum merken konnte.

Dort kamen sie...

Die auf der Felsplatte liegende Dax gab keinen Ton von sich und erweckte den Anschein, tief zu schlafen – obgleich sie in Wirklichkeit hellwach war. Mit einer knappen Geste forderte Sisko Lieutenant Neeley auf, die Höhle wieder zu verlassen, und dann wandte er sich dem Jem'Hadar zu.

»Ich bin Captain Benjamin Sisko«, sagte er.

»Dritter Remata'Klan. Zwei Mitglieder Ihrer Gruppe befinden sich als Gefangene in unserem Basislager. Wir tauschen sie gegen Sie und Ihren Doktor aus.«

Plötzlich ergaben gewisse Dinge einen Sinn. Sisko

hielt seinen Gesichtsausdruck unter Kontrolle und gab vor, keine neuen Erkenntnisse gewonnen zu haben.

»Warum brauchen Sie einen Doktor?«

»Der Vorta ist schwer verletzt.«

»Und warum ich?«

»Der Vorta möchte mit Ihnen reden.«

»Offenbar will er zwei einfache Gefangene gegen zwei wertvollere austauschen. Würden Sie auf einen solchen Vorschlag eingehen?«

»Nein.«

»Warum sollte ich dann einverstanden sein?«

»Sie sollten es nicht.«

»Sie sind kein besonders guter Unterhändler, oder?«

»Ich wurde nicht hierhergeschickt, um über irgend etwas zu verhandeln«, sagte der Jem'Hadar. »Man wies mich nur an, die Bedingungen zu überbringen.«

Bedingungen – warum hatte der Vorta ausgerechnet diese Bezeichnung gewählt? Bedingungen für die Kapitulation oder für eine Vereinbarung?

»Ich verstehe... Nun, in dem Fall möchte ich mit jemandem sprechen, der verhandeln kann. Wie wäre es mit Ihrem Ersten?«

Der Jem'Hadar zögerte, verlagerte voller Unbehagen das Gewicht vom einen Bein aufs andere und sah Sisko so an, als wüßte er nicht genau, was er erwidern sollte.

»Es gibt keinen Ersten«, sagte er nach einigen Sekunden.

Sisko musterte den Soldaten aufmerksam. »Ich nehme an, es gibt auch keinen Zweiten, oder?«

»Ich habe den Befehl über unsere Gruppe«, sagte Remata'Klan.

Als Sisko diese Worte hörte, zog er mehrere Schlüsse. Es gab ein Problem im Basislager der Jem'Hadar. Ihr Raumschiff war ebenfalls abgestürzt, und der Vorta hatte dabei schwere Verletzungen erlitten. Der Dritte führte das Kommando, aber er war nicht zum Ersten oder Zweiten befördert worden, was bedeutete: Irgendwann mußten ihm Fehler unterlaufen sein. Zwar nahm er nun die Pflichten des Kommandanten wahr, aber gleichzeitig mußte er auf einen entsprechenden Rang verzichten. Das sorgte sicher für Spannungen zwischen ihm und den anderen Jem'Hadar, die erst dann befördert werden konnten, wenn Remata'Klan sein Problem mit dem Vorta löste.

Hmm...

»Für einen Soldaten muß es sehr schwer sein, Befehle von einem Vorta entgegenzunehmen«, sagte Sisko vorsichtig.

Der Jem'Hadar versteifte sich. »Der Vorta befehligt die Jem'Hadar. So liegt es in der Natur der Dinge.«

»›Gehorsam bringt den Sieg‹«, zitierte Sisko, was ihm einen überraschten Blick einbrachte. »Ich habe einmal an einer Mission mit Jem'Hadar teilgenommen, vor dem Krieg. Es waren sehr professionelle und pflichtbewußte Leute. Ich empfand es als eine Ehre, mit ihnen zusammenzuarbeiten. Aber ihr Vorta... Er manipulierte seine Untergebenen und verriet sie sogar. Niemand traute ihm. Schließlich wurde er umgebracht – vom Ersten der Jem'Hadar.«

Der Dritte blinzelte und schnappte schockiert nach Luft.

»Verblüfft Sie das?« fragte Sisko.

Remata'Klan versuchte, sich von der Überraschung zu erholen. »Solche Dinge sind gelegentlich passiert, aber nur sehr selten und in Gruppen, die ihre Disziplin verloren.« Er zögerte, und Siskos durchdringender Blick schien seine Nervosität zu verstärken. »Der Vorta sichert Ihnen zu, daß weder Ihnen noch dem Doktor ein Leid widerfahren wird. Nach dem Treffen können Sie hierher zurückkehren. Wie lautet Ihre Antwort?«

»Das Wort des Vorta hat für mich keine große Bedeutung«, entgegnete Sisko scharf. »Können auch *Sie* mir versprechen, daß wir später hierher zurückkehren können, Remata'Klan?«

Der Dritte staunte über den Umstand, daß ihm ein Gegner Vertrauen schenkte und den höheren Rang des Vorta ganz bewußt ignorierte. Er zögerte erneut und suchte nach einer Antwort, die seine Loyalität dem Vorta gegenüber nicht kompromittierte.

»Ich bin angewiesen, Sie nach dem Gespräch gehen zu lassen«, sagte er langsam. »Sie können sicher sein, daß ich mich an diese Anweisungen halten werde.«

Sisko wartete zwei Sekunden lang, um darauf hinzuweisen, daß ihm diese Angelegenheit nicht soviel bedeutete wie dem Jem'Hadar. Dann sagte er: »Der Austausch findet in einer Stunde statt.«

»Einverstanden.«

Remata'Klan drehte sich um und verließ die Höhle mit vielen Dinge, über die er nachdenken mußte.

Als das Geräusch der Schritte verklang und Sisko mit Dax allein war, öffnete sie die Augen.

»Es klang fast so, als hättest du wirklich etwas in ihm berührt.«

Sisko schüttelte den Kopf. »Ein einzelnes Gespräch genügt nicht, um die Konditionierung durch das Dominion rückgängig zu machen.«

»Glaubst du, daß du ihn dazu bringen kannst, sich gegen den Vorta zu wenden?«

»Ich weiß es nicht. Aber heute morgen auf dem Kliff haben wir mindestens sieben Jem'Hadar gesehen. Nehmen wir zwei weitere im Basislager an, die den Vorta schützen und die Gefangenen bewachen. Ohne Nog und Garak auf unserer Seite ist uns der Feind fast zwei zu eins überlegen.«

Dax blinzelte und seufzte. »Ich wäre jetzt gern an einem Ort, der Ruhe und Sicherheit bietet.«

»Diesen Wunsch teile ich, alter Mann.«

»Trau ihnen nicht, Benjamin«, sagte Dax, und Sorge erklang dabei in ihrer Stimme.

»Das habe ich nicht vor«, erwiderte Sisko. »Aber wenn Nog und Garak in der Gewalt der Jem'Hadar sind, muß ich etwas unternehmen. Als ihr vorgesetzter Offizier habe ich die moralische und auch rechtliche Autorität, mich für sie zu opfern...«

»Und was ist mit Julian?«

»Nun, ich sollte zumindest mit ihm darüber reden, nicht wahr?«

»Ja.«

»Sisko an Bashir.«

»Hier Bashir, Sir.«

»Bitte kehren Sie zur Höhle zurück, Doktor. Ich muß Ihnen etwas mitteilen.«

Der Regen auf die Gerechten fällt,
Und auch auf des Ungerechten Haupt.
Aber hauptsächlich auf die Gerechten,
Weil der Ungerechte ihnen den Regenschirm klaut.

LORD BOWEN

14

Kira Nerys stand am Geländer, von dem aus man über die Promenade von *Deep Space Nine* hinwegblicken konnte. Unten bewegten sich die Leute so, als seien sie Teil eines großen, behäbigen Wesens: Jem'Hadar-Soldaten, einige Vorta, Cardassianer, Angehörige verschiedener Völker und auch Bajoraner, die zur Raumstation zurückgekehrt waren oder hier jemanden besuchten. Alles war ruhig – zu ruhig. Hier gab es nur Aufgaben und Pflichten, aber keinen Spaß. Während Kira die Passanten beobachtete, formte sich vor ihrem inneren Auge ein anderes Bild: Jem'Hadar und Cardassianer, die nun an den Konsolen im Kontrollraum saßen, dort, wo sich früher die freundlichen Gesichter von Dax, O'Brien und ihren anderen Freunden gezeigt hatten.

Freunde...

Tag für Tag trank sie morgens Raktajino bei Mavek, um anschließend ihre übliche Routine hinter sich zu bringen. Sie verzichtete auf den Versuch, sich der cardassianischen Besatzung zu widersetzen, hielt an der Hoffnung fest, daß Captain Sisko irgendwo dort draußen war, mit einem Plan, der die Rückeroberung von *Deep Space Nine* vorsah – oder zumindest mit einem Plan, bei dem Kiras Geduld eine wichtige Rolle spielte. Selbst Druck von Vedek Kassim, einem der wichtigsten religiösen Oberhäupter von Bajor, hatte Kira nicht veranlassen können, wieder in die Rolle der Widerstandskämpferin zu schlüpfen. Zu Anfang war es ihr nicht leichtgefallen, Kommandoverantwortung zu tragen, doch inzwischen hatte sie sich daran gewöhnt und wußte, daß es darum ging, Kompromisse zu schließen, Dinge gegeneinander abzuwägen und ins Gleichgewicht zu bringen. Sie durfte nicht nur keine Unruhe schaffen, sondern mußte auch verhindern, daß andere zu Unruhestiftern wurden.

Deshalb hatte sie tiefe Scham empfunden, als sich Vedek Kassim vor einigen Stunden an dieser Stelle in die Tiefe stürzte und Selbstmord beging. Am Grund für seine Verzweiflung bestand kein Zweifel: Kiras Widerstand dem… Widerstand gegenüber. Das Opfer des Vedek und seine letzten Worte – *»Man muß sich dem Bösen entgegenstellen!«* – bildeten eine Botschaft nicht nur für Kira, sondern auch für das Dominion und die Cardassianer.

Obwohl alles so ruhig wirkte, gab es einige unerfreuliche Veränderungen, von denen Captain Sisko aufgrund der Isolierung Bajors nichts wissen konnte. So hatte Gul Dukat Vedeks Selbstmord zum Anlaß genommen, die Sicherheitsmaßnahmen an Bord der Raumstation zu verschärfen. Außerdem waren vierhundert Repräsentanten des Dominion nach Bajor geschickt worden, um dort zu ›helfen‹, weil es durch die vom Dominion selbst initiierte Isolationspolitik an allem mangelte. Technische Hilfe für einige Monate. Natürlich.

Kira und Odo hatten einige Vorta an Bord der Station begrüßt. Nach den verdammten Vereinbarungen zwischen Bajor und Dominion gehörte das zu ihren Pflichten. Dadurch entstand der Eindruck, daß der ›Gründer‹ Odo die Präsenz des Dominion validierte, zumal er nun auch Mitglied des Verwaltungsrates geworden war. Weyoun hatte Odo geschickt in eine für ihn günstige Position manövriert, und dadurch mußten jetzt alle glauben, daß der Gestaltwandler die Präsenz der fremden Macht begrüßte. Vermutlich ging man bei Kira von einer ähnlichen Annahme aus, da sie die neue Situation an Bord von *Deep Space Nine* einfach hinnahm.

Hinzu kam Jake Siskos ärgerliche Angewohnheit, überall herumzuschleichen und journalistische Ermittlungen anzustellen. So etwas hatte ihnen gerade noch gefehlt. In einem totalitären Staat existiert keine Pressefreiheit, und es kann der Freiheit selbst abträglich sein, wenn die Presse nicht zu schweigen weiß.

Einmal mehr hörte Kira Vedek Kassims Worte, mit denen er sie von der Notwendigkeit zu überzeugen versuchte, sich gegen das Dominion zu wenden. *»Die Propheten lehren, daß man sich dem Bösen entgegenstellen muß. Das Dominion ist böse… Was wollen Sie als bajoranischer Verbindungsoffizier dagegen unternehmen? Immer mehr Freiheiten werden uns genommen… Sehen Sie denn nicht, was um Sie herum geschieht? Durch Ihre Untätigkeit fördern Sie das Böse…«*

Vage erinnerte sich Kira an ihre Antwort. Sie hatte sich nicht für ihr Verhalten dem Dominion gegenüber entschuldigt, sondern den Vedek darauf hingewiesen, daß öffentliche Proteste aufhören mußten und ihre Aufgabe darin bestand, für Ruhe und Ordnung zu sorgen.

»Nerys?«

Sie wollte sich umdrehen, erkannte dann aber Odos Stimme und starrte auch weiterhin auf die Promenade hinab. Ihr Blick galt noch immer jener Stelle, an der Vedek Kassim tot vor ihr und allen anderen gelegen hatte. Die Passanten mieden den Ort des Todes nach wie vor.

»Damar versucht schon seit fünf Stunden, Kontakt mit Ihnen aufzunehmen«, sagte Odo und trat ebenfalls ans Geländer.

Kira öffnete die Hand und zeigte ihren deaktivierten Insignienkommunikator. Dann ballte sie wieder die Faust. Eine Erklärung war nicht nötig.

»Ich denke dauernd darüber nach«, murmelte sie. »Immer und immer wieder… Ich kann einfach nicht fassen, daß ich dort unten stand, bereit dazu, einen gegen das Dominion gerichteten Protest zu verhindern. Ausgerechnet *ich*! Als ich dem Widerstand angehörte, habe ich solche Leute verabscheut. Ich bin ein Kollaborateur, Odo…«

»Nein«, widersprach der Gestaltwandler ruhig. »Sie verhalten sich genau so, wie es Captain Sisko von Ihnen und Bajor erwartet. Sie bleiben neutral und nehmen nicht am Kampf teil.«

»Damals in der Widerstandsbewegung gab es eine Redensart«, sagte Kira nachdenklich. »›Wer nicht gegen den Feind kämpft, unterstützt ihn.‹ Der halbe Alpha-Quadrant ist dort draußen und kämpft um die Freiheit. Aber ich beschränke mich auf die Rolle des Beobachters. Wie verbringe ich meine Zeit? Ich bekomme regelmäßige warme Mahlzeiten, schlafe in einem weichen Bett und schreibe sogar Berichte für die Mörder, die *Deep Space Nine* unter ihre Kontrolle gebracht haben…«

»Es sind schwere Zeiten für uns alle«, meinte Odo. »Glauben Sie etwa, es sei leicht für mich, jeden Tag bei Dukat und Weyoun zu sitzen, während sie die Vernichtung der Föderation planen?«

Kira sah ihn an. »Ich richte keinen anklagenden Finger auf Sie, Odo. Immerhin habe ich Sie dazu gedrängt, den Gründer herauszukehren. Nein, bei dieser Angelegenheit geht es in erster Linie um mich. Ich möchte morgens in den Spiegel sehen können, ohne daß mir übel wird. Kassim hatte recht… Ich muß etwas unternehmen. Es wird Zeit, gegen den Feind zu kämpfen.«

»Das wäre ein Fehler«, wandte Odo ein. »Aktiver Widerstand hat mit ziemlicher Sicherheit Repression zur Folge und…«

»Odo, ich möchte nicht auch gegen Sie kämpfen müssen, aber ich bin dazu bereit, wenn es sich nicht vermeiden läßt.«

Stille folgte diesen Worten. Kira brauchte nicht extra zu betonen, daß sie es wirklich ernst meinte. Das begriff Odo sofort – immerhin waren sie lange genug befreundet.

Der Gestaltwandler erhob keine Einwände, vielleicht deshalb, weil auch in ihm alles danach drängte, endlich gegen das Dominion aktiv zu werden.

Odo sah sich um und senkte die Stimme. »Na schön. Ich schlage vor, wir planen den Neuen Widerstand an einem geeigneteren Ort.«

»Wir brauchen vor allem eine Möglichkeit, mit unseren Kontaktleuten auf Bajor zu kommunizieren, ohne daß jemand mithört.«

»Die Cardassianer sind sehr geschickt, wenn es darum geht, verbotene Subraumsendungen zu ihrem Ursprung zurückzuverfolgen.«

»Dann müssen wir schlauer sein als sie.«

Bei diesen Worten klang Kira fast schnodderig. Zusammen mit Odo saß sie in Quarks Kasino, in dem wie üblich reger Betrieb herrschte. Ihr Gespräch verlor sich in einem lauten Stimmengewirr und dem Rasseln des Dabo-Rads. Bestimmt rechnete niemand damit, daß sich Angehörige einer Widerstandsbewegung ausgerechnet an einem Ort trafen, wo viele andere Personen zugegen waren. Alle wußten von der Freundschaft zwischen Kira und Odo. Niemand erwartete von ihnen, daß sie sich aus dem Weg gingen, und deshalb konnten sie hier über alles reden, ohne daß jemand Verdacht schöpfte.

»Hallo. Was dagegen, wenn ich Ihnen Gesellschaft leiste?«

Kira versteifte sich unwillkürlich, als der schlaksige Jake Sisko an sie herantrat. Sicher wollte er Fragen stellen, die Antworten notieren, sie verbreiten und sich dadurch einen Namen machen. Genau das Richtige für Widerstandskämpfer, die vor allem Diskretion brauchten.

»Sie sind bereits da«, stellte Odo fest.

Der Junge – na schön, er war kein Junge mehr, abgesehen vom naiven Glitzern in den Augen – stützte beide Ellenbogen auf die Theke. »Ich möchte dabeisein.«

Kira und Odo wechselten einen besorgten Blick.

»Wobei?« fragte der Gestaltwandler.

»Ich möchte zu Ihrer Widerstandsgruppe gehören.«

Sie hatten doch noch gar nichts unternommen! Wie konnte er Bescheid wissen? Waren sie *so* eingerostet?

Es gelang Kira, ein verärgertes Brummen zu unterdrücken. »Welche Widerstandsgruppe meinen Sie?«

»Ich bitte Sie, Major. Ich habe meine Quellen.«

Odo verlagerte sein Gewicht auf dem Barhocker und sah Kira an. »Sehr beruhigend.«

Sie wußte genau, worauf er hinauswollte. Weder sie selbst noch Odo hatten irgend etwas verlauten lassen, woraus sich die Frage ergab: Wie konnte Jake Sisko von ihren Absichten erfahren haben?

»Ich bin in der Lage, Ihnen zu helfen«, sagte Jake.

»Wie?«

»Als Reporter höre ich Dinge. Die Leute reden mit mir.«

Lächerlich – niemand, der etwas geheimhalten wollte, sprach mit ihm. Und wer sollte schon an Dingen interessiert sein, die Jake Sisko von Leuten erfuhr, die *tatsächlich* zu einem Gespräch mit ihm bereit waren?

»Worüber?« fragte Kira.

»Major...« Leiser Protest erklang nun in Jakes Stimme. »Ich bitte nur um eine Chance.«

Ärger regte sich in Kira. Genau in diesem Augenblick kam Quark und bewahrte sie davor, eine Antwort geben zu müssen. »Es wird Zeit, Major«, sagte er recht unfreundlich.

Nun, immerhin hatte sie ihn darum gebeten. »Schon?« Sie seufzte.

»Es ist vierzehn Uhr siebenundfünfzig. Das Shuttle dockt in drei Minuten an.«

Kira stand auf und empfand dabei einen Hauch Erleichterung, die jedoch allein dem Umstand galt, daß sie Jake hier zurücklassen konnte. »Ich sollte besser gehen«, sagte sie mit unverhohlenem Sarkasmus. »Es gehört sich nicht, sie warten zu lassen.«

Sie verließ das Kasino und stellte dankbar fest, daß Odo ihr folgte. Für Jake Sisko war die Botschaft klar: Wenn sich irgend etwas Subversives anbahnte, so wurde er nicht daran beteiligt. Zumindest noch nicht. Sein Status als Sohn des Gesandten spielte dabei keine Rolle.

Auf der Promenade blieb Kira kurz stehen und gab Odo Gelegenheit, zu ihr aufzuschließen.

»Wieso wußte er Bescheid?« fragte sie. »Ob Quark ihm etwas zugeflüstert hat?«

Odo blickte zurück, um sich zu vergewissern, daß Jake ihnen nicht folgte. »Nein, das glaube ich nicht. Jake kennt uns gut, und wahrscheinlich hat er nur einen logischen Schluß gezogen. Nach dem Selbstmord des Vedek kann man durchaus annehmen, daß Sie die Nase voll haben. Bestimmt ist Jake nur von einer Vermutung ausgegangen.«

»Nun, dann hat er ziemlich gut geraten... Es fehlte gerade noch, daß wir berechenbar sind. Ob Dukat und Weyoun ebenfalls etwas ahnen?«

»Dukat hält sich schon seit Tagen nicht mehr an Bord der Station auf.«

»Erinnern Sie mich nicht daran. Er und Damar tanzten fast vor Freude, als sie nach Bajor flogen, um den Einsatz der Gesandten des Dominion zu organisieren. Sie baten mich sogar, sie zu begleiten! Ist das zu fassen?«

»Eigentlich spielt es gar keine Rolle, ob sie irgendeinen Verdacht hegen. Noch haben wir nichts unternommen. Ich schlage vor, wir warten noch einige Tage und werden nicht in einer Weise aktiv, die auf eine neue Widerstandsbewegung hindeutet«

»Wie sehr ich es verabscheue, sie in der Luftschleuse abzuholen, wie Ehrengäste…«

Odo zögerte, bevor er sich in eine andere Richtung wandte – seine Präsenz an der Luftschleuse war nicht erforderlich. »Denken Sie an folgendes, Nerys: Wenn Sie Dukat und seine Mitarbeiter besänftigen, so schaffen Sie damit günstigere Voraussetzungen für unsere subversive Arbeit. Entspannen Sie sich. Dann entspannen sich auch Dukat, Damar und die anderen.«

Kira lächelte schief und schüttelte den Kopf. »Hören Sie auf damit, so klug zu klingen. Dadurch fühle ich mich unterlegen.«

Odo erwiderte das Lächeln und schritt fort. Es lag durchaus in ihrem Interesse, daß man sie zusammen sah, aber nicht öfter als sonst.

Der Weg zur Luftschleuse gab Kira Gelegenheit, die Gedanken zu ordnen. Es ging jetzt nicht nur darum, ihre Pflicht zu erfüllen. Odo hatte recht – der Zeremonienkram würde ihr letztendlich dabei helfen, als Widerstandskämpferin effektiver zu sein. An dieser Hoffnung mußte sie sich festklammern – andernfalls lief sie Gefahr, einfach überzuschnappen.

Sie war gerade erst eingetroffen, als das Innenschott der Luftschleuse beiseite rollte. Gul Dukat trat ihr mit einem strahlenden Lächeln entgegen, und Glinn Damar folgte ihm, bedachte Kira mit einem scharfen Blick.

»Major Kira«, grüßte Dukat. »Es freut mich sehr, Sie wiederzusehen.«

Damar war weniger förmlich. »Sie tragen keine Uniform, Major. Die Bajoraner könnten eine Lektion in Respekt vertragen.«

»Damar, bitte«, sagte Dukat. »Dies ist ein freudiger Anlaß. Verderben Sie ihn nicht. Major, ich habe eine Überraschung für Sie.«

»Nerys!«

Kira hob den Kopf, als eine Stimme in der Luftschleuse ihren Namen rief.

»Nerys, es freut mich so sehr, dich wiederzusehen!«

Eine quicklebendige junge Frau kam aus der Schleuse und umarmte Kira.

»Ziyal! Was machst du denn hier?«

Kira wich ein wenig zurück, um die junge Frau zu mustern. Ihr Gesicht wirkte so grau wie das einer typischen Cardassianerin – ganz offensichtlich waren die cardassianischen Gene dominant –, aber die Nasenknorpel wiesen darauf hin, daß auch bajoranisches Blut in ihren Adern floß. Ziyal, die Tochter Dukats und einer bajoranischen Sklavin...

»Du solltest auf Bajor sein«, sagte Kira.

Dukat lächelte erneut. »Ich habe sie dazu überredet, das Studium zu unterbrechen und sich einen kleinen akademischen Urlaub zu gönnen.«

Kira starrte ihn groß an. »*Sie* haben Ziyal dazu überredet?«

»Er brauchte nicht viel Überzeugungsarbeit zu leisten«, sagte die junge Frau fröhlich. »Wie wär's, wenn wir heute abend zusammen essen? Dann erzähle ich dir alles.«

»Einverstanden.«

»Ausgezeichnet!« Dukat klatschte in die Hände. »Wir speisen in meinem Quartier, um zweiundzwanzig Uhr.«

»Einen Augenblick! So habe ich mir das nicht vorgestellt...«

Ziyal unterbrach Kira, indem sie nach ihren Händen griff. »Ich kann dir gar nicht sagen, wie sehr ich dich vermißt habe!«

Bevor Kira Gelegenheit bekam, ihren Protest zu erneuern, schritt Dukat durch den Korridor fort und rief über die Schulter hinweg: »Komm, Ziyal!«

»Bis heute abend«, verabschiedete sich die junge Frau von Kira und folgte dann ihrem Vater.

»Ich werde heute abend nicht zusammen mit dir essen. Nein, aus dem gemeinsamen Abendessen heute abend wird nichts... Es tut mir leid, aber ich kann heute abend nicht mit dir zusammen essen. Nun, eigentlich tut es mir gar nicht leid, es ist eine Frage des Prinzips, ich hoffe, das verstehst du, aber ich werde heute abend nicht mit dir essen, weder heute noch an irgendeinem anderen Abend, es sei denn, man droht mir mit der Exekution. Ach, sei still und betätige den verdammten Türmelder.«

»Herein«, erklang Ziyals Stimme hinter der Tür.

Kira betrat das Quartier und versuchte, ihre Anspannung zu verbergen.

»Nerys!« Ziyal war damit beschäftigt, den Tisch mit Dukats besten Kristallgläsern und erlesenem Geschirr zu decken. »Du kommst zu früh! Ich habe gerade erst mit dem Ramufta begonnen.«

Kira schritt durchs Zimmer. »Ich werde heute abend nicht mit dir essen, Ziyal.«

Die junge Frau zögerte, und ihr Gesichtsausdruck wies darauf hin, daß dieser Hinweis nicht völlig unerwartet kam. »Oh... Es ist wegen meinem Vater, nicht wahr?«

»Ja.«

»Ich habe schon befürchtet, daß du einen Rückzieher machen würdest.« Ziyal rückte eine Salatgabel zurecht, und die Enttäuschung war ihr deutlich anzusehen.

»Warum bist du zur Raumstation zurückgekehrt?« fragte Kira.

»Bitte sei mir nicht böse«, erwiderte die junge Frau. »Ich weiß, wie sehr du dich bemüht hast, auf Bajor alles für mich zu arrangieren. Glaub mir, ich habe wirklich versucht, deinen Wünschen zu entsprechen.«

»Ich bin nicht böse auf dich, nur ein wenig verwirrt. Erzähl mir, was geschehen ist.«

»Es kommen viele Dinge zusammen. Die Studenten

an der Universität und alle anderen waren… freundlich. Aber immer wieder habe ich gesehen, wie sie in den Fluren standen, mir verstohlene Blicke zuwarfen und über mich flüsterten. Ich bin die Tochter von Gul Dukat. Mein Vater führt einen Krieg gegen den Gesandten der Propheten. Ich weiß überhaupt nicht, wie ich es unter solchen Umständen für möglich halten konnte, einen Platz in der bajoranischen Gesellschaft zu finden.«

Ziyal sank auf die Couch, in eine Wolke des Kummers gehüllt.

Nicht ganz ohne Mitgefühl nahm Kira neben ihr Platz, fand jedoch keine geeigneten Worte, um sie zu trösten. Eigentlich lag ihr auch kaum etwas daran, der jungen Frau Trost zu spenden. Durch Ziyals Rückkehr zur Raumstation wurde Kiras Situation noch schwieriger. Wenn sie eine neue Widerstandsbewegung ins Leben rief, wenn sie dafür sorgen wollte, daß es an Bord von *Deep Space Nine* gefährlicher zuging… Dann mußte sie damit rechnen, daß Ziyal – an der ihr viel lag – ins Kreuzfeuer geriet.

»Diese Raumstation kommt für mich einem Zuhause am nächsten«, sagte Ziyal. »Du bist hier. Mein Vater ist hier…«

»Als du dich ihm das letzte Mal widersetzt hast, überließ er dich hier dem Tod«, warf Kira ein.

»Wir haben darüber gesprochen.« Ziyal richtete einen schwermütigen Blick auf die Bajoranerin. »Er räumt ein, zu heftig reagiert zu haben. Die Familientreue ist meinem Vater sehr wichtig, und er glaubte sie durch mich verraten.«

»*Du* sollst *ihn* verraten haben? Ich glaube, es verhielt sich genau anders herum.«

»Er hat mir gefehlt, Nerys – und er vermißte mich.«

Die plötzliche Wärme zwischen Vater und Tochter verblüffte Kira. Mit einem Ruck stand sie auf, trat ans

Fenster und trachtete danach, ihre Mimik wieder unter Kontrolle zu bringen.

»Ich muß ihm eine Chance geben«, sagte Ziyal hinter ihr. »Abgesehen von dir habe ich nur ihn. Ich finde es sehr schade, daß du nicht mit uns speist, denn ich wollte euch beiden etwas Besonderes zeigen.«

In Kira brodelte es. Am liebsten hätte sie heftige Vorwürfe gegen Ziyal erhoben, weil sie sich nun auf die Seite ihres Vaters stellte, und gleichzeitig drängte alles in ihr danach, sich aus dieser seltsamen Dreierbeziehung zu lösen. Aber als sie Ziyal sah, die traurig zu Boden blickte… Daraufhin verflüchtigte sich der Zorn.

»Na schön«, sagte sie. »Ich komme zum Essen. Aber ich kann nicht garantieren, daß es ein angenehmer Abend wird.«

Die Niedergeschlagenheit wich aus Ziyals Zügen, und sie lächelte glücklich. »Ich verspreche dir, daß sich mein Vater benehmen wird.«

Eine Blume. Die monochrome Tuschzeichnung zeigte die recht gute minimalistische Darstellung einer bajoranischen Lilie, die zwischen den Felsen bei der Nokromabucht wuchs. Das Bild lag zusammen mit einigen anderen Werken Ziyals auf dem Couchtisch. Kira trug nun ihre Galauniform, ebenso wie Gul Dukat.

Das Essen hatte in einer recht freundlichen, aber auch angespannten Atmosphäre stattgefunden. Ziyal, die sowohl Dukat als auch Kira mit Zuneigung begegnete, wurde zum ausgleichenden Faktor. Der cardassianische Gul und die bajoranische Verbindungsoffizierin unternahmen den aufrichtigen Versuch, diplomatisch zu sein. Kira mußte dabei mehr verdrängen. Sie hatte immer gewußt, daß Dukat an ihr interessiert war: Zuerst sah er einen Feind in ihr, dann eine Art Spielgegner und neuerdings vor allem eine Frau. All dies erfüllte Kira mit Unbehagen. Aber inzwischen befand sie sich seit langer

Zeit an Bord der Raumstation, hatte immer wieder mit Cardassianern zusammengearbeitet und dabei ein erstaunlich großes Anpassungspotential in sich entdeckt. Um Ziyals willen versuchte sie an diesem Abend, alle Kontroversen zu vermeiden. Sie lenkte sich mit verschiedenen Dingen ab: mit einem Blick aus dem Aussichtsfenster, mit dem Essen, das recht gut schmeckte, mit den Drinks danach, schließlich auch mit Ziyals Bildern, die echtes Talent verrieten. Die junge Frau hatte ihnen auch gute Neuigkeiten zu berichten.

»Nächsten Monat veranstaltet das Institut eine Ausstellung neuer Künstler, und vielleicht nimmt der Direktor auch meine Bilder in die Auswahl auf«, freute sich Ziyal. »Ich könnte dabei zeigen, daß Bajoraner und Cardassianer das Universum aus dem gleichen Blickwinkel betrachten. Das möchte ich mit meinen Werken bewirken: eine Annäherung unserer Völker.«

Ziyal unterbrach sich atemlos, als ihr plötzlich klar wurde, wie ihre Worte klangen. Kira hoffte, daß es nicht an ihrem gönnerhaften Gesichtsausdruck lag.

»Ich schätze, das hört sich ziemlich dumm an, nicht wahr?« fragte die junge Frau.

»Ganz im Gegenteil, meine Liebe«, erwiderte Dukat. »Ich finde es gut ausgedrückt.«

Kira war froh, daß die Antwort von Dukat stammte. Es widerstrebte ihr, Ziyal für eine naive Hoffnung zu loben. Mehr steckte nämlich nicht dahinter. Kunst allein konnte keine Völker einander näherbringen, zwischen denen es fundamentale moralische Unterschiede gab. Widersprüche, Kampf und Konflikt waren im Grunde genommen positive Elemente einer Gesellschaft, zumindest einer freien. Wenn alle versuchten, gut miteinander zurechtzukommen und ihre Meinungsverschiedenheiten zu ignorieren... Nun, man stelle sich vor, mit einem Despoten auf der Couch zu sitzen und dauernd zu lächeln – damit war der Sieg des Despoten gewiß.

»Seid ihr für das Dessert bereit?« Ziyal wartete keine Antwort ab und stand auf.

»Ich ergreife nicht die Flucht«, sagte Kira, als die junge Frau zur kleinen Küche eilte.

Die Bajoranerin blieb zusammen mit Dukat auf der Couch sitzen und betrachtete die Bilder. »Ziyal hat sich sehr verändert. Sie wirkt so...«

»Glücklich?« fragte der Cardassianer. »Ihre Veränderung erstaunt mich ebenfalls, Major.«

»Sie hat endlich etwas gefunden. Talent. Eine Richtung.«

»Ich gebe es nicht gern zu, aber es war richtig von Ihnen, sie nach Bajor zu schicken.«

»Ich bin froh, daß es geklappt hat.«

Dukat lehnte sich zurück, schlug die Beine übereinander und nippte an seinem Drink. »Ich weiß, daß Ihnen viel an meiner Tochter liegt, Major. Dafür bin ich Ihnen dankbar.«

Die Dankbarkeit des Guls bewirkte bei Kira eine Gänsehaut auf den Armen. Sonderbarerweise schien er es tatsächlich ernst zu meinen. Irgend etwas an ihm wies darauf hin, daß er jetzt keine Spielchen mit ihr trieb. Mit echtem, aufrichtigem Stolz hatte er Ziyal angesehen.

»Dies alles begeistert sie«, erwiderte Kira in einem Tonfall, der vorübergehend Kooperation anbot. »Die Chance, ihre Werke auszustellen...«

»Ich plane deshalb eine kleine Feier in meinem Quartier. Ich hoffe, Sie können zugegen sein.«

»Wann?«

»Morgen abend um einundzwanzig Uhr dreißig. Wenn mir nichts dazwischenkommt.«

Kira lehnte sich ebenfalls zurück. »Das arbeitsreiche Leben eines interstellaren Despoten.«

»Mir ist die Bezeichnung ›Tyrann‹ lieber.«

Kira lächelte, und eine gute Stimmung verbannte allmählich das Unbehagen aus ihr. Zumindest dieses eine

Mal schien Dukat zu verstehen, was es bedeutete, die Unterdrückung auf der Seite der Opfer zu erfahren.

»Ich habe an die Möglichkeit gedacht, Ziyal von Damar zur Ausstellung begleiten zu lassen«, fuhr Dukat fort.

»Damar? Das kann doch nicht Ihr Ernst sein!«

»Er ist ein ausgezeichneter Offizier aus einer guten Familie.«

Kira schnaufte. »Er ist ein aufgeblasener Narr, der alles Bajoranische verabscheut.«

»Ich versichere Ihnen, daß Damar Ihr Volk nicht verabscheut, Major«, erwiderte Dukat.

»Warum kräuselt er dann immer die Lippen, wenn er ›Bajor‹ sagt?« Kira ahmte Damars Verhalten nach, indem sie selbst die Lippen kräuselte. »›Die Bajoraner könnten eine Lektion in Respekt vertragen.‹«

Dukat kniff die Augen zusammen. »Ein solches Gebaren habe ich bei ihm nie bemerkt...«

Der Türmelder summte, und Damar kam herein, ohne eine Aufforderung abzuwarten. Kira versuchte, ihren Gesichtsausdruck so neutral wie möglich zu gestalten. Daß Damar ausgerechnet diesen Zeitpunkt wählte, um Dukat einen Besuch abzustatten... Verfügte er vielleicht über telepathische Fähigkeiten?

»Gul Dukat?« Damar kam mit einem elektronischen Datenblock näher.

»Ah, Damar... Ihr Timing ist wie immer perfekt.« Dukat wechselte einen Blick mit Kira, und in seinen Augen blitzte es amüsiert.

Kira preßte die Lippen zusammen und versuchte, nicht zu lachen.

»Sir«, begann Damar, »die *bajoranische* Delegation verlangt, daß die Replikatoren von *bajoranischen* Schiffen transportiert werden...«

Kira konnte sich nicht länger beherrschen. Sie gluckste und mied dabei Damars Blick – obgleich es sicher seltsam wirkte, daß sie über einige Blumenbilder lachte.

Und wenn schon. Sollte Damar von ihr denken, was er wollte.

»Danke, Damar«, sagte sie schließlich und besann sich auf ihre Funktion als bajoranische Verbindungsoffizierin. »Das wäre alles.«

Damar warf ihr einen finsteren Blick zu und setzte zu einer Antwort an, aber Dukat kam ihm zuvor. »Sie haben den Major gehört.«

»Sir?«

»Wir setzen das Gespräch zu einem anderen Zeitpunkt fort«, betonte Dukat.

Damar straffte die Schultern. »Wie Sie wünschen.«

Er drehte sich um und verließ das Quartier.

Kira hielt unwillkürlich den Atem an. Dukat sah einige Sekunden lang zur geschlossenen Tür und begegnete dann dem Blick der Bajoranerin. »Ich glaube, ich muß mich bei Ihnen entschuldigen«, sagte er. »Bei Ihnen und dem *bajoranischen* Volk.«

Bei diesen Worten kräuselte er die Lippen.

Sie lachten beide zusammen. Endlich teilten sie etwas.

»Ich habe ein Geschenk für Sie.« Dukat stand auf und holte eine Schachtel hinter dem Sessel am Fenster hervor. »Für die Party morgen abend.«

»Oh.« Kira trug die Schachtel zum Tisch und öffnete sie dort.

Ein langes, seidenes Gewand rutschte daraus hervor. Edelsteinsplitter glitzerten im elastischen Stoff.

»Oh«, murmelte sie erneut und hielt das Kleid an ihren Körper. Es hatte genau die richtige Länge, war ein wenig offenherzig und sah sehr verlockend aus. Sie trat zum Spiegel neben der Tür und betrachtete Ihr Abbild. Das Gewand schien sich an sie zu schmiegen.

Ein Soldat in einem Abendkleid. So etwas paßte nicht zusammen…

Abscheu bildete Furchen in Kiras Stirn. »Meine Güte, was mache ich hier?«

»Wie bitte?« erklang Dukats Stimme von der Couch.

Jäher Zorn erfaßte Kira. Sie wirbelte um die eigene Achse und stopfte das Kleid in die Schachtel zurück. Der schimmernde Stoff schien sich von ganz allein zu falten und sah wundervoll aus.

»Gefällt Ihnen das Gewand nicht?« fragte Dukat.

»Damit ist alles in Ordnung.« Kira wandte sich dem Cardassianer zu. »*Sie* gefallen mir nicht.«

»Das ist eine Lüge, Major«, erwiderte Dukat, und wieder ertönte Aufrichtigkeit in seiner Stimme. »Es gibt ein Band zwischen uns...«

»Das bilden Sie sich nur ein. Sie sind ein opportunistischer, machthungriger Diktator, und ich will nichts mit Ihnen zu tun haben.«

Dukat zögerte und erweckte den Eindruck, wirklich enttäuscht zu sein – dadurch fühlte sich Kira noch schlimmer.

»Es dürfte Ziyal gar nicht gefallen, so etwas von Ihnen zu hören«, sagte der Gul.

»Sie wird darüber hinwegkommen.«

»Nerys... Warum reden wir nicht in aller Ruhe darüber?«

Fort von hier. Und zwar schnell. Soll er sich Ziyal gegenüber irgendeine Entschuldigung einfallen lassen. Soll er seiner Tochter erzählen, daß ihre Mutter eine Sklavin cardassianischer Herren war und daß sie sich deshalb weder bei Bajoranern noch bei Cardassianern wohl fühlte. Soll er ihr sagen, daß ihre gute Freundin Nerys keine Ersatzmutter ist, sondern ein in die Enge getriebener Feind, der sich jetzt anschickt, erneut gegen die Unterdrückung zu kämpfen.

In aller Ruhe darüber reden?

»Nein«, antwortete Kira scharf. »Nein, das hat keinen Sinn.«

Sie widersprechen nie,
nicht einmal in der Not.
Der Gehorsam ist ihr oberstes Gebot.
Und sie kämpfen bis zum Tod.

15

Alles in Ordnung mit Ihnen beiden?« – »Ja. Was ist mit Ihnen?«

»Habe mich schon besser gefühlt.«

So weit, so gut. Nach diesem kurzen Wortwechsel mit Nog und Garak setzten Sisko und Bashir den Weg fort. Sie wurden nicht langsamer, als sie aneinander vorbeischritten. Garak und Nog näherten sich der Starfleet-Gruppe am einen Ende des Strands, während Sisko und Bashir den Jem'Hadar am anderen Ende entgegengingen. Bashir hatte nur seine Medo-Tasche dabei, und der Captain gar nichts. So lautete die Vereinbarung.

Remata'Klan wartete auf sie. Ein anderer Jem'Hadar, vermutlich der Vierte, stellte sich als Limara'Son vor. Ohne irgendwelche Umwege begaben sie sich zu einer Höhle, und Sisko schauderte unwillkürlich, als er begriff, wie gering die Entfernung zwischen den beiden Lagern war.

In der Kaverne begegneten sie weiteren Jem'Hadar-Soldaten. Sie beobachteten die Neuankömmlinge mißtrauisch und tasteten nervös nach ihren Waffen, als Sisko und Bashir zum verletzten Vorta geführt wurden. Der liegende Repräsentant des Dominion achtete gar nicht auf den Arzt, richtete seinen Blick statt dessen auf Sisko.

»Captain Sisko«, sagte er mit schwacher Stimme. »Mein Name lautet Keevan. Wir haben viel zu besprechen.«

»Nein, das haben Sie nicht«, widersprach Bashir und sah zu Sisko auf. »Er muß sofort behandelt werden.«

»Auf der Stelle?« fragte der Captain.

»Ich sehe keine andere Möglichkeit.«

Der Tonfall wies Sisko darauf hin, daß Bashir es wirklich ernst meinte. Der hippokratische Eid zwang ihn, sich um den Patienten zu kümmern, auch wenn es sich bei ihm um einen Feind handelte.

Die Jem'Hadar schienen den Ernst in Bashirs Stimme ebenfalls zu hören, denn sie schoben sich näher.

Bashirs Besorgnis wuchs. »Ich bin Arzt – ich habe nicht vor, ihm irgendwie zu schaden.«

Der Vorta lächelte. »Sie kommen nicht näher, um mich zu beschützen. Sie möchten nur feststellen, wie ein Vorta von innen aussieht.«

Seltsam: Jem'Hadar, die sich für die Eingeweide eines Wesens interessierten, von dem sie glaubten, daß es den Göttern nahestand.

Sisko war nicht an Einzelheiten der Operation interessiert, und deshalb trat er beiseite, überließ seinen Platz den Jem'Hadar. Bashir machte sich sofort an die Arbeit. Offenbar hatten nur noch wenige Minuten den Vorta vom Tod getrennt.

Ein Teil von Sisko hätte es vorgezogen, den Fremden einfach sterben zu lassen, aber dann wären die Jem'Hadar ohne einen Anführer gewesen. Außerdem kam er sicher besser mit einem Vorta zurecht, der in seiner Schuld stand, als mit unberechenbaren Soldaten, die ihm gegenüber zu nichts verpflichtet waren und an Entzugserscheinungen litten.

Inzwischen zweifelte er nicht mehr daran, daß es hier an Ketracel-Weiß mangelte. Die Jem'Hadar waren ganz offensichtlich nervös, wechselten argwöhnische Blicke und erlebten vielleicht die ersten Anzeichen einer geistigen Instabilität, die schließlich zum Kollaps führen mußte, wenn sie keine neue Dosis Weiß erhielten.

Die Operation nahm einige Zeit in Anspruch, und gelegentlich fühlte sich Sisko versucht, einen Blick zu riskieren. Das Innere des Vorta mußte sehr komplex strukturiert sein, wenn Bashir so lange brauchte – oder die Verletzungen waren umfangreicher, als er zunächst angenommen hatte. Nach einer Weile zog der Arzt die Jacke aus, um seine Bemühungen dann stumm fortzusetzen.

Es fiel Sisko schwer, ein Zeitgefühl zu bewahren. Es mußten mindestens zwei Stunden vergangen sein, als Bashir erleichtert seufzte und aufstand. Die Jem'Hadar kehrten in den rückwärtigen Bereich der Höhle zurück, und Sisko sah die verbundene Brust des Vorta.

»Wie war die Vorführung?« fragte der Captain, als sich Remata'Klan näherte.

»Informativ.«

Die Antwort ergab ebensowenig Sinn wie die Frage. Sisko öffnete den Mund, um einen Kommentar abzugeben, doch genau in diesem Augenblick bewegte sich der Vorta.

»Ich... lebe...«

Bashir blickte auf den Patienten hinab, während er seine Hände säuberte, griff dann nach dem Tricorder. »Bitte keine Selbstdiagnose. Ich bin hier der Doktor. Die inneren Blutungen sind gestoppt. Die freien Kollagene werden geringer... Die Versorgung der Zellen mit Sauerstoff hat um fünfzig Prozent zugenommen. Ja, Sie leben. Aber seien Sie vorsichtig. Der größte Teil in Ihrem Innern wird von Mikronähten auf Zellebene und viel Hoffnung zusammengehalten.«

Die Bedeutung der letzten Worte war klar: Plötzliche Bewegungen konnten den Vorta innerlich zerreißen. Vorsichtig rutschte der Verletzte ein wenig zur Seite. »Lassen Sie uns allein«, wies er Remata'Klan an und deutete auf die übrigen Jem'Hadar. »Nehmen Sie die anderen mit.«

Als sie gegangen waren, deutete Keevan auf den schwarzen Koffer. »Bitte geben Sie mir den Behälter dort«, wandte er sich an Bashir.

Der Arzt sah kurz zu Sisko und kam der Aufforderung dann nach.

Der Vorta entriegelte das Sicherheitsschloß. »Es gibt zehn Jem'Hadar-Soldaten auf diesem Planeten, Captain.«

Er öffnete den Koffer und zeigte das Innere. Der Behälter diente ganz offensichtlich dazu, Ketracel-Weiß zu transportieren und aufzubewahren. Doch in diesem besonderen Fall war er mit zerbrochenem Glas und ausgelaufenem Weiß gefüllt. Einen Teil der Droge hatte der Vorta ganz offensichtlich vor dem Absturz des Schiffes verteilt, und die restlichen Phiolen waren zerbrochen – bis auf eine.

»Das ist unsere letzte Phiole mit Ketracel-Weiß«, sagte der Vorta. »Wenn ihr Vorrat verbraucht ist, habe ich keine Kontrolle mehr über die Jem'Hadar. Dann verwandeln sie sich in wilde Tiere, ohne jede Vernunft. Sie werden jeden töten, den sie umbringen können: Sie, mich, den Rest Ihrer Leute. Und anschließend fallen sie übereinander her.«

»Warum sagen Sie uns dies alles?« fragte Sisko.

Keevan ließ den Kopf auf die Matte zurücksinken und spürte offenbar, daß der Captain ungeduldig wurde. »Morgen früh werde ich den Jem'Hadar befehlen, Ihr Lager anzugreifen. Aber ich bin bereit, Ihnen den genauen Angriffsplan zu nennen. Sie sollten imstande sein, alle Soldaten zu eliminieren.«

Eigennutz war eine Sache, aber dies... Sisko starrte den Vorta groß an. »Es sind Ihre Männer!«

»Ja.«

»Sie haben meine Frage noch nicht beantwortet. Warum dies alles?«

Keevan deutete zu den Geräten auf der anderen Seite der Höhle. »Das ist ein Kommunikationssystem. Es muß repariert werden, aber bestimmt haben Sie einen jener berühmten Starfleet-Techniker dabei, die einen Felsen in einen Replikator verwandeln können. Er dürfte wohl eher in der Lage sein, das System instand zu setzen, als ein an Weiß-Entzug leidender Jem'Hadar.«

Sisko und Bashir blickten zu den Kom-Geräten und versuchten, dabei nicht zu sehnsüchtig zu wirken. Der Captain fürchtete, daß man ihnen ihre Reaktion viel zu deutlich ansah.

»Nachdem Sie die Jem'Hadar eliminiert haben«, fuhr Keevan fort, »überlasse ich Ihnen das Kommunikationssystem und ergebe mich Ihnen als Kriegsgefangener.«

Bashir warf ihm einen unfreundlichen Blick zu. »Dann verbringen Sie den Rest des Krieges sicher in einem Gefangenenlager der Föderation, während Ihre Männer auf diesem Planeten verrotten.«

Keevan drehte den Kopf und musterte den Mann, der ihm gerade das Leben gerettet hatte. Er versuchte nicht, sich irgendwie herauszureden. Nur noch eine Phiole mit Ketracel-Weiß... Das bedeutete: Die Jem'Hadar hatten keine Chance. Es ging jetzt um sie oder ihn, und die Umstände verurteilten die Soldaten zum Tod.

»Offenbar verstehen wir uns«, brachte Keevan mühsam hervor. »Morgen früh befehle ich den Jem'Hadar, Ihr Lager anzugreifen – ob Sie mit meinen Bedingungen einverstanden sind oder nicht. Sie können sie töten – oder sich von ihnen töten lassen. Die Soldaten kommen in jedem Fall.«

Eine abscheuliche Sache, ja, aber sehr effektiv. Keevan hatte die Situation gründlich analysiert und dann eine Entscheidung getroffen. Er handelte auf der Grundlage seiner primären Interessen, was man ihm kaum vorwerfen konnte, aber im Zentrum der Angelegenheit gab es auch einen Klumpen grausamer Herzlosigkeit. Vielleicht war es das Fehlen von Bedauern, das Sisko und Bashir so sehr gegen den Strich ging.

Keevan hatte nicht nur die Jem'Hadar richtig eingeschätzt, sondern auch den Captain. Sisko stand gewissermaßen mit dem Rücken an der Wand. Er konnte die Informationen nutzen oder nicht. Er konnte kooperieren oder nicht. Die Jem'Hadar griffen in jedem Fall an.

Sisko kam sich plötzlich wie ein Narr vor. Draußen in der Bucht, am Grund des Meeres, lag ein Wrack mit einer ganzen Schiffsladung Ketracel-Weiß. Als das sie verfolgende Jem'Hadar-Schiff ebenfalls abzustürzen drohte... Warum hatte er nicht daran gedacht, eine Kiste mit der Droge in Sicherheit zu bringen? Dann wäre er jetzt in einer viel besseren Verhandlungsposition gewesen!

Statt dessen stand er hier mit leeren Händen und war praktisch gezwungen, den Wünschen des Vorta gerecht zu werden.

Während der Captain und Bashir noch immer schokkiert schwiegen, zeichnete der Vorta Linien in den Sand.

»Dies ist Ihr Lager. Zwei Kilometer südlich davon erstreckt sich eine Schlucht. Ich werde den Jem'Hadar befehlen, durch sie vorzurücken...«

»Worüber spricht er mit den Starfleet-Leuten?«

»Ich weiß es nicht. Es geht mich ebensowenig etwas an wie Sie.«

Limara'Son. »Das Leben des Vorta ist nicht mehr ihn Gefahr. Jetzt wird er uns verraten.«

Beunruhigende Gedanken. Verrat. Mißtrauen. Gräßlich für ein Selbst, das glauben soll.

Remata'Klan. »Er wird überleben.«

»Wir hätten ihn sterben lassen sollen. Dann wären wir in der Lage gewesen, den Behälter zu öffnen, das Ketracel-Weiß zu nehmen und selbst zu überleben. Jetzt hat er die Kontrolle über uns.«

»Die hatte er immer.«

»Aber die Starfleet-Leute haben inzwischen mehr Bedeutung für ihn als wir. Zehn sind wir, und wir gehen durch den Mangel an Weiß zugrunde. Als der Vorta uns am Leben erhalten mußte, hatten wir einen Vorteil. Der existiert jetzt nicht mehr. Wir können dem Vorta nichts anbieten. Die Starfleet-Leute hingegen haben einen Arzt und Nahrungsmittel.«

Remata'Klan, beunruhigt. »Was sollte ich Ihrer Ansicht nach unternehmen? Oder was hätte ich bereits unternehmen sollen?«

Limara'Son. Kurzes Zögern. »Sie haben mich vor dem Zorn des Vorta bewahrt. Er hätte meinen Tod befehlen können.«

»Sie haben keinen Befehlen zuwidergehandelt. Sie erlagen nur dem Verlangen nach Weiß. Mir fällt es schwer zu verstehen, wie sich ein Jem'Hadar verhalten soll, wenn zwei unterschiedliche Kräfte an seinem Willen zerren. Was erwartet man von uns? Wie werden andere mit einem solchen Konflikt fertig?«

»Menschen kommen damit zurecht.« Limara'Son. »Derartige innere Auseinandersetzungen scheinen ihnen sogar Kraft zu geben.«

Er versteht dies ebensowenig wie Remata'Klan.

»Warum gibt uns der Vorta kein Weiß?« Limara'Son. »Er lebt und sollte dafür sorgen, daß wir ebenfalls leben. Wir sind ihm verpflichtet, und die gleiche Verpflichtung hat er uns gegenüber.«

Remata'Klan. »Wir alle dienen dem Dominion. Gemeinsam schreiten wir voran.«

»Aber jetzt haben wir nur noch ein Bein, und das kontrolliert der Vorta. Nie zuvor bin ich in einer solchen Situation gewesen.«

»Ich auch nicht. Wie würden Sie sich verhalten, wenn Sie Erster wären?«

»Oder Dritter?«

»Ja. Oder Dritter.«

»Ich würde das gegnerische Lager angreifen und alle Starfleet-Leute umbringen. Dann wäre der Vorta wieder auf uns angewiesen.«

»Es widerspräche dem Gebot des Gehorsams.«

»Sollen wir gehorchen oder überleben, Remata'Klan? Wenn wir nicht überleben, können wir gar nicht gehorchen. Ist es nicht unsere Pflicht, am Leben zu bleiben, um dem Dominion auch weiterhin zu dienen?«

Remata'Klan. Wachsende Unruhe. »Und wenn der Vorta uns nicht beim Überleben hilft, so hat er aufgehört, dem Dominion zu dienen. Ich weiß nicht, wie ich entscheiden soll. Es muß doch eine Möglichkeit geben, gehorsam zu sein, ohne Verrat zu üben.«

»Aber wenn der Vorta zum Verräter wird, wenn er sich mit der Föderation einläßt, um sein eigenes Überleben zu gewährleisten, so besteht unsere Pflicht darin…«

»Genug, Limara'Son. Das ist schädliches Gerede.«

»Und ich bin noch nicht fertig damit. Ich glaube, der Vorta hat kein Weiß mehr.«

Eiskalter Schrecken. Kein Weiß mehr? Zitternde Hände, erstarrte Beine. Remata'Klan. »Warum sollte er behaupten, noch über Ketracel-Weiß zu verfügen?«

»Um uns unter Kontrolle zu halten. Damit wir ihm auch weiterhin gehorchen, bis er eine Vereinbarung mit den Starfleet-Leuten trifft und sich von ihnen fortbringen läßt.«

Zweifel dehnt sich aus. Schwäche führt zu gräßlichen Gedanken.

Das Gefühl der Schuld… Unangenehm und unnütz.

Limara'Son. »Die Fremden haben ihm das Leben gerettet. Er braucht uns jetzt nicht mehr.«

Remata'Klan. »Solche Überlegungen sind schlecht für die Jem'Hadar. Wenn wir auf diese Weise denken, werden wir wie der Feind. Und so dürfen wir nicht sein, Limara'Son. Wir müssen Jem'Hadar bleiben – andernfalls löst sich alles auf. Niemand brächte uns mehr Furcht entgegen, und das Dominion würde den Krieg verlieren.«

Limara'Sons Blick. »Alles hängt von uns beiden ab? Von unserer Gruppe?«

»Ja. Es kommt jetzt nur auf uns an. Was auch immer wir unternehmen – alle werden davon erfahren. Das Dominion, Jem'Hadar, Cardassianer, die Föderation... Es gibt keinen Respekt mehr vor den Jem'Hadar, wenn wir Verrat zum Anlaß nehmen, ungehorsam zu werden. Es steht uns nicht zu, einen Präzedenzfall zu schaffen. Wir dürfen keine neuen Wege beschreiten. Wenn uns der Vorta verrät, so trifft die Schande ihn, nicht uns. In den Berichten wird es heißen, daß der Vorta log, betrog und verriet, während die Jem'Hadar bis zum Schluß treu blieben und ihre Pflicht erfüllten. Soviel ist unser Leben wert, Limara'Son... Wenigstens einmal genießen Jem'Hadar mehr Ansehen als ein Vorta.«

»Und wenn sie diese Stelle erreichen, nehmen wir sie ins Kreuzfeuer.«

Ben Siskos Offiziere betrachteten die Zeichnung im Sand des Höhlenbodens. Der Captain kam sich wie eine Art Handlanger vor.

»Sie haben nicht die geringste Chance«, sagte Fähnrich Gordon.

»Und das ist auch gut so«, erwiderte Garak. »Falls Sie es vergessen haben sollten: Wir sind im Krieg. Und die Jem'Hadar sind unsere Feinde.«

»Selbst im Krieg gibt es Regeln, Garak«, warf O'Brien ein.

»*Menschen* haben selbst im Krieg Regeln«, betonte der Cardassianer. »Wodurch es ihnen ein wenig schwerer fällt, den Sieg zu erringen.«

»Wir schießen sie also einfach über den Haufen?«

Sisko beschränkte sich darauf, stumm zuzuhören. Was auch immer seine Leute von der Sache hielten – er kannte die Wahrheit. Der Vorta benutzte sie für sein eigenes Überleben. Keevan gab ihnen einen Vorteil, den sie nicht ignorieren konnten. Er schickte seine eigenen Männer in den Tod, und das war in jedem Fall verwerflich, auch wenn die Jem'Hadar ohnehin keine Überlebenschance hatten.

Als Nog protestierte, gab Sisko seine abwartende Haltung auf. »Hier findet keine Abstimmung statt«, sagte er scharf. »Die Entscheidung liegt bei mir. Garak hat recht: Wir sind im Krieg. Wenn es um unser Überleben oder das des Feindes geht, fällt die Wahl leicht. Also los!«

Sie griffen nach ihren Waffen und verließen die Höhle schneller, als es eigentlich nötig war – jeder von ihnen wollte diese bittere Angelegenheit so rasch wie möglich hinter sich bringen. Sisko verharrte kurz bei Dax. Wenn sich die Dinge ungünstig entwickelten, wenn die Starfleet-Offiziere den Tod fanden, so blieb Dax allein zurück, verletzt, in der Gesellschaft eines sich erholenden Vorta und einiger Jem'Hadar, die an immer stärker werdenden Entzugserscheinungen litten.

»Normalerweise würde ich dir viel Glück wünschen«, sagte Dax. »Aber ich schätze, darauf kannst du diesmal verzichten.«

Sisko wollte zunächst betonen, daß sie kein Glück brauchten, weil sie einen verzweifelten Vorta auf ihrer Seite hatten, aber er entschied sich gegen einen solchen Hinweis. »Sag es trotzdem. Ich hoffe noch immer, daß es einen anderen Ausweg gibt.«

»In dem Fall... Ich wünsche dir viel Glück, Benjamin.«

Sisko nickte kurz, drehte sich dann um und verließ die Höhle ebenfalls. Dax kannte die Realität und wußte wie er, daß es keinen Sinn hatte, das Unvermeidliche hinauszuzögern.

Es ging gerade die Sonne auf, und ihr Licht – jetzt nicht weiß, sondern blutrot – spiegelte sich auf dem Meer wider. Eine ferne Insel ragte einem Buckel gleich aus dem Glitzern.

Jenseits des Kliffs erstreckte sich eine schmale, tiefe Schlucht, bestens für einen Hinterhalt geeignet. Sisko und seine Leute gingen oben hinter einigen Felsen in Stellung und beobachteten, wie unten Remata'Klan, Limara'Son und die anderen Jem'Hadar vorrückten. Die Entfernung war recht groß, und außerdem reichte das Licht der Sonne noch nicht bis zum Boden der Schlucht. Trotzdem bemerkte Sisko deutliche Anzeichen dafür, wie sehr die Jem'Hadar unter dem Mangel an Ketracel-Weiß litten: Sie taumelten immer wieder, und ihre Arme zitterten. Die stärker werdenden Entzugserscheinungen mußten schon bald zur Folge haben, daß sie die Kontrolle über sich verloren und Amok liefen. Offenbar hatten sie bereits mit Konzentrationsproblemen zu kämpfen: Es fiel ihnen sichtlich schwer, dem Verlauf des Weges zu folgen und dabei hintereinander zu gehen.

Remata'Klan blickte immer wieder zu seinen Männern und wirkte besorgt.

Sisko wußte nicht, was der Vorta den Jem'Hadar erzählt hatte. Vielleicht glaubten sie, daß die Starfleet-Gruppe über einen Vorrat an Ketracel-Weiß verfügte. Nun, mit einer solchen Annahme kamen sie der Wahrheit sogar recht nahe, wenn man an die Ladung des gesunkenen Raumschiffs dachte. Ganz gleich, welche Lügen sich Keevan hatte einfallen lassen: Sie veranlaßten die Jem'Hadar, alle Prinzipien der Taktik zu vergessen.

Die Starfleet-Offiziere brauchten nur das Feuer auf sie zu eröffnen – der Feind bot ein perfektes Ziel.

Ein knapper Befehl genügte: *Feuer*.

Mit den Phasern zielen und schießen. Den Gegner auslöschen.

Sisko schüttelte den Kopf. Er brachte es einfach nicht fertig, eine entsprechende Anweisung zu geben.

Statt dessen stand er auf und überraschte damit nicht nur alle anderen, sondern auch sich selbst.

»Remata'Klan!«

Die Jem'Hadar blieben abrupt stehen und sahen auf. Sie begriffen sofort, daß sich die Starfleet-Gruppe in einer besseren Position befand.

»Ich möchte mit Ihnen reden!« rief Sisko.

Remata'Klan zögerte und schätzte die Situation ein, bevor er erwiderte: »Einverstanden!«

Er richtete einige Worte an die anderen Soldaten, wandte sich dann von ihnen ab und ging Sisko entgegen.

Der Captain setzte sich ebenfalls in Bewegung und traf den Dritten auf halbem Wege nach unten. Mensch und Jem'Hadar wahrten einen Abstand von mehreren Metern.

»Sie können nicht aus der Schlucht entkommen«, sagte Sisko. »Meine Leute haben Phaser auf Ihre Soldaten gerichtet.«

Remata'Klan sah sich in der Schlucht um und wußte, daß sich die Jem'Hadar in einer ausweglosen Lage befanden.

»Unter diesen Umständen hat ein Kampf keinen Sinn. Ich bin bereit, Ihnen eine Vereinbarung anzubieten. Ihre Männer brauchen Ketracel-Weiß. Unser Arzt kann ihnen ein Beruhigungsmittel geben und sie am Leben erhalten, bis wir gerettet werden. Dann bringen wir Sie in medizinischer Stasis unter und wecken Sie, sobald wir einen ausreichend großen Weiß-Vorrat beschafft haben.«

Remata'Klan schüttelte den Kopf. »Der Vorta hat uns nicht die Möglichkeit der Kapitulation offengelassen.«

»Keevan hat Sie verraten.« Mit diesen Worten legte Sisko die Karten offen auf den Tisch. Allerdings sagte er nicht, daß der Frachtraum des Raumschiffs auf dem Meeresgrund mit Ketracel-Weiß gefüllt war – einen solchen Hinweis hielt er für unangebracht. »Gestern abend nannte er uns Ihren Angriffsplan.«

Remata'Klan war nicht so überrascht, wie Sisko es erwartet hatte. »Deshalb schickte uns der Vorta durch diese Schlucht – ein bewußter taktischer Fehler.«

Sisko zögerte. »Sie wußten Bescheid?«

»Ich habe etwas vermutet. Was auch immer Keevan glauben mag: Manchmal sind die Jem'Hadar dem Vorta einen Schritt voraus.«

»Sie können ihm einen Schritt voraus bleiben. Ergeben Sie sich.«

»Ich muß meine Befehle befolgen.«

»Der Vorta hat Ihre unerschütterliche Loyalität nicht verdient«, sagte Sisko. »Er ist ein egoistischer Verräter, der nur an sich selbst denkt und seine Haut retten will, indem er Sie und Ihre Männer opfert.«

»Er muß sich meine Loyalität nicht *verdienen*, Captain«, erwiderte Remata'Klan. »Er hatte sie vom Beginn meines Lebens an. Ich bin ein Jem'Hadar. Er ist ein Vorta. Es liegt in der Natur der Dinge.«

»Wollen Sie Ihr Leben für die ›Natur der Dinge‹ opfern?«

Remata'Klan sah den Captain an, und seine Augen wirkten plötzlich sehr menschlich, obwohl sie in einem echsenhaften Gesicht glänzten. Neid und Würde zeigten sich in ihnen. Zum erstenmal empfand Sisko so etwas wie Respekt vor einem Wesen, in dem er bisher nur eine Art willfähriges Werkzeug gesehen hatte.

Als Remata'Klan seine letzten Worte sprach, war er gewiß kein Werkzeug.

»Es ist nicht mein Leben«, sagte er, und ein Hauch Stolz erklang dabei in seiner Stimme. »Das war es nie.«

Sisko wußte, daß ihm etwas Scheußliches bevorstand, und seine Begegnung mit Remata'Klan machte es nicht leichter. Der Jem'Hadar hatte die Chance bekommen, seine Männer vor der sicheren Niederlage und damit auch vor dem Tod zu bewahren. Sisko hätte nicht gezögert, ein solches Angebot anzunehmen, doch Remata'Klan entschied sich dagegen, wählte statt dessen seine Vorstellung von Pflicht und Ehre.

Der Captain fühlte sich dadurch in Verlegenheit gebracht. Er wußte, daß er den Sieg erringen würde, aber es ging kein Triumph damit einher, nur Trauer.

Er kehrte zu O'Brien und den anderen zurück. Sie verzichteten auf die Frage, was geschehen war – die Antwort sah man ihm deutlich an.

Remata'Klan schritt zu seinen Soldaten, die unmittelbar darauf das Feuer eröffneten. Disruptorstrahlen zuckten zur hohen Felswand empor, und Gestein barst mit lautem Krachen. Splitter rasten umher, und aufgewirbelter Staub bildete dichte Wolken.

Sisko zielte mit seinem Phaser und erwiderte das Feuer. Die anderen nahmen sich ein Beispiel daran und schossen ebenfalls auf die Jem'Hadar, für die es unten in der Schlucht kaum Deckung gab. Der Captain traf einen Soldaten und stellte mit sonderbarer Erleichterung fest, daß es nicht Remata'Klan war.

Wie bei einem Holospiel eliminierten sie einen Gegner nach dem anderen. Trotz allem leisteten die Jem'Hadar erbitterten Widerstand und fanden sich keineswegs mit dem Tod ab. Sisko beobachtete, wie Remata'Klan schoß: Der Strahlblitz traf eine Spalte, und eine schwere Felsplatte löste sich – genau das schien die Absicht des Dritten gewesen zu sein. Sisko bewunderte das Kampfgeschick des Jem'Hadar, doch eine Sekunde später schnappte er erschrocken nach Luft: Fähnrich Paul Gordon verlor den Halt, rutschte und fiel, folgte der Felsplatte in die Tiefe.

Weitere Energiestrahlen fauchten. Sisko und seine Leute machten jetzt mit größerer Entschlossenheit von ihren Phasern Gebrauch. Sie zielten sorgfältiger, und nach dreißig Sekunden lagen alle Jem'Hadar tot auf dem Boden der Schlucht.

Sisko erhob sich langsam. Felssplitter fielen ihm vom

Rücken, gesellten sich dem Geröll zu seinen Füßen hinzu. Zusammen mit den anderen kletterte er den Steilhang hinab. Unten angekommen untersuchte Bashir den reglosen Gordon und schüttelte den Kopf. Sisko wies Nog und Garak mit einem Wink an, am Hang zu bleiben und dort Wache zu halten.

Die Schuldgefühle in Sisko verdichteten sich, als er nicht etwa neben Fähnrich Gordon kniete, sondern neben Remata'Klan. Auf beide Knie sank er und wünschte sich, nie wieder aufstehen zu müssen. Er fühlte die Blicke seiner Begleiter auf sich ruhen, und seltsamer Ärger regte sich in ihm, als O'Brien ihn ansprach.

»Captain…«

Sisko glaubte zunächst, daß ihm der Chefingenieur entweder Mut zusprechen oder aber Kritik an ihm üben wollte. Doch als er den Kopf drehte, stellte er fest, daß O'Brien durch die Schlucht sah.

Er erhob sich und bemerkte Keevan, der an den toten Jem'Hadar vorbeischritt. Der Vorta trug die Kommunikationsgeräte und verharrte kurz neben Remata'Klans Leiche. Sein Gesicht blieb dabei völlig leer.

»Wenn mir nur zwei weitere Phiolen Ketracel-Weiß zur Verfügung gestanden hätten…«, sagte Keevan. »Dann wären Sie nicht imstande gewesen, diese Soldaten zu besiegen, Captain.«

Sisko verabscheute den Vorta plötzlich und preßte die Lippen zusammen. Er sah sich außerstande, mit Keevan zu reden.

»Chief«, sagte er statt dessen, »bringen Sie ihn zu unserem Lager und nehmen Sie sich dann die Kom-Geräte vor.«

»Aye, Sir.«

»Lieutenant Neeley!«

»Sir!«

»Stellen Sie eine Bestattungsgruppe zusammen.«

»Aye, Sir.«

Die Offizierin wandte sich ab, eilte zu Garak und Nog. Bashir trat an Siskos Seite, und in seiner Miene zeigte sich tiefer Kummer angesichts des Todes von Paul Gordon. Selbst mit einer besseren medizinischen Ausrüstung hätte er ihm nicht helfen können.

»Können wir jetzt mit Rettung rechnen, Sir?« fragte der Arzt.

Sisko mied Bashirs Blick. »O'Brien dürfte in der Lage sein, aus den Kom-Geräten ein funktionierendes Kommunikationssystem zu konstruieren. Ich habe ihm Martoks persönliche Frequenz gegeben. Vielleicht sitzen wir noch etwas länger hier fest, aber wenigstens werden wir von jemandem abgeholt, der auf unserer Seite ist. Mit ein wenig Glück sind die Jem'Hadar in diesem Sektor nicht imstande, Nachrichten auf einer so speziellen Frequenz zu empfangen. Kehren Sie zur Höhle zurück und bereiten Sie Dax auf den Transport vor.«

»Aye, Sir.« Eine kurze Pause. »Stimmt was nicht, Captain? Es ist alles überstanden, oder? Wir haben den Sieg errungen, nicht wahr?«

»Ja, Doktor. Ja. Wir haben den Sieg errungen.«

16

Ruhige Lichter im All. Während eines Krieges waren die Lichter eines sicheren Hafens besonders willkommen, denn sie versprachen Schutz und Gelegenheit, endlich einmal auszuspannen.

General Martok war zufrieden mit dem Erfolg seines Geschwaders und Flaggschiffs, das er selbst kommandierte. Die *Rotarran* war zwar schon recht alt, aber sie hatte ihre Kampftauglichkeit mehrmals unter Beweis gestellt, und Martok zog sie anderen Raumern vor. Es handelte sich um ein gutes Ausbildungsschiff: klein und einfach genug für Rekruten, die mit seiner Hilfe zu erfahrenen Raumfahrern wurden.

Rekruten. Starfleet... Manchmal erschien es Martok seltsam, daß Imperium und Föderation einmal Feinde gewesen waren. Über Jahrhunderte hinweg hatten sich die Klingonen in erster Linie als Eroberer gesehen, die alle Hindernisse überwanden, selbst emotionale, wenn sich Mitgefühl für Unterworfene in ihnen regte. Heute war alles anders. Martok dachte ohne Nostalgie an die Zeit des klingonischen Überlegenheitsempfindens zurück. Er wußte das Bündnis mit der Föderation sehr zu schätzen und hatte Starfleet im Gegensatz zu anderen Klingonen nie verachtet. Ganz im Gegenteil: Er bewunderte die Flotte. Im großen und ganzen bestand die Föderation aus Völkern, die für sich genommen zu schwach waren, um stärkeren Gegnern wie zum Beispiel den Klingonen standzuhalten. Doch zusammen mit den anderen gewannen sie an Macht und Zielstrebigkeit. So etwas verdiente mehr Bewunderung als pure Kraft. Das Gehirn zählte, die Intelligenz. Nur Narren glaubten etwas anderes, und an solche Personen vergeudete Martok keinen Respekt.

Seit einer Weile kam der Erfolg in kleinen Portionen. Je härter der Kampf, desto kleiner die Portion. Wenn der Feind stark war und sich immer mehr durchzusetzen begann, gab man sich mit kleinen Dingen zufrieden.

Zum Beispiel damit, einen Freund gerettet zu haben.

»Freut es Sie, nach Hause zurückzukehren?« fragte Martok. Seine Worte galten Benjamin Sisko.

»Noch bin ich nicht daheim, General«, sagte Sisko, blickte im Kontrollraum auf den Hauptschirm und betrachtete die Lichter von Starbase 375. Trotz der Umstände erklang Zufriedenheit in seiner Stimme.

Die Rettung war im letzten Augenblick erfolgt, bevor Sisko und seine Leute auf dem namenlosen Planeten in der Dunkelwolke verhungerten. Es erfüllte Martok mit einem besonderen Stolz, daß ausgerechnet er seinem alten Freund zu Hilfe kommen konnte. Ihr spezieller Pakt existierte nach wie vor, obwohl sie während des Flugs zur Starbase nicht darüber gesprochen hatten. Das Risiko war einfach zu groß.

Der Pilot Ch'Targh steuerte die *Rotarran* zur großen Raumbasis. Martok öffnete einen externen Kom-Kanal. »Hier spricht General Martok, Kommandant der IKS *Rotarran*. Ich bitte um Andockerlaubnis.«

»General, Sie haben Andockerlaubnis für Liegeplatz Elf«, antwortete der Hafenmeister fast sofort.

Im rückwärtigen Teil der kleinen klingonischen Brücke standen O'Brien und Bashir und sprachen leise miteinander.

»Dem Himmel sei Dank«, seufzte Bashir.

»Ich hätte nie gedacht, daß ich mich nach Starfleet-Rationen zurücksehne«, murmelte O'Brien. »Man gebe mir gefriergetrocknete Pfirsiche oder Karottenpulver. Ich nehme alles, Hauptsache es bewegt sich nicht.«

Martok lächelte. Sie glaubten, er könnte sie nicht hören. Vielleicht hatten sie während der Zeit auf dem Planeten vergessen, daß der Kommandant eines Raumschiffs alle Geräusche auf der Brücke zu unterscheiden wußte. Die beiden Starfleet-Offiziere sprachen über klingonisches Essen. Martoks Lächeln wuchs in die Breite, wurde zu einem Grinsen. Für die Menschen war es sicher nicht leicht gewesen, daß es ausgerechnet klingonische Nahrungsmittel sein mußten, die sie vor dem Hungertod bewahrten...

»Das Essen geht ja noch«, erwiderte Bashir. »Aber den Gesang finde ich unerträglich.«

»Bis spät in die Nacht...«

»Wenn ich mir noch eine Ballade über die Ehre der Toten anhören muß, verliere ich den Verstand.«

Eine Stimme ertönte aus den Kom-Lautsprechern. »Captain Sisko, Admiral Ross bittet Sie und Ihre Führungsoffiziere zu einer Besprechung in sein Konferenzzimmer.«

An Martoks Seite geriet Sisko in Bewegung. »Richten Sie dem Admiral aus, daß wir unterwegs sind. General... Noch einmal vielen Dank dafür, daß Sie uns gerettet haben.«

»Machen Sie es sich an Bord der Starbase nicht zu bequem«, erwiderte Martok. »Wir brauchen Sie im Kampf.«

Er zwinkerte kurz mit seinem einen Auge – Hinweis darauf, daß sie irgendwann später über ihre Pläne sprechen würden. Derzeit erforderten andere Dinge ihre Aufmerksamkeit.

Sisko lächelte. »Wetten Sie gern, General?«

»Es ist eine meiner Leidenschaften.«

»Dann wette ich ein Faß Blutwein, daß ich *Deep Space Nine* vor Ihnen betrete.«

»Abgemacht!«

Sisko schüttelte dem General die Hand und wandte sich dann seinen Offizieren zu.

»Hafenmeister an General Martok«, kam es aus den Kom-Lautsprechern.

»Ich höre.«

»Wir müssen das Programm ändern, General. Bei der zu Ihrem Geschwader gehörenden *Lach* muß dringend die Außenhülle repariert werden. Wenn wir das nicht sofort erledigen, wird sie demnächst vollständig ausfallen. Bitte ziehen Sie sich mit der *Rotarran* für einen Tag in die Umlaufbahn zurück, damit wir die inneren Anflugvektoren nutzen können.«

»Wir erwarten neue Rekruten in der Starbase. Können Sie ihren Transport arrangieren?«

»Sie befinden sich bereits an Bord der *Vor'Nak*, die ein Rendezvousmanöver mit Ihnen durchführt«, antwortete der Hafenmeister. »Anschließend bringt die *Vor'Nak* Captain Siskos Crew zur Shuttlestation der Starbase. Entschuldigen Sie bitte die Unannehmlichkeiten, aber dadurch wird die *Lach* schneller einsatzfähig.«

»In Ordnung, Starbase. Wir gehen in die Umlaufbahn.«

»Danke. Seien Sie bereit für die Ankunft der *Vor'Nak*.«

»Wir halten uns in Bereitschaft. Ch'Targh, Sie haben es gehört.«

»Ich steuere uns in den Orbit, General«, erwiderte Ch'Targh.

»Kich'ta, teilen Sie der Besatzung mit, daß sie noch einen Tag länger auf Landurlaub warten muß.«

»Ja, General. Die Leute werden sich ärgern.«

Martok lachte leise. »Gut. Bestellen Sie mein Essen.«

Der General verließ die Brücke und schritt durchs Schiff. Auf dem Weg zur Offiziersmesse sprach er mit Crewmitgliedern und suchte bestimmte Abteilungen auf, um dort einen Eindruck von den Schäden zu gewinnen. Dumpfes Pochen wies ihn schließlich darauf hin, daß die *Vor'Nak* angelegt hatte. Ein leises Zischen ging von dem Nabelschnursystem aus, das die beiden Raumschiffe miteinander verband. Dabei mußten Starfleet-Vorschriften beachtet werden, die mehr Sicherheit gewährleisten sollten, als Klingonen für erforderlich hielten.

In der Messe wartete ein Teller Gagh auf Martok – die Köstlichkeiten erwachten aus der Stasis. Er hatte gerade Platz genommen, um die dicken Würmer zu verspeisen, als sich die Tür öffnete und Commander Worf mit der für ihn typischen strengen Miene hereinkam.

»Ich habe die Nachricht eben erhalten, General. Die Verstärkung von der *Vor'Nak* ist eingetroffen.«

»Gut. Sehen Sie sich das an. Die Würmer bewegen sich kaum. Ich gäbe mein Auge für einen Teller mit frischem Gagh. Wie viele Rekruten sind es?«

»Fünf.«

Martok hob den Kopf. »Fünf? Ich habe fünfzehn angefordert.«

Worf schien die Worte als einen Vorwurf zu verstehen, der ihm galt. »General Tanas hat nur fünf geschickt.«

Martok schob den Teller beiseite, stand auf und streckte sich. »Wir weichen zurück, und das Dominion rückt vor. Ich sage Ihnen, Worf: Der Krieg macht viel mehr Spaß, wenn man gewinnt. Die Niederlagen sorgen dafür, daß meine alten Wunden wieder schmerzen. Ah, da kommen unsere neuen Crewmitglieder.«

Die Tür hatte sich erneut geöffnet, und die Rekruten traten ein. Sie bezogen in einer Reihe Aufstellung und versuchten, würdevoll zu wirken, doch Martok und Worf starrten sie nur groß an. Dies sollten Krieger sein?

Zwei junge Burschen, die noch nicht einmal einen Bart hatten. Zwei Mädchen. Und ein alter Mann mit krummem Rücken.

Martok verschluckte einen abfälligen Kommentar und näherte sich den Rekruten. Worf blieb zurück.

»Ich bin General Martok. Willkommen an Bord der *Rotarran*. Ich hoffe, Sie erweisen sich dieses Schiffes als würdig und bringen seinem Namen Ehre.«

Man sehe sich nur ihre Gesichter an! Sie sind vor Ehrfurcht wie erstarrt!

»Dies ist ein glorreicher Moment in der Geschichte unseres Imperiums. Ein neues Kapitel des Ruhms wird geschrieben, und zwar mit Ihrem Blut. Wenn Sie gut kämpfen, wird man Ihre Namen auch noch in tausend Jahren preisen. Wenn Sie versagen, gibt es keine Ehre mehr und auch kein Imperium. Wer von Ihnen hört die Stimme des Kriegers, der Sie zu neuer Glorie ruft?«

Ein wenig unbeholfen hoben sie alle die Faust und antworteten: *»Qaplá!«*

Nun, wenigstens waren sie vorbereitet.

Martok hielt sich an das Ritual. »Wer ist bereit, sein Leben für das Imperium zu opfern?«

Nacheinander traten die Rekruten vor und nannten ihre Namen.

»N'Garan! Tochter von Tse'Dek!«

»Katogh, Sohn von Ch'Pok!«

»Koth! Sohn von Larna!«

»Alexander Rozhenko!«

»Doran, Tochter von W'mar!«

»Alexander…«, sagte der hinter dem General stehende Worf und unterbrach damit das Ritual.

Martok stellte fest, daß der Junge Worfs Blick eisig erwiderte.

»Rozhenko?« wiederholte Martok. »Aus welchem Haus stammt Rozhenko?«

»Aus keinem Haus«, erwiderte der Junge. »Die Ehre wird allein mir gehören.«

Worf versteifte sich, blieb aber stumm. Martok ahnte Schwierigkeiten.

»Nun, es gibt genug Ehre zu erwerben«, sagte Martok. »Für Sie alle. Hiermit übernehme ich die Verantwortung für Ihr Leben. Ruhm Ihnen und dem Imperium!«

Es fiel Worf sichtlich schwer, sich zu fassen. »Wegtreten!«

Die Rekruten verließen den Raum. Martok drehte sich um.

»Dieser Alexander Rozhenko... Sie kennen ihn?«

Worf starrte noch immer zur Tür, obwohl sie sich bereits wieder geschlossen hatte.

»Er ist mein Sohn.«

Martok nickte. Diese Vermutung lag auf der Hand. »Solche Probleme können an Bord eines kleinen Schiffes zu einer großen Belastung werden. Vielleicht möchten Sie zu Captain Sisko zurückkehren.«

»Nein, General«, erwiderte Worf sofort. »Alexander mag mir mit Kühle begegnen, aber das hindert mich nicht daran, meine Pflicht zu erfüllen.«

»Er wird abgelenkt sein, Worf, und Sie ebenfalls. Wir haben endlich neue Einsatzorder erhalten.«

»Einsatzorder?«

»Ja. Wir sollen einen Konvoi nach Donatu Fünf eskortieren.«

Normalerweise hätten untätigen Klingonen eine solche Nachricht begrüßt, aber Martok beobachtete, wie ein Schatten auf Worfs Miene fiel, und er verstand sofort. Worf wollte bald heiraten. Sein Sohn befand sich jetzt an Bord. Donatu Fünf...

»Die letzten drei Konvois, die man dorthin schickte, wurden von den Jem'Hadar zerstört«, sagte Worf nachdenklich. Martok glaubte nicht, daß er sich beklagte, aber sein Sohn *gehörte* jetzt zur Crew, und ein Vater war nicht ohne Sorge.

»Darum muß dieser Konvoi sein Ziel erreichen«, entgegnete Martok.

Damit gelang es dem General, Worfs Aufmerksamkeit auf taktische Fragen zu richten. »Aus wie vielen Schiffen besteht die Eskorte?«

»Der Hohe Rat kann nur die *Rotarran* entbehren.« Martok lächelte. »Eine wichtige Mission! Die Erfolgsaussichten gering, der Feind erbarmungslos! Können wir mehr verlangen? Ich sage Ihnen, Worf: Ich fühle mich wieder jung!« Er griff nach dem kleinen Handcomputer, der neben dem Teller lag, und reichte ihn Worf. »Hier sind alle notwendigen Informationen. Beginnen Sie sofort mit der Kampfausbildung. Die Crew muß bereit sein.«

Die Unschlüssigkeit fiel von Worf ab, als er eine konkrete Aufgabe bekam. »Wenn wir mit dem Konvoi aufbrechen, hat unsere Besatzung die Reflexe eines Norpinfalken.«

»Genau das erwarte ich. Noch etwas, Worf.« Martok senkte die Stimme, obwohl sie allein waren. »Wir haben zusammen Blut vergossen, sind aus einem Gefängnis der Jem'Hadar entkommen... Ihr Schwur bindet Sie an mein Haus. Und doch sprachen Sie nie von einem Sohn.«

Worf blickte zu Boden. »Es ist ein sehr schwieriges Thema.«

»Ganz offensichtlich.«

Martok wußte, daß Worf am liebsten gegangen wäre. Aber eine Frage stand im Raum und würde ihnen keine Ruhe lassen, bis sie beantwortet wurde, so oder so. Martok wartete, bis die Anspannung fast Substanz gewann.

Voller Unbehagen verlagerte Worf das Gewicht vom einen Bein aufs andere. »Alexander und ich haben uns nie sehr nahe gestanden. Seine Mutter war Halbklingonin und lehnte unsere Traditionen ab.«

»Ich verstehe. Sie haben es ihr erlaubt, den Jungen großzuziehen.«

»Nein, General. Sie wurde getötet, als Alexander noch klein war. An Bord der *Enterprise* verbrachte er viel Zeit mit mir. Später schickte ich ihn zu meinen Pflegeeltern auf der Erde.«

»Warum?«

»Er... zeigte kein Interesse daran, zu einem Krieger zu werden. Es gelang mir schließlich, mich damit abzufinden, und ich ermutigte ihn dazu, seinen eigenen Weg zu finden.«

»Warum gehört er jetzt zur Klingonischen Verteidigungsstreitmacht?«

»Ich weiß es nicht. Ich habe noch nicht mit ihm gesprochen.«

Martok hatte also richtig vermutet – dies war eine echte Überraschung für Worf. Und es ging um mehr als nur eine Meinungsverschiedenheit.

Er hob den Arm und legte Worf die Hand auf die Schulter. »So etwas ist nicht gut, mein Freund. Wenn Vater und Sohn nicht miteinander sprechen, so kommt es zu Problemen.«

Beide wußten, daß Martok mit diesen Worten anbot, als Mittler aufzutreten und Worfs Platz als Ausbilder des Jungen einzunehmen, bis sich die Situation veränderte. Wenn es zwischen Angehörigen des gleichen Hauses an Bord eines Raumschiffs Konflikte gab, so konnte sich eine echte Katastrophe daraus ergeben. Als Kommandant versuchte Martok, einer solchen Gefahr vorzubeugen.

Die Antwort erstaunte ihn nicht sonderlich.

»Ich kümmere mich lieber selbst darum«, sagte Worf.

»Dann fangen Sie damit an.«

Und das, so wußten beide, war ein Befehl.

Martok verließ die Offiziersmesse. Bald würde sich hier die Crew einfinden, um zu essen, und der General wußte, daß seine Präsenz sie verunsicherte. Darin bestand eine der unangenehmen Realitäten des höheren Rangs…

Er suchte sein Quartier auf und wartete eine gute halbe Stunde lang, bis er sicher sein konnte, daß die Mahlzeit in der Messe längst begonnen hatte. Dann aktivierte er seinen Kommunikator.

»Computer, wo ist Alexander Rozhenko?«

»In der Offiziersmesse.«

»Zeig mir ein Bild der Messe. Die dortigen Kom-Schirme sollen dunkel bleiben.«

»Visuelle Darstellung der Offiziersmesse.«

Belauschen. Eine nicht gerade ethische, dafür aber sehr effektive Taktik, von der Martok häufig Gebrauch machte. Echte Privatsphäre gab es nur für Frauen bei der Geburt.

Er lehnte sich zurück, orderte einen Krug Kriegsbier und blickte auf den Bildschirm. Die Besatzungsmitglieder saßen in der Offiziersmesse an den Tischen, rauchten, aßen und tranken, erzählten sich Geschichten und lachten. Sie kannten die Neuigkeiten: Eine Mission erwartete sie, eine Chance, Ruhm zu erringen und gegen das Dominion zu kämpfen. Die Stimmung war dementsprechend gut.

Martok hielt Ausschau, und schließlich fand er, was er suchte: Alexander Rozhenko – klein, schmale Schultern – nahm an der Ausgabe gerade seine Mahlzeit entgegen. Er suchte nach einem freien Platz und wählte ausgerechnet den neben Ch'Targh.

Ch'Targh hatte keine eigenen Kinder. Die Söhne anderer Leute konnte er nicht ausstehen.

Auch bei der Wahl seiner Worte bewies Alexander wenig Geschick.

»Ist dieser Platz noch frei?«

Ein terranischer Ausdruck. Ein alter Krieger wie Ch'Targh mußte dabei an die Vergangenheit denken und sich an die häufigen Auseinandersetzungen zwischen Föderation und Imperium erinnern.

»Alexander Rozhenko«, sagte Ch'Targh. »Wir haben den Platz extra für dich freigehalten.«

Martok lachte leise und trank einen Schluck. Er bedauerte, nicht in der Offiziersmesse zu sein.

»Es ist mir eine Ehre«, erwiderte der Junge und benahm sich damit wie ein Narr.

»Es ist *uns* eine Ehre. Bitte setz dich.«

Ch'Targh stand sogar auf, zog den Stuhl für Alexander zurück und wischte ihn mit seinem Handschuh ab. Die anderen Klingonen kicherten, aber der Junge schien überhaupt nicht zu bemerken, daß sich alle über ihn lustig machten.

Alexander nahm Platz, und Ch'Targh setzte sich neben ihn. »Bregit-Lunge«, sagte er anerkennend und blickte dabei auf Alexanders Teller. »Eine ausgezeichnete Wahl. Möchtest du ein wenig Grapok-Soße?«

Die übrigen Anwesenden unterbrachen ihre Gespräche und beobachteten das Geschehen. Wenn der Junge jetzt dumm genug war, eine ablehnende Antwort zu geben…

»Nein, danke.«

»Oh, du *mußt* sie probieren. Dadurch kommt der Geschmack erst richtig zur Geltung.« Ch'Targh griff nach der Flasche, schüttete die Hälfte ihres Inhalts auf Alexanders Teller und hielt erst inne, als der Junge nach dem Gefäß griff.

»Das reicht.«

»Und etwas Blutwein, um alles runterzuspülen?«

Eine der Rekrutinnen auf der anderen Seite des Tisches lachte. Jake warf ihr einen verwunderten Blick zu. »Warum lachen Sie?«

Die junge Frau schüttelte nur den Kopf.

»Aber vielleicht möchte der Sohn unseres Ersten Offiziers lieber ein *terranisches* Getränk«, spottete Ch'Targh. »Zum Beispiel ein Glas ›Limonade‹. Und ›Eiscreme‹.«

Die Klingonen lachten schallend und schlugen mit den Fäusten auf die Tische.

Der Junge straffte die Schultern. »Machen Sie sich über mich lustig?«

Ch'Targh zeigte seine schiefen Zähne. »Warum sollte ich mich über dich lustig machen, Sohn von Worf?«

»Ich heiße Rozhenko!«

»Und ich werde dich so nennen, wie es mir paßt!« Ch'Targhs Lächeln verschwand. »Du wirst dich daran gewöhnen müssen.«

Alexander sprang auf und zitterte vor Wut. Mit seiner Selbstbeherrschung stand es offenbar nicht zum besten.

Ch'Targh wirkte noch immer amüsiert. »Hält es der Sohn eines Starfleet-Offiziers für unter seiner Würde, mit uns zu speisen?«

Martok wußte nicht, was Alexander mehr ärgerte: die Tatsache, Worfs Sohn zu sein, oder der Umstand, daß man seinen Vater als Starfleet-Offizier bezeichnete. Vielleicht spielte beides eine Rolle. Wie dem auch sei: Alexander hatte genug. »Etwas Lunge gefällig?« fragte er und klatschte Ch'Targh seinen Teller ins Gesicht.

Martok lachte und lehnte sich so weit zurück, daß der Sessel fast umgestürzt wäre. Der halbe Inhalt seines Krugs landete im Bart. Während er das Bier fortwischte, beobachtete er eine ähnliche Geste auf dem Bildschirm: Ch'Targh strich sich Bregit-Lunge und Grapok-Soße aus dem Gesicht, stand dann auf.

Selbst für einen Klingonen war er ziemlich groß. Wie beiläufig stieß er die nächsten beiden Stühle beiseite und knurrte: »Dein Lächeln gefällt mir nicht. Vielleicht schneide ich dir ein neues ins Gesicht.«

Alexander zeigte seine Unerfahrenheit, indem er einen Zeremoniendolch zog. Lächerlich. Ch'Targh holte seinen eigenen hervor.

Martok lachte erneut, wenn auch leiser als zuvor. Dies alles wäre sicher nicht geschehen, wenn er sich in der Offiziersmesse aufgehalten hätte. Jetzt konnte er zusehen, ohne den natürlichen Verlauf der Dinge zu stören. Die sekundären Klingen von Ch'Targhs Dolch klappten auf.

Alexander war klein und flink, doch trotz seiner Größe zeichnete sich Ch'Targh durch Agilität aus – seine Bewegungen wirkten sogar lässig. Wenn er sich in Pose warf, so wollte er den Jungen damit nur beeindrucken. Martok hatte solche Situationen schon des öfteren beobachtet. Die anderen Klingonen feuerten die beiden Kontrahenten an, aber niemand von ihnen griff ein. Ch'Targh ließ das Messer kreisen, blieb jedoch passiv. Dem Jungen wurde es schließlich zuviel, und er stieß unbeholfen zu. Ch'Targh wich mühelos zur Seite, nutzte Alexanders Bewegungsmoment aus und rammte ihm den Ellenbogen an den Kopf.

Der Junge drehte sich einmal um die eigene Achse, fiel dann und landete auf seinem Allerwertesten.

Die Klingonen grölten.

»Er kämpft wie ein Ferengi«, kommentierte Ch'Targh.

Ganz plötzlich sprang Alexander wieder auf, und sein Messer traf Ch'Targhs Arm, bevor der Veteran ausweichen konnte.

»Oh, da hat er seinen Gegner unterschätzt«, brummte Martok und spielte mit dem Gedanken, eine Aufzeichnung dieser Szene für Ausbildungszwecke zu verwenden.

»*Shakh-Tah!*« fluchte Ch'Targh. Ein großer Klingone, ja, aber Schmerzen ertrug er nicht besonders gut.

»Und schlechtes Timing«, fügte Martok hinzu, als er sah, wie Worf die Offiziersmesse betrat. Ch'Targh und die anderen Klingonen bemerkten ihn zunächst nicht.

Worf blieb wie angewurzelt stehen, als er das Geschrei hörte, und einige Sekunden lang hielt er nach dem Grund für das Chaos Ausschau.

Alexander stieß erneut mit dem Dolch zu, aber diesmal war Ch'Targh auf der Hut. Sein Handballen traf den Jungen mitten im Gesicht und ließ ihn zur Wand taumeln. Blut strömte ihm aus der Nase.

»Deine Kampfausbildung ist sehr vernachlässigt worden, Bürschchen.« Ch'Targh drehte sein Messer hin und her. »Ich werde dir eine neue Lektion erteilen. Und zwar eine, die du so schnell nicht vergißt.«

Er trat dem Jungen entgegen, und Martok stellte sich die Narbe vor, die Alexander für den Rest seines Lebens tragen würde. Doch eine starke Hand griff nach Ch'Targhs Arm und hielt ihn fest.

»Er hat eine Narbe verdient...«, zischte Ch'Targh.

»Genug!« Worfs Urteilsvermögen schien nicht besser zu sein als das seines Sohns. Ch'Targh versuchte, sich aus dem Griff zu lösen, aber es gelang ihm nicht. Worf schlug mit der Faust zu, und der Pilot fiel auf einen Tisch. Teller und Besteck schepperten.

Ch'Targh konnte sich jetzt nicht zur Wehr setzen. Worf war ein vorgesetzter Offizier, dessen Schläge es hinzunehmen galt.

Worf wandte sich seinem Sohn zu, doch es blitzte Zorn in den Augen des Jungen.

»Du hattest kein Recht, dich einzumischen!« entfuhr es Alexander.

»Stimmt«, gab ihm Martok recht und blickte nach wie vor auf den Bildschirm. »Braver Junge.«

»Sie melden sich beide unverzüglich in der Krankenstation«, sagte Worf scharf. »Anschließend bleiben Sie bis zur nächsten Wache in ihrem Quartier.«

Alexander schnitt eine finstere Miene, steckte den Dolch ein und schritt fort.

Worf wandte sich den anderen Klingonen zu. »Kehren Sie zu Ihren Posten zurück!«

»Das dürfte ihnen nicht gefallen«, murmelte Martok. »Sie müssen lernen, besser mit den Leuten umzugehen, Worf.«

Murrend verließen die Krieger den Raum. Ch'Targh

rollte vom Tisch – außer Bregit-Lunge klebten jetzt auch noch andere klingonische Spezialitäten an ihm. Er hob seinen Dolch auf und verharrte kurz vor Worf.

»Wollen Sie auch gegen die Jem'Hadar für ihn kämpfen?«

»Hm«, murmelte Martok und trank einen weiteren Schluck. »Sehr richtig. Computer, Schirm aus. Martok an Brücke.«

»Brücke.«

»Lösen Sie unverzüglich die Verbindung zur *Vor'Nak*. Teilen Sie dem Hafenmeister mit, daß wir die Ausrüstungsgüter hier im Orbit empfangen. Anschließend brechen wir sofort zum Donatu-Sektor auf. Ich habe das Warten satt, und ich glaube, der Crew geht es ebenso.«

»Ja, General.«

»Und sagen Sie Worf, daß er mit der Ausbildung beginnen soll. Unser Erster Offizier muß sich konzentrieren.«

Die *Rotarran* war seit vier Tagen unterwegs, als Martok Worf in sein Quartier kommen ließ, angeblich zu dem Zweck, den gegenwärtigen Stand der Ausbildung zu prüfen. Das bedeutete natürlich, daß er einen entsprechenden Bericht entgegennehmen und zumindest kurz überfliegen mußte, um einen Kommentar abzugeben.

Während Worf vor dem Schreibtisch stand, las Martok die Angaben zu den einzelnen Personen und heuchelte Interesse.

»Die Reaktionszeiten werden besser. Arbeiten Sie auch weiterhin daran. Und nehmen Sie Platz.«

Worf setzte sich voller Unbehagen. Martok füllte einen Krug mit Bier für ihn und genehmigte sich selbst ebenfalls einen. »In zwei Tagen erreichen wir das Donatu-System. Wir sollten bald von den Jem'Hadar hören.«

»Ja.«

»Es gibt eine Sache, die ich bei solchen Konvoi-Einsätzen verabscheue: das Warten. Nach all den Jahren sollte man meinen, daß ich mich daran gewöhnt hätte. Nun, nichts wirkt besser gegen die Anspannung als ein Humpen Bier. Oder vielleicht eine gute Schlägerei.«

Bei den letzten Worten verfinsterte sich Worfs Miene. »Sie haben von dem Kampf in der Offiziersmesse erfahren...«

Martok trank einen großen Schluck und musterte sein Gegenüber. »Aber nicht von meinem Ersten Offizier. Ich verlor ihn in dem Augenblick, als sein Sohn an Bord kam.«

Worf stellte seinen Krug ab. »Glauben Sie, ich habe falsch gehandelt?«

»Es ist nicht leicht, tatenlos dabei zuzusehen, wie jemand den eigenen Sohn verletzt«, sagte Martok, woraufhin sich Worfs Züge ein wenig glätteten.

»Alexander konnte es nicht mit Ch'Targh aufnehmen«, meinte der Erste Offizier. »Der Pilot hätte ihn umgebracht.«

»Ch'Targh hätte ihm den einen oder anderen Knochen gebrochen und vielleicht einige Spuren mit seinem Messer hinterlassen, nichts weiter. Sie wiesen darauf hin, Alexander sei nie bestrebt gewesen, zu einem Krieger zu werden. Nun, ganz offensichtlich hat er es sich anders überlegt. Sie sind der Erste Offizier, Worf – zeigen Sie ihm, wie man überlebt! Die Jem'Hadar werden nicht soviel Rücksicht nehmen wie Ch'Targh.«

Martok wollte das Angebot hinzufügen, Alexander selbst auszubilden, was vermutlich besser gewesen wäre. Dann hätte der Junge nicht ständig Hindernisse überwinden müssen, die ihm der Groll auf seinen Vater in den Weg legte. Doch bevor der General betreffende Worte formulieren konnte, heulte der Alarm durchs Schiff.

»Gefechtsstationen besetzen!« tönte es aus den Interkom-Lautsprechern. »Alarmstatus Eins!«

»Bericht.«

Martok betrat den Kontrollraum, und Worf folgte ihm zum Kommandodeck.

Ch'Targh saß an den Navigationskontrollen, und Alexander hatte links von Martok an der Sensorstation Platz genommen. Die neue Rekrutin N'Garan behielt die Anzeigen der technischen Station und der Fernbereichsensoren im Auge.

Eine Feuertaufe. Gut. Besser als irgendwelche Streitereien in der Offiziersmesse.

»Ein Angriffsschiff der Jem'Hadar, Kurs eins sieben null Komma null vier fünf«, meldete Alexander nervös. »In zweiundzwanzig Sekunden ist es bis auf Waffenreichweite heran.«

Martok sank in den Kommandosessel und schenkte dem neben ihm sitzenden Worf keine Beachtung. »Auf den Schirm.«

Das Bild auf dem Hauptschirm flackerte kurz und zeigte... leeres All.

Hatte der Junge die Sensoranzeigen falsch gedeutet?

»Meine Sensoren zeigen kein Ziel«, sagte N'Garan und versuchte, mit lauter Stimme über ihre Nervosität hinwegzutäuschen.

Worf sah zum großen Bildschirm. »Primäre Sensoren auf Waffenkontrolle umschalten.«

»Aye, Sir«, erwiderte sein Sohn pflichtbewußt – Martok nahm diese Antwort mit Zufriedenheit zur Kenntnis. Wenigstens war der Junge nicht so unreif, sich von persönlichem Hader auch im Dienst beeinflussen zu lassen. »Das Angriffsschiff hat zwei Torpedos abgefeuert.«

Worf sah ihn an. »Auf uns oder auf den Konvoi?«

»Auf uns, Sir! Explosion in zehn Sekunden!«

»Tarnvorrichtung deaktivieren!« befahl Martok. »Schilde hoch. Ausweichmanöver!«

Die Brückenoffiziere kamen den Anweisungen des Kommandanten sofort nach. Das Schiff vibrierte kurz, als ein abrupter Kurswechsel die Trägheitsabsorber stark belastete.

»Die Torpedos folgen uns«, sagte Alexander Rozhenko, und seine Stimme zitterte. »Sie treffen uns in vier Sekunden. Drei…«

Martok schloß die Hände fester um die Armlehnen des Kommandosessels. »Auf Erschütterungen vorbereiten!«

»Zwei. Eins…«

Die Brückencrew duckte sich unwillkürlich. Zwei Sekunden… drei… vier…

»Primäre Sensoren reinitialisieren«, sagte Worf, als nach fünf Sekunden noch immer nichts geschah.

»Sensoren reinitialisiert«, bestätigte Alexander. »Das Angriffsschiff der Jem'Hadar… ist verschwunden!«

»Natürlich ist es das«, knurrte Worf. »Du hast vergessen, das Simulationsprogramm aus dem Datenkomplex der Sensoren zu entfernen!«

Alle Blicke richteten sich auf Alexander. Der Junge starrte betroffen auf seine Konsole und ließ beschämt die Schultern hängen.

Martok seufzte laut. »Alarmstatus aufheben. Den Flug mit ursprünglichem Kurs fortsetzen. Tarnvorrichtung reaktivieren.«

Noch ärgerlicher als der dumme Fehler war Ch'Targhs Grinsen, als der Pilot aufstand, zu Alexander ging und neben ihm Platz nahm. »Paß gut auf. Dort draußen könnten noch weitere feindliche Simulationsprogramme auf der Lauer liegen.«

Ch'Targh legte Alexander die Hand auf die Schulter und lachte aus vollem Hals.

Martok beobachtete passiv. Als ein Schatten auf sein

Gesicht fiel, hob er die Hand und hielt Worf am Arm fest. »Warten Sie«, sagte er leise. »Diesen Fehler macht er nie wieder. Und es ist besser für uns, bereit zu sein.«

Die übrigen Brückenoffiziere lachten ebenfalls, wodurch die Reaktionen von Worf und Martok nicht auffielen. Ch'Targhs Hand schloß sich fester um Alexanders Schulter und schüttelte ihn kurz. »Wenigstens hältst du uns auf Zack.«

Daraufhin lachte auch Martok, und diesmal klang das Lachen anders. Es vermittelte nicht etwa Ablehnung, sondern teilte Alexander mit, daß er dazugehörte. Der Junge lächelte verlegen.

Martok sprach so leise, daß nur Worf ihn hörte. »Sehen Sie? Die Crew hat ihn akzeptiert.«

Worf entspannte sich ein wenig. »Als den Narren an Bord.«

»Hmm«, brummte Martok. »Begleiten Sie mich.«

Um nicht zu auffällig zu sein, machte der General einen Umweg durch den Kontrollraum, ging von Konsole zu Konsole und blickte auf Anzeigen, bevor er schließlich den Bereitschaftsraum betrat. Worf folgte ihm.

Hinter ihnen schloß sich die Tür.

»Haben Sie mit Alexander über Ihre Heiratspläne gesprochen?«

Einmal mehr sah sich Worf mit den beiden größten Sorgen seines Lebens konfrontiert, die nichts mit dem Krieg zu tun hatten. Er versteifte sich unwillkürlich und versuchte dann, die neue Anspannung aus sich zu verbannen. »Ein Vater braucht seinen Sohn nicht um Rat zu fragen, wenn er heiraten möchte.«

Martok ließ sich in den Sessel hinterm Schreibtisch sinken. »Sie bringen sich selbst in Schwierigkeiten, mein Freund.«

Worf nahm im anderen Sessel Platz und schien zu schrumpfen. »Es… fällt mir sehr schwer, Beziehungen zu pflegen und problemlos zu gestalten. Ich kann von Glück sagen, eine Frau gefunden zu haben, die sich so gut in unterschiedlichen Kulturen zurechtfindet.«

»Ja, und die dreihundert Jahre alt ist, obwohl sie noch immer jung zu sein scheint.«

»Sie *ist* jung!«

»Ja, natürlich, und warum werden Sie plötzlich laut?«

»Ich weiß es nicht.«

»Ich schon.« Martok versuchte, in seinem Sessel tiefer zu sinken, damit sich Worf nicht so klein fühlte. »Heiraten Sie die Frau und bilden Sie Ihren Sohn aus. Empfangen Sie sie beide als Teil Ihres privaten Lebens. Geben Sie ihnen deutlich zu verstehen, daß Sie zueinander gehören. Lassen Sie die Barrieren zwischen Ihnen verschwinden. Eine Hochzeit ist eine Hochzeit, Worf, kein Staatsakt. Details sind Ihnen zu wichtig. Immer achten Sie auf die Traditionen, aber Sie vergessen dabei, warum wir Traditionen haben. Gewiß nicht um ihrer selbst willen. Selbst wenn alle Traditionen über Bord geworfen werden… Es würde nichts daran ändern, daß Sie bald verheiratet sind, wodurch Jadzia zu meinem Haus gehört. Und Ihr Sohn ebenfalls, wenn er es möchte. Er wird aufwachsen und sich verändern. Die Zeit wirkt Wunder bei einem jungen Mann. Sie möchten, daß der Wandel bei ihm innerhalb der nächsten zehn Minuten stattfindet, aber so etwas ist unmöglich! Auch Sie sind nicht an einem Tag erwachsen geworden. *Ich* ebenfalls nicht. Warum erwarten Sie so etwas von Alexander?«

Worf starrte ihn einige Sekunden lang an. »Verhalte ich mich wirklich auf die von Ihnen beschriebene Weise?«

Martok beugte sich vor und stützte die Ellenbogen auf den Schreibtisch. »Sie sind gewissermaßen ein ›künstlicher‹ Klingone, mein Freund. Sie wuchsen bei Menschen auf, die versuchten, Ihnen eine Vorstellung vom klingonischen Wesen zu vermitteln. Aber dabei handelte es sich um *menschliche* Vorstellungen. Ihre Pflegeeltern gaben sich große Mühe, aber als Menschen sahen sie die klingonische Kultur von *außen*. Deshalb klammern Sie sich so sehr an den Details der Tradition fest. Es gibt keine Gußform, die man mit Substanz füllt, um auf diese Weise einen ›Klingonen‹ entstehen zu lassen. Alexander wuchs auf die gleiche Weise heran wie Sie. Bei Menschen. Begleitet von dem Gefühl, nicht klingonisch genug zu sein. Vielleicht steht er Ihnen gar nicht ablehnend gegenüber, sondern fürchtet vielmehr, Ihnen zu sehr zu ähneln. Ich bin mir nicht sicher. Immerhin bin ich kein Bordcounselor. Glauben Sie, daß er Sie ablehnt?«

»Ja. Er hat es mir gesagt.«

»Er lügt.«

»Wie bitte?«

»Er belügt sich selbst.«

Worf wirkte verwirrt und auch verletzt. »Warum behaupten Sie so etwas?«

»Um Sie innerlich zu zerstören und Ihren Posten Ch'Targh zu geben.« Martok richtete einen durchdringenden Blick auf ihn und ließ die flache Hand auf den Tisch knallen. »Worf! Öffnen Sie Ihre Augen! Alexander redet sich ein, Sie zu verabscheuen. Anschließend weist er Sie darauf hin, um wenigstens eine Zeitlang die Oberhand zu haben. Jeder Teenager greift irgendwann einmal zu solchen Mitteln. Jeder junge Falke, der das Nest verläßt, möchte zunächst einmal um das Nest herumfliegen, um seine Erbauer herauszufordern.«

»Ich verstehe nicht...«

»Tatsächlich nicht? Nun, vielleicht interessiert Sie dies. Ihr Sohn wurde zunächst der *Tur'Nask* zugewiesen. Er bat um Versetzung. Man schickte ihn zur *Gurshk*. Erneut bat er um Versetzung, und dadurch kam er schließlich zur *Rotarran*.«

Worf dachte darüber nach und blickte auf den Schreibtisch. »Er sollte erneut versetzt werden. Damit er sich besser auf seine Pflicht konzentrieren kann. Damit er nicht dauernd daran denken muß, mein Sohn zu sein.«

»Er wird versetzt, wenn es sich nicht vermeiden läßt«, sagte Martok. »Aber nur vorübergehend.«

Worf sah auf. »Nur vorübergehend?«

»Ja. Vater und Sohn sollten gemeinsam fliegen, sobald jeder seinen Platz gefunden hat. Oh, wir vergessen natürlich, Alexander auf die vorübergehende Natur der Versetzung hinzuweisen. Eine kluge Maßnahme? Oder sind wir Feiglinge? Ich weiß es nicht. Wenn es uns richtig erscheint, schicken wir ihn zu einem anderen Schiff, damit er dort zu einem guten Crewmitglied wird. Eine Zeitlang kann er dort bleiben, und wir warten ab, wie er sich entwickelt. Trotz der Schikanen, die er in Ihrem Schatten erlebt, habe ich kein Versetzungsgesuch von Alexander bekommen, und das sagt mir eine Menge, Worf. Der junge Falke umkreist Sie. Seien Sie stolz und zeigen Sie ihm, wie man richtig fliegt.«

Vertrauen wir darauf, daß Recht zu Macht führt, und lassen Sie uns in diesem Glauben mutig genug sein, um unsere Pflicht so zu erfüllen, wie wir sie verstehen.

ABRAHAM LINCOLN

17

CAPTAINS LOGBUCH, STERNZEIT 51145.3

Von Starbase 375 aus unternimmt die *Defiant* Vorstöße ins Raumgebiet des Dominion. Die anstrengenden Missionen haben bei meinen Leuten deutliche Spuren hinterlassen, aber sie sind auch weiterhin entschlossen, alles zu tun, um uns den Sieg zu ermöglichen. Das gilt auch für mich. Bei einigen Einsätzen hat uns Charlie Reynolds mit der *Centaur* Unterstützung gewährt, wodurch die Sache zwar leichter, aber auch zu einem Balanceakt wurde. Aus Sicherheitsgründen haben wir Charlie nicht in unsere wichtigsten Pläne eingeweiht, doch er vermeidet es, die falschen Fragen zu stellen. Was für uns bedeutet, daß wir auf seine Hilfe zurückgreifen können. Ross möchte, daß ich in Charlie einen Verbündeten sehe, und dazu bin ich trotz anfänglicher Vorbehalte bereit.

Vermutlich gereicht es auch der Crew zum Vorteil – sie hat dadurch das Gefühl, nicht völlig allein zu sein. Charlie Reynolds gehört jetzt zu den wenigen Raumschiffkommandanten, die wissen, daß Starfleet geheime Missionen durchführt. Einzelheiten kennt er natürlich nicht, aber sein sarkastischer Blick weist mich darauf hin, daß er ständig nachdenkt und sich einen Reim auf Dinge macht, die für andere Leute ohne Zusammenhang bleiben.

Ich wünschte, wir könnten ganz offen mit den Leuten reden, denen wir vertrauen – dann wäre die Bürde der Einsamkeit nicht mehr so schwer für mich.

Ich treffe mich nur selten mit Martok, denn wir dürfen nicht das geringste Risiko eingehen. Unsere Begegnungen blieben nicht ohne konkrete Ergebnisse. Martok rekrutiert weitere Klingonen für unsere Sache und bildet junge Krieger für den aktiven Dienst aus. Ich beneide ihn nicht darum, zumal sich Mr. Worf an Bord der *Rotarran* befindet. Sicher erwartet Worf von den jungen Klingonen, daß sie die Starfleet-Vorschriften beachten, um mit uns zusammenzuarbeiten. Er dürfte alle Hände voll zu tun haben. Er spricht kaum über die Vorgänge an Bord, aber man kann ihm deutlich ansehen, daß er nicht besonders glücklich ist. Eine Schiffsladung Rekruten und ein unglücklicher Worf... Eine brisante Mischung.

Martok hat inzwischen alle Stationen des Sensornetzes im Argolis-Haufen lokalisiert und wird dafür sorgen, daß die Informationen über den Starfleet-Geheimdienst zu Admiral Ross gelangen. Wir haben nun die Möglichkeit, ganz konkret einen Angriff zu planen. Friedrich der Große sagte einmal: »Wer versucht, alles zu verteidigen, verteidigt nichts.« Darum geht es mir. Das Dominion soll blind werden, damit es unsere Flottenbewegungen nicht mehr beobachten kann. Dann muß es alles verteidigen und seine Streitkräfte im gesamten von ihm kontrollierten stellaren Territorium verteilen. Unter solchen Voraussetzungen können wir erneut einen massiven Angriff wagen.

Von jetzt an muß ich noch vorsichtiger sein als

bisher. Es ist nicht leicht gewesen, ein Schlachtschiff bei Sondereinsätzen zu kommandieren und gleichzeitig Admiral Ross' Berater zu sein. Noch schwerer war es, diese Problematik vor dem Admiral zu verbergen. Ich bin ihm nützlich genug, um meinen Posten in unmittelbarer Nähe der Admiralität zu behalten, aber mein Nutzen ist nicht so groß, daß Ross die ganze Zeit über auf meine Hilfe zurückgreifen möchte. Ich gebe zu, daß ich mich hin und her gerissen fühle. Starfleet Command braucht erfahrene Berater, aber ich möchte nicht zu ihnen gehören.

Siegreiche Offiziere und Besatzungsmitglieder drängten sich in der Messe der *Defiant* zusammen. Sie waren gerade zur Starbase zurückgekehrt, nach einer weiteren geheimen und sehr gefährlichen Mission. Sorgfältiges Planen in vielen Bereichen führte dazu, daß es der Föderation und ihren Verbündeten gelang, dem Dominion schmerzhafte Schläge zu versetzen. Ihre Bemühungen trugen nun erste Früchte.

Nog hatte eine Theke improvisiert, komplett mit Flaschen und Gläsern, und er spielte nun den Barkeeper. Sisko näherte sich zusammen mit Dax und Bashir. Er wußte, daß sie nicht nur Zufriedenheit ausstrahlten, sondern auch Erschöpfung. Die *Defiant* mußte repariert werden – sie kam nie ohne Schäden davon –, aber das Schiff hatte sich als sehr widerstandsfähig erwiesen und sie bisher jedesmal zurückgebracht.

Die letzten Einsätze hatten Nachschublagern und taktische Einrichtungen gegolten. Der Trick bestand darin, an weit voneinander entfernten Orten zuzuschlagen und immer zu einem anderen Zeitpunkt – dadurch wurden Angriffe unvorhersehbar. Es bedeutete, daß die *Defiant* manchmal nicht rechtzeitig repariert werden konnte und ihre Crew auf eine dringend benötigte Ruhephase verzichten mußte. Mehrmals waren sie aufgebrochen, obwohl bestimmte Bordsysteme nicht zuverlässig funktionierten, und dadurch wuchs das Risiko. Die Besatzungsmitglieder hatten inzwischen gelernt, sich aufeinander zu verlassen, und aus diesem Grund ließ Sisko Versetzungen nur dann zu, wenn jemand schwer verletzt war. Wer sich auf den Beinen halten konnte, setzte den Dienst fort.

Wochenlang war die *Defiant* fast ständig unterwegs gewesen, meistens allein, ohne Unterstützung. Nach jeder Mission blieb weniger Zeit, um auszuruhen und die Schäden zu reparieren. Deshalb nutzte die Crew jede Gelegenheit für eine Abwechselung.

So wie jetzt.

Nog hatte eine Überraschung für Sisko.

»Saurianischer Brandy?« brachte der Captain verblüfft hervor. »Wo haben Sie den aufgetrieben?«

Bashir nahm ein Glas von dem Kadetten entgegen. »Noch dazu mitten in einem Krieg.«

»In und bei der Starbase herrscht reger Betrieb«, erwiderte Nog ausweichend. »Zwar gehöre ich zu Starfleet, aber ich bin und bleibe ein Ferengi.«

Dax hob ihr Glas. »Zum Glück für uns.«

»Entschuldigung, Captain...«

Sisko drehte sich um und sah, wie sich O'Brien einen Weg durch das Gedränge bahnte. Er trug einen großen silbergrauen Behälter.

»Die Energiezelle der Phaserphalanx, Sir«, sagte der Chefingenieur. »Wir haben ihren Inhalt bei der letzten Mission verbraucht.«

Eine leere Energiezelle. Unter normalen Umständen reichte diese Phaserenergie für ein Jahr, doch die *Defiant* hatte sie bei nur einem Einsatz aufgebraucht. Sisko nahm den Behälter entgegen und hob ihn hoch, damit alle die Energiezelle sehen konnten.

»Schaut euch dieses Ding an, Leute! Es sagt genug

über das Schiff. Es weist auf unseren Kampfwillen hin, auf unsere Entschlossenheit, so lange zu kämpfen, wie wir dazu imstande sind.«

»Ja, Sir!« riefen die Besatzungsmitglieder.

Sisko betrachtete den Container. »So etwas wirft man nicht weg.«

»Nein, Sir!«

Eine Gasse bildete sich vor Sisko, als er durch den Raum schritt und sich einem Gestell an der gegenüberliegenden Wand näherte. Sechs andere Behälter standen dort wie Wächter und erinnerten an andere Missionen. Sisko fügte den stummen Zeugen erfolgreich überstandener Einsätze einen weiteren hinzu.

Als er sich umdrehte, applaudierte die Crew.

»Admiral an Deck!« rief Nog.

»Schon gut«, sagte Ross und winkte ab, als die Männer und Frauen Haltung annehmen wollten.

Die Besatzungsmitglieder verstummten nicht, wurden nur etwas leiser. Sie hatten sich ein wenig Ausgelassenheit verdient.

»Ben!« Ross wandte sich sofort an Sisko. Er hielt einen elektronischen Datenblock in den Händen, erwähnte ihn aber nicht und machte auch keine Anstalten, ihn dem Captain zu reichen.

»Admiral…«

»Wie wär's mit einem kleinen Spaziergang?«

»Im Korridor?«

»Ja.«

»Was war da drinnen los?« fragte Ross, als sich die Tür der Offiziersmesse hinter ihnen schloß und den Lärm fernhielt.

»Ein kleines Ritual, das wir während der letzten Missionen entwickelt haben«, antwortete Sisko. »Es hilft den Crewmitgliedern, sich zu entspannen.«

»Sie haben es verdient. Niemand hätte bessere Arbeit leisten können.«

»Danke, Sir. Aber Sie sind doch nicht gekommen, um mir das zu sagen, oder?«

Ross lächelte, aber es steckte keine Freude dahinter. »Das stimmt. Seit Beginn des Krieges kam uns das Dominion immer wieder zuvor. Ganz gleich, wohin wir unsere Schiffe schickten – der Gegner schien immer auf uns zu warten.«

Ich weiß. Weil er uns die ganze Zeit über beobachtete.

»Das ist mir ebenfalls aufgefallen«, erwiderte Sisko zurückhaltend.

»Man könnte fast meinen, daß der Feind mehr Grips hat als wir, aber das ist nicht der Fall. Er verfügte nur über einen Vorteil, von dem wir bis gestern nichts ahnten. Der Starfleet-Geheimdienst hat ein großes Sensornetz an der Peripherie des Argolis-Haufens lokalisiert. Von dort aus kann das Dominion die Schiffsbewegungen in fünf Sektoren überwachen.«

Sisko hielt seinen Gesichtsausdruck unter Kontrolle. »Deshalb war er uns immer einen Schritt voraus.«

Ross nickte. »Ein enormer taktischer Vorteil für den Gegner. Sie sollen dafür sorgen, daß er ihn verliert.«

»Gern, Sir.«

»Es wird nicht leicht sein. Der entsprechende Raumbereich ist schwer bewacht. Hier ist der Bericht des Geheimdienstes. Lesen Sie ihn aufmerksam. Um acht Uhr erwarte ich einen Angriffsplan auf meinem Schreibtisch.«

»Sie werden ihn bekommen.«

Als der Admiral fortging, fragte sich Sisko, ob seine Antwort zu schnell erfolgt war. Hätte er um einige zusätzliche Stunden bitten sollen, um keinen Verdacht zu erregen? Natürlich wußte er bereits, auf welche Weise die Aktion im Argolis-Haufen stattfinden sollte. Dazu war nötig, daß Martok einen großen Teil der Wachschiffe fortlockte.

Er klopfte auf seinen Insignienkommunikator. Ging dieser Tag denn nie zu Ende?

»Sisko an Brücke.«

»Brücke.«

»Verbinden Sie mich mit General Martok an Bord der *Rotarran*. Kom-Kanal abschirmen und privaten Code verwenden.«

»Aye, aye, Sir.«

»Dies ist ein Kar'takin, eine von den Jem'Hadar verwendete Waffe. Verteidige dich.«

Es war recht dunkel im Ausbildungszimmer – damit sollte eine Situation simuliert werden, die der an Bord eines beschädigten Schiffes ähnelte. Eine einfache Logik steckte dahinter: An Bord von Jem'Hadar-Schiffen gab es nur wenig Licht, und in einem Starfleet-Raumer, der von Jem'Hadar geentert worden war, funktionierte vermutlich nur noch die Notbeleuchtung.

Martok betrachtete die Szene auf dem Bildschirm, aber diesmal fiel es ihm schwer, Einzelheiten zu erkennen. Erneut saß er in seinem Quartier, das sich besser als jeder andere Raum dafür eignete, die Aktivitäten in anderen Sektionen des Schiffes zu überwachen. Die Wände waren schalldicht, die Tür verriegelt, und er hatte den Befehl erteilt, ihn nur im Notfall zu stören. In aller Ruhe beobachtete er den ungestümen Ersten Offizier und seinen ebenfalls ungestümen Sohn, der bald zu Martoks Haus gehören würde.

Alexander hielt die Kar'takin-Stange und nahm eine Haltung ein, die perfekt gewesen wäre, wenn es sich bei seiner Waffe um ein Bat'leth gehandelt hätte. Worf zeigte wenig Toleranz, indem er sein eigenes Kar'takin sinken ließ und den Jungen streng musterte. Fehler, Fehler. Worf schien überhaupt kein Feingefühl zu haben.

»Das ist nicht der richtige Griff«, sagte er. »Die Daumen müssen einander gegenüber liegen, damit beim Drehen…«

»Ich verstehe.« Alexander zog die Stange zurück.

»Dann laß uns fortfahren.«

Während Martok zusah, stellte er fest, daß seine Aufmerksamkeit mehr Worf und seinem Verhalten galt, gar nicht so sehr dem Geschick des Jungen. Zeit und Erfahrung würden Alexander helfen, zu lernen und besser zu kämpfen. Worfs plumpe Methoden hingegen mußten verfeinert werden. Wenn er seine persönlichen Probleme nicht unter Kontrolle halten konnte, so war er bald kein verläßlicher Erster Offizier mehr. Jeder Offizier mit einem Kind an Bord mußte mit besonderen Belastungen fertig werden – daran ließ sich nichts ändern.

Alexander umkreiste seinen Vater langsam, und Martok nahm die Einfallslosigkeit des Jungen zur Kenntnis. Worf wahrte seine Position und beschränkte sich darauf, den Gegner im Auge zu behalten. Als Alexander auch weiterhin unschlüssig wirkte und zögerte, übernahm Worf die Initiative und schlug zu. Sofort hob der Junge sein Kar'takin, und die beiden Stangen prallten gegeneinander. Martok schnitt eine Grimasse, denn das Pochen klang zu laut aus dem Lautsprecher – der Computer verstärkte alle Geräusche, die er nicht identifizieren konnte. Das mußte in Ordnung gebracht werden. Der General beschloß, sich gleich am nächsten Morgen an den zuständigen Techniker zu wenden.

»Nein!« entfuhr es Worf. »Versuch nicht, mein Kar'takin beiseite zu schieben! Blockiere den Angriff nur und nutze dann dein Bewegungsmoment, um deinerseits zuzustoßen.«

»Ich weiß!« erwiderte der Junge. Eine dumme Antwort. Wenn er wirklich Bescheid wußte…

»Dann handle entsprechend!«

Erneut schwang Worf die Waffe, und Alexander blockierte den Hieb auf die gleiche Weise wie vorher, mit dem einen Unterschied, daß er diesmal das Gleichgewicht verlor und taumelte. Bei einem echten Kampf wäre jetzt ein tödlicher Schlag gefolgt.

»Versuche nicht, Kraft mit Kraft zu bekämpfen«, sagte Worf und bemühte sich ganz offensichtlich, vernünftig zu sein. »Dabei verlierst du jedesmal.«

Wieder trafen die beiden Stangen aufeinander, und wieder versagte der Junge – er verlor sein Kar'takin.

»Hast du nicht zugehört?« ereiferte sich Worf, und Martok schüttelte den Kopf – diesmal machte der Lehrer den Fehler, nicht der Schüler. »Heb deine Waffe auf! Wenn du dich eingehender mit dem beschäftigt hättest, was ich dich damals lehrte…«

Alexander griff nach dem Kar'takin und holte aus, bevor Worf seinen Vortrag zu Ende brachte. Wütend schlug er immer wieder zu. Es gelang Worf mühelos, die Hiebe zu parieren, doch in seinem Gesicht zeigte sich immer deutlichere Erschrockenheit. Martok beugte sich vor und beobachtete das Geschehen mit noch größerem Interesse. Die fanatisch anmutende Feindseligkeit des Jungen war beunruhigend. Seinen Schlägen mit dem Kar'takin fehlte es ganz offensichtlich an Erfahrung, nicht aber an Wut.

Nach einer Weile blockierte Worf die Waffe seines Sohnes und sorgte dafür, daß Alexander erneut die Stange verlor.

»Was ist los mit dir?« fragte der Erste Offizier.

Alexander ballte die Fäuste. »Ich wußte, daß es so sein würde.«

Worf ließ das eigene Kar'takin sinken. »Was würde so sein?«

»Bestimmt bist du zufrieden«, zischte Alexander und trat herausfordernd einen Schritt vor. »Jetzt kannst du allen sagen, daß ich als Klingone nichts tauge.«

»Alexander…«

»Oder willst du mich erneut wegschicken?«

Aha. Martok neigte den Kopf ein wenig zur Seite; er hatte gerade einen wichtigen Hinweis erhalten.

Jene Worte, die Martok eine wichtige Erkenntnis ermöglichten, bewirkten bei Worf nur Verwirrung. Er versuchte, erneut in die Rolle des Mentors zu schlüpfen, die er so schlecht beherrschte.

»Es geht hier nicht um den Zeitvertreib in einer Holo-Kammer. Wir sind im Krieg. Die Jem'Hadar würden dich in Stücke reißen.«

»Dann wäre ich tot«, sagte Alexander trotzig. »Zu deiner großen Freude. Und jetzt laß mich in Ruhe.«

Martok lachte leise. Das typische Verhalten eines Heranwachsenden. Wilde Phantasie führte zu Vorstellungen, die mit der Wirklichkeit kaum etwas zu tun hatten. Bemerkungen, die absurd waren – was alle Beteiligten wußten, auch Worf, der jetzt schwieg. Die Botschaft von Alexanders Erklärung ging über den Bedeutungsinhalt ihrer Worte hinaus.

Martok lachte erneut. Worf wirkte noch immer sehr verwirrt. Er hatte nie Kinder großgezogen, der General hingegen sieben. Einige von ihnen waren Krieger geworden, andere nicht. Nicht alle Klingonen eigneten sich für den Kampf; manche verstanden andere Dinge besser. Wenn jeder ein Krieger war – wer sollte sich dann um die anderen Dinge kümmern?

Was mußte jetzt unternommen werden?

Martok beschloß, einige Stunden zu warten, bevor er sich einmischte – das hielt er nun für seine Pflicht.

Alexander Rozhenko war erschöpft, als Martok den Ausbildungsraum betrat. Der Junge stand auf den Matten und übte mit seinem Bat'leth, dessen sichelförmige Klinge im simulierten Abendlicht blitzte. Er bewegte sich unbeholfen und träge. Als er den General bemerkte, wiederholte er das Bewegungsmuster, ohne dabei eleganter zu wirken. Ganz im Gegenteil. Alexanders Anspannung wuchs, und dadurch rutschte ihm das Bat'leth aus der Hand. Es fiel auf den Boden und hätte sich dem Jungen fast in den Fuß gebohrt.

Martok bückte sich, hob die Waffe auf und hielt sie in der linken Hand.

»Eine ausgezeichnete Klinge«, brummte er. »Gut ausbalanciert. Aber sie kann nur so gut sein wie der Krieger, der mit ihr kämpft.«

Plötzlich lachte er über sich selbst. Klischees! Gemeinplätze. So sprach ein Großvater, der sich wünschte, wieder Vater zu sein. Ha! Das war wirklich komisch.

»Ich brauche mehr Übung«, murmelte Alexander und wagte es nicht, dem Blick des Generals zu begegnen.

»Ruh dich ein wenig aus«, sagte Martok. »Du scheinst eine Pause zu benötigen. Sag mir, Alexander Rozhenko… Warum bist du an Bord meines Schiffes?«

Der Junge straffte die Gestalt. »Um dem Imperium zu dienen, General.«

Martok schob das Bat'leth ins Waffengestell und schüttelte den Kopf. »Das ist ein Slogan, keine Antwort. Sag mir, was du in deinem Herzen spürst.«

Rief Martoks ruhige Stimme Unbehagen in dem Jungen hervor? Nein, für Alexanders Beklommenheit gab es einen anderen Grund. Er war bei Menschen aufgewachsen und stellte sich Klingonen als laut und temperamentvoll vor, Leute, die sich mit den Ellenbogen einen Weg durchs Leben bahnten. Doch jetzt sah er sich mit einem Klingonen konfrontiert, der die Ruhe bewahrte, sich vollkommen unter Kontrolle hatte. Das verunsicherte den Jungen. Aber warum sollte man jeden Satz wie im Zorn fauchen? Damit vergeudete man nur Kraft.

Alexander trat vom einen Bein aufs andere. »Stellen Sie jedem neuen Besatzungsmitglied solche Fragen?«

Martok gab sich verärgert. »Das ist nicht nötig. Den meisten brauche ich nur ins Gesicht zu sehen, um zu wissen, warum sie hier sind. Es handelt sich um klingonische Krieger, und sie folgen dem Ruf von Kahless.«

»Das ist auch bei mir der Fall!«

»Du kannst dich selbst belügen, wenn du willst, aber mir machst du nichts vor. Du hörst nicht den Ruf des Kriegers, und deshalb frage ich erneut: Warum bist du hier?«

Alexander zitterte und senkte den Blick. »Das möchte ich lieber nicht sagen.«

»Was?«

»Es ist eine… private Angelegenheit.«

»Du bist ebenso verschlossen wie dein Vater.«

»Ich bin nicht wie er!«

Martok beschloß, Alexanders Vorstellungen von einem wahren Klingonen gerecht zu werden – vielleicht entspannte er sich dann.

»Ihr seid beide sture, halsstarrige Qu'vatlh!« donnerte er. »Der einzige Unterschied zwischen euch ist…« Von einem Augenblick zum anderen sprach der General wieder mit ruhiger Stimme. »Ich brauche Worf. Aber dich brauche ich nicht.«

Alexander trat besorgt einen Schritt vor. »Ich bitte nur um eine Chance…«

»Ich habe dir gerade eine Chance gegeben, und du hast versagt. Dein Vater bat mich darum, dich zu versetzen.«

In den Augen des Jungen blitzte es. »Dazu hatte er kein Recht.«

»Er hat *jedes* Recht dazu, als dein vorgesetzter Offizier und als dein Vater. Um dreiundzwanzig Uhr siebzehn wirst du zum Frachter *Par'tok* transferiert. Pack deine Sachen.«

Eine gute Lüge erzielte manchmal die gleiche Wirkung wie ein wuchtiger Schlag. Martok wußte, daß um dreiundzwanzig Uhr siebzehn kein Frachter namens *Par'tok* darauf wartete, Alexander aufzunehmen – er würde sich irgendeine Ausrede einfallen lassen, um das Fehlen eines solchen Schiffes zu erklären. In der Zwischenzeit schmollte der Junge entweder, womit er seinen Mangel an Entschlossenheit zeigte, oder er stellte seinen Vater zur Rede, was Worf und Alexander Gelegenheit gab, über alles zu reden. Endlich.

Worf saß allein in der Offiziersmesse. Es herrschte Nacht an Bord, und deshalb rechnete er während der nächsten Stunden nicht damit, daß jemand anders diesen Raum aufsuchte. Das war ihm nur recht. Alexanders Präsenz an Bord der *Rotarran* wurde immer mehr zu einem Ärgernis. Die Besatzungsmitglieder begegneten ihm jetzt mit einer anderen Einstellung, hielten nach seinen Reaktionen Ausschau und fragten sich, wie sie den Sohn des Ersten Offiziers behandeln sollten. In einigen Gesichtern sah er sogar die ersten Anzeichen von Ehrgeiz. Worfs Anspannung wuchs immer mehr. Wenn er sich dadurch zu Fehlern hinreißen ließ, war er als Erster Offizier untauglich und mußte seinen Posten jemand anders überlassen.

Er fragte sich, was es jetzt zu tun galt, doch die Suche nach Antworten blieb vergeblich. Wie sehr sehnte er sich nach *Deep Space Nine* zurück, unter den Befehl von Ben Sisko. Damals hatte er einfach nur Anweisungen ausführen müssen, um einen Gegner abzuwehren. Das Bemühen, einen ganzen Quadranten zu verteidigen, blieb schwerfällig und ohne echtes Ziel. Niemand wußte so recht, worauf es ankam, und nach Worfs Meinung verhielt es sich mit der Erziehung eines Sohnes ähnlich.

Er wußte, daß er kein guter Vater war. Deshalb hatte er Alexander fortgeschickt, und genau aus diesem Grund verabscheute ihn der Junge jetzt. Aber war es nicht besser für ihn, von einem schlechten Vater getrennt zu werden? War es nicht besser, wenn ein Sohn die volle Aufmerksamkeit von zwei Elternteilen genoß, anstatt bei einem Vater zu sein, der sich auch um andere Dinge kümmern mußte?

Ja, kein Zweifel: Worf hatte die richtige Entscheidung getroffen, als er beschloß, Alexander bei den Rozhenkos zu lassen. Ein Raumschiff war einfach nicht der richtige Ort für ein Kind. Und er wäre erneut bereit gewesen, den Jungen fortzuschicken, zu einem anderen Schiff, wo Alexander zu einem richtigen Raumfahrer heranwachsen konnte, ohne dauernd daran denken zu müssen, daß sich auch sein Vater an Bord befand. Junge Leute wie er brauchten einen Captain und vorgesetzte Offiziere, keine Eltern.

Vor Worf stand ein Rokeg-Blutkuchen, den er bisher noch nicht angerührt hatte – der Appetit war ihm vergangen. Mißmutig starrte er auf die kalt werdende klingonische Spezialität hinab.

Wie dumm, sich so sehr von einem Kind beunruhigen zu lassen. Etwas anderes kam hinzu: Beeinträchtigte Alexanders Anwesenheit an Bord Worfs Effizienz als Offizier? So etwas durfte er auf keinen Fall zulassen.

Er versagte als Vater, weil es ihm an Erfahrung mangelte. Aber es gab keine Entschuldigung dafür, daß er auch als Offizier versagte, denn für solche Aufgaben war er ausgebildet und qualifiziert. Er konnte nicht erlauben, daß...

Ein klingonischer Dolch unterbrach Worfs Grübeleien und bohrte sich dicht neben dem Teller in den Tisch. Die Erschütterung ließ den Blutkuchen erzittern und sogar aufbrechen.

Alexander starrte ihn an. Worf stand abrupt auf.

»Du kannst von Glück sagen, daß ich dein Vater bin«, sagte er. »Wenn du jemand anders auf diese Weise herausgefordert hättest, wärst du bereits tot.«

»Wenn du willst, daß ich dieses Schiff verlasse, mußt du mich töten«, erwiderte Alexander.

»Führe mich nicht in Versuchung«, brummte Worf verärgert und wich einen Schritt zurück. »Ich will dich nicht verletzen, Alexander. Ich möchte dir helfen.«

»Indem du mich loswirst? Mein ganzes Leben lang hast du mich immer wieder fortgeschickt!«

»Ich bin ein klingonischer Krieger«, entgegnete Worf. »Ich führe das Leben eines Kriegers. Ein solcher Weg eignet sich nicht für dich. Das hast du mir selbst gesagt. Und ich habe mich damit abgefunden.«

»Wie denn? Indem du mir keine Beachtung schenkst? Du behauptest, mein Vater zu sein, aber fünf Jahre lang hast du mich nicht besucht, nicht einmal mit mir gesprochen!«

Worf mußte sich eingestehen, daß sein Sohn recht hatte. Den Jungen um seiner selbst willen fortzuschikken… Das ließ sich rechtfertigen. Aber er hätte versuchen sollen, mit ihm in Kontakt zu bleiben.

Jetzt bekam er es mit den Konsequenzen seines eigenen Schweigens zu tun.

»Ich war nicht der Sohn, den du dir gewünscht hast«, fuhr Alexander fort. »Und deshalb hast du dir vorgestellt, überhaupt keinen Sohn zu haben. Ich bin von dir nie akzeptiert worden. Du hast mich im Stich gelassen.«

Worf versuchte, sich in die Lage des Jungen zu versetzen. Er mußte ihm recht geben: An Alexanders Stelle hätte er die Dinge aus der gleichen Perspektive gesehen. Das Gefühl der Schuld senkte sich wie ein schweres Gewicht auf Worf herab, verlangte nach einer Entschuldigung.

Die Worte seines Sohns schufen ein imaginäres Echo, das immer lauter wurde, bis es ihm die Trommelfelle zu zerreißen drohte. Die Erkenntnis, Alexander gegenüber gleich in mehrfacher Hinsicht versagt zu haben, führte zu einem stechenden inneren Schmerz. Konnte er diese Pein jemals überwinden?

»Gefechtsstationen besetzen!« tönte es aus den Interkom-Lautsprechern. »Alarmstatus Eins.«

Worf schüttelte wie benommen den Kopf, doch die

Stimme erklang auch weiterhin. Martok! Sie wurden angegriffen! Ein Kampf stand unmittelbar bevor.

»Gefechtsstationen besetzen«, wiederholte der General. »Commander Worf zur Brücke.«

Das familiäre Zwist spielte plötzlich keine Rolle mehr. Worf und Alexander waren zwei Besatzungsmitglieder mit den gleichen Aufgaben: Sie mußten zur Brücke und nicht nur das Schiff verteidigen, sondern auch das Imperium und die Föderation.

Bevor sie den Kontrollraum erreichten, wurde der Bird-of-Prey mehrmals getroffen. Der Feind mußte sich irgendwo versteckt haben oder über eine sehr gute Tarnvorrichtung verfügen, denn die Erschütterungen deuteten darauf hin, daß es sich um direkte Treffer aus der Nähe handelte. Charakteristische Vibrationen deuteten darauf hin, daß die *Rotarran* das Feuer erwiderte.

Worf und Alexander liefen los.

Als Worf zusammen mit seinem Sohn die Brücke erreichte, gab Martok dem Ersten Offizier einige Sekunden Zeit, um die Situation einzuschätzen. Das klingonische Schiff wurde von zwei Gegnern angegriffen, denen es bereits gelungen war, beträchtlichen Schaden anzurichten – Rauchschwaden zogen durch den Kontrollraum. Martok saß im Kommandosessel und beobachtete, wie Worf nach Backbord sah. Dort lag ein Brückenoffizier halb über seiner Konsole, mit verbranntem Gesicht und Augen, deren Blick ins Leere reichte.

Weitere Reglose lagen auf dem Boden – kein guter Anfang.

Alexander nahm den Platz des Toten an der Konsole ein und prüfte die Anzeigen. »Kapazität der Schilde bei sechzig Prozent.«

Martok beschloß, zunächst einmal geduldig zu sein. »Und die Jem'Hadar?«

»Welches Schiff meinen Sie, Sir?«

»Ich meine den Raumer, der das Feuer auf uns eröffnet hat!«

»Das Potential der... Heckschilde ist auf... fünfundzwanzig... nein, auf zwanzig Prozent gesunken. Außerdem verliert das Schiff Antiprotonen aus dem Warpmodul auf der Steuerbordseite.«

»Waffen, Zielerfassung auf das betreffende Warpmodul!«

Die an der Waffenstation sitzende N'Garan erlebte offenbar einen regelrechten Adrenalinschub und zitterte. »Ziel erfaßt...«

Genau in diesem Augenblick wurde die *Rotarran* erneut getroffen und neigte sich abrupt nach ›oben‹.

Flammen leckten aus der Konsole vor Alexander, und er wurde nach hinten geschleudert, fiel auf den Boden. Als er sich zur Seite drehte, tropfte Blut aus einer Wunde in der Wange. Vielleicht wurde eine gute Narbe daraus...

Martok bemerkte, daß Worf zu seinem Sohn sah, aber nichts unternahm, um ihm zu helfen. Alexander preßte sich die Faust an die Wunde, stand auf und kehrte zur Konsole zurück. Die Schaltelemente waren so heiß, daß man sie nicht mehr berühren konnte, und der Junge schüttelte hilflos den Kopf.

Martok wartete keine Meldung von Alexander ab, wandte sich erst an Ch'Targh und dann an N'Garan. »Neuer Kurs drei eins sieben Komma null vier fünf. Waffenstation, können Sie den Gegner treffen?«

»Negativ. Er befindet sich außerhalb unserer Gefechtsreichweite.«

Alexander eilte zu einer anderen Konsole, schob dort einen Bewußtlosen beiseite und blickte auf die Displays. »Die interne Kommunikation funktioniert nicht mehr.«

Martok achtete nicht darauf, denn diese Sache fiel in Worfs Zuständigkeitsbereich. Der Erste Offizier bestätigte den Hinweis seines Sohnes und trat zur wissenschaftlichen Station.

»Neuer Kurswechsel, Navigation«, sagte Martok. »Null zwei null Komma zwei zwei sieben.«

»Plasma entweicht aus dem primären Impulsinjektor auf Deck fünf!« rief Alexander seinem Vater zu.

Ch'Targh sah auf. »Kurs programmiert.«

Martok drehte den Kopf. »Worf! Bringen Sie das Plasmaleck unter Kontrolle, bevor wir ein ganzes Deck verlieren!«

Das Schiff schüttelte sich erneut. Ein Treffer im unteren Bereich – das bedeutete Verletzte, vielleicht sogar weitere Tote. Worf sah sich nach jemandem um, der ihn begleiten konnte, aber es waren nur noch wenige Brückenoffiziere auf den Beinen.

»Ich kümmere mich um das Leck.«

Von wem stammten diese Worte? Etwa von Alexander? Martok starrte durch die Rauchwolken.

Der Junge stand kerzengerade, sah erst seinen Vater an und dann den General.

»Hier nütze ich Ihnen nichts«, sagte der Junge, und es erklang keine falsche Tapferkeit in seiner Stimme – eine willkommene Abwechselung.

Normalerweise hätte Worf Alexander begleiten sollen, aber Martok streckte das Bein, und seine Stiefelspitze traf Ch'Targhs Oberschenkel. Der Pilot begegnete dem Blick des Generals und stand auf.

»Ich gehe mit ihm«, sagte Ch'Targh. »Mindestens zwei Mann sind nötig, um den Injektor abzudichten, bevor er explodiert.«

Worf schnitt eine finstere Miene und erweckte einige Sekunden lang den Eindruck, widersprechen zu wollen. Doch ergab es einen Sinn, daß Erster Offizier und Pilot die Brücke verließen, während ein Junioroffizier blieb?

Nein.

Worf besann sich auf die Vernunft. »Na schön.«

Alexander ging los, und Ch'Targh folgte ihm. Ein seltsames Paar, fand Martok.

Worf durchquerte den Kontrollraum und nahm an der Navigationsstation Platz.

»Bringen Sie uns auf die Steuerbordseite des Jem'Hadar-Schiffes«, sagte Martok. »Waffenstation, feuern Sie auch weiterhin auf das beschädigte Warpmodul.«

Die *Rotarran* drehte sich mehrmals, was die Trägheitsabsorber einer harten Belastungsprobe unterzog, entfernte sich vom angreifenden Jem'Hadar-Schiff und feuerte gleichzeitig auf das Warpmodul – bis es schließlich explodierte. Ein sich rasch ausdehnender Glutball verschlang das ganze Schiff.

Daraufhin hatte der klingonische Bird-of-Prey nur noch einen Gegner.

»*MajKkah!*« rief Martok. »Navigation! Warten Sie meine Anweisung ab, bevor Sie die Impulskraft auf ein Drittel reduzieren und den Kurs ändern: drei fünf fünf Komma null neun null. Waffenstation, eröffnen Sie das Feuer, wenn der Gegner vor uns ist.«

»Kurs programmiert«, meldete Worf.

N'Garan starrte auf ihre Anzeigen und ließ sich nicht von den Darstellungen des Hauptschirms ablenken. »Waffenstation Bereitschaft.«

Martok zählte die Sekunden, als die *Rotarran* langsamer wurde. Noch immer entwich Plasma aus dem Leck, wodurch der hinter ihr fliegende Gegner die Entfernung nicht mehr visuell abschätzen könnte.

»Jetzt!« rief Martok.

Die Trägheitsabsorber konnten kaum mit der plötzlichen Verringerung der Geschwindigkeit fertig werden. Alle wurden sie nach vorn gestoßen, und der General hielt sich an den Armlehnen fest, um nicht aus dem Kommandosessel zu rutschen. Der Hauptschirm zeigte nun, wie das Jem'Hadar Schiff an dem klingonischen Raumer vorbeiraste und dabei seine Unterseite zeigte.

Die *Rotarran* nutzte diese gute Gelegenheit – ihre Disruptoren schleuderten destruktive Energie durchs All.

Die Jem'Hadar konnten nicht ausweichen. Mehrere Strahlblitze durchschlugen Schilde und Außenhülle, bewirkten innerhalb von Sekundenbruchteilen einen Warpkernkollaps. Das Ergebnis bestand aus einer gewaltigen Explosion, die nichts von dem Raumschiff übrigließ.

Die Brückenoffiziere der *Rotarran* jubelten.

»Gute Arbeit«, lobte Martok. Sie hatten zwei Schiffe der Jem'Hadar vernichtet – darauf konnten sie wirklich stolz sein.

Worf wandte sich vom Hauptschirm ab und hielt sich nicht damit auf, die beschädigten Konsolen zu überprüfen, was eigentlich seine Aufgabe gewesen wäre. »Bitte um Erlaubnis, die Brücke verlassen zu dürfen.«

»Gehen Sie«, sagte Martok. »Alarmstatus aufheben. N'Garan, übernehmen Sie die Navigation.«

Eine Schadenskontrollgruppe erreichte die Brücke. Worf wartete, bis die Techniker den Turbolift verlassen hatten, betrat dann die Transportkapsel. Martok blickte wieder zum zentralen Projektionsfeld, das noch immer einige Glutreste der Explosion zeigte. »Gehen Sie, mein Freund, und hoffen Sie, daß sich Ihr Sohn noch nicht umgebracht hat.«

STAR TREK™

in der Reihe
HEYNE SCIENCE FICTION & FANTASY

STAR TREK: CLASSIC SERIE

Vonda N. McIntyre, Star Trek II: Der Zorn des Khan · 06/3971
Vonda N. McIntyre, Der Entropie-Effekt · 06/3988
Robert E. Vardeman, Das Klingonen-Gambit · 06/4035
Lee Correy, Hort des Lebens · 06/4083
Vonda N. McIntyre, Star Trek III: Auf der Suche nach Mr. Spock · 06/4181
S. M. Murdock, Das Netz der Romulaner · 06/4209
Sonni Cooper, Schwarzes Feuer · 06/4270
Robert E. Vardeman, Meuterei auf der Enterprise · 06/4285
Howard Weinstein, Die Macht der Krone · 06/4342
Sondra Marshak & Myrna Culbreath, Das Prometheus-Projekt · 06/4379
Sondra Marshak & Myrna Culbreath, Tödliches Dreieck · 06/4411
A. C. Crispin, Sohn der Vergangenheit · 06/4431
Diane Duane, Der verwundete Himmel · 06/4458
David Dvorkin, Die Trellisane-Konfrontation · 06/4474
Vonda N. McIntyre, Star Trek IV: Zurück in die Gegenwart · 06/4486
Greg Bear, Corona · 06/4499
John M. Ford, Der letzte Schachzug · 06/4528
Diane Duane, Der Feind – mein Verbündeter · 06/4535
Melinda Snodgrass, Die Tränen der Sänger · 06/4551
Jean Lorrah, Mord an der Vulkan Akademie · 06/4568
Janet Kagan, Uhuras Lied · 06/4605
Laurence Yep, Herr der Schatten · 06/4627
Barbara Hambly, Ishmael · 06/4662
J. M. Dillard, Star Trek V: Am Rande des Universums · 06/4682
Della van Hise, Zeit zu töten · 06/4698
Margaret Wander Bonanno, Geiseln für den Frieden · 06/4724
Majliss Larson, Das Faustpfand der Klingonen · 06/4741
J. M. Dillard, Bewußtseinsschatten · 06/4762
Brad Ferguson, Krise auf Centaurus · 06/4776
Diane Carey, Das Schlachtschiff · 06/4804
J. M. Dillard, Dämonen · 06/4819
Diane Duane, Spocks Welt · 06/4830
Diane Carey, Der Verräter · 06/4848
Gene DeWeese, Zwischen den Fronten · 06/4862
J. M. Dillard, Die verlorenen Jahre · 06/4869
Howard Weinstein, Akkalla · 06/4879
Carmen Carter, McCoys Träume · 06/4898
Diane Duane & Peter Norwood, Die Romulaner · 06/4907
John M. Ford, Was kostet dieser Planet? · 06/4922
J. M. Dillard, Blutdurst · 06/4929
Gene Roddenberry, Star Trek I: Der Film · 06/4942
J. M. Dillard, Star Trek VI: Das unentdeckte Land · 06/4943
Jean Lorrah, Die UMUK-Seuche · 06/4949
A. C. Crispin, Zeit für gestern · 06/4969
David Dvorkin, Die Zeitfalle · 06/4996
Barbara Paul, Das Drei-Minuten-Universum · 06/5005
Judith & Garfield Reeves-Stevens, Das Zentralgehirn · 06/5015
Gene DeWeese, Nexus · 06/5019
D. C. Fontana, Vulkans Ruhm · 06/5043

STAR TREK™

Judith & G[illegible] Reeves-Stevens, Die erste Direktive · 06/5051
Mich[illegible] Friedman, Das Doppelgänger-Komplott · 06/5067
J[illegible]y Klass, Der Boaco-Zwischenfall · 06/5086
Julia Ecklar, Kobayashi Maru · 06/5103
Peter Norwood, Angriff auf Dekkanar · 06/5147
Carolyn Clowes, Das Pandora-Prinzip · 06/5167
Michael Jan Friedman, Schatten auf der Sonne · 06/5179
Diana Duane, Die Befehle des Doktors · 06/5247
V. E. Mitchell, Der unsichtbare Gegner ·06/5248
Dana Kramer-Rolls, Der Prüfstein ihrer Vergangenheit · 06/5273
Barbara Hambly, Der Kampf ums nackte Überleben · 06/5334
Brad Ferguson, Eine Flagge voller Sterne · 06/5349
J. M. Dillard, Star Trek VII: Generationen · 06/5360
Gene DeWeese, Die Kolonie der Abtrünnigen · 06/5375
Michael Jan Friedman, Späte Rache · 06/5412
Peter David, Der Riß im Kontinuum · 06/5464
Michael Jan Friedman, Gesichter aus Feuer · 06/5465
Peter David/Michael Jan Friedman/Robert Greenberger, Die Enterbten · 06/5466
L. A. Graf, Die Eisfalle · 06/5467
John Vornholt, Zuflucht · 06/5468
L. A. Graf, Der Saboteur · 06/5469
Melissa Crandall, Die Geisterstation · 06/5470
Mel Gilden, Die Raumschiff-Falle · 06/5471
V. E. Mitchell, Tore auf einer toten Welt · 06/5472
Victor Milan, Aus Okeanos Tiefen · 06/5473
Diane Carey, Das große Raumschiff-Rennen · 06/5474
Diane Carey, Kirks Bestimmung · 06/5476
L. A. Graf, Feuersturm · 06/5477
A. C. Crispin, Sarek · 06/5478
Simon Hawke, Die Terroristen von Patria · 06/5479
Barbara Hambly, Kreuzwege · 06/5681
L. A. Graf, Ein Sumpf von Intrigen · 06/5682
Howard Weinstein, McCoys Tochter · 06/5683
J. M. Dillard, Sabotage · 06/5685
Denny Martin Flinn, Der Coup der Promethaner · 06/5686
Diane Carey/Dr. James I. Kirkland, Keine Spur von Menschen · 06/5687
William Shatner, Die Asche von Eden · 06/5688
William Shatner, Die Rückkehr · 06/5689
William Shatner, Der Rächer · 06/5690
Peter David, Die Tochter des Captain · 06/5691
Dean Wesley Smith/Kristine Kathryn Rusch, Die Ringe von Tautee · 06/5693
Diane Carey, Invasion – 1: Der Erstschlag · 06/5694
Dean Wesley Smith/Kristine Kathryn Rusch, Tag der Ehre – 4: Das Gesetz des Verrats · 06/5702

STAR TREK: THE NEXT GENERATION
David Gerrold, Mission Farpoint · 06/4589
Gene DeWeese, Die Friedenswächter · 06/4646
Carmen Carter, Die Kinder von Hamlin · 06/4685
Jean Lorrah, Überlebende · 06/4705
Peter David, Planet der Waffen · 06/4733
Diane Carey, Gespensterschiff · 06/4757
Howard Weinstein, Machthunger · 06/4771

STAR TREK™

John Vornholt, Masken · 06/4787
David & Daniel Dvorkin, Die Ehre des Captain · 06/4793
Michael Jan Friedman, Ein Ruf in die Dunkelheit · 06/4814
Peter David, Eine Hölle namens Paradies · 06/4837
Jean Lorrah, Metamorphose · 06/4856
Keith Sharee, Gullivers Flüchtlinge · 06/4889
Carmen Carter u. a., Planet des Untergangs · 06/4899
A. C. Crispin, Die Augen der Betrachter · 06/4914
Howard Weinstein, Im Exil · 06/4937
Michael Jan Friedman, Das verschwundene Juwel · 06/4958
John Vornholt, Kontamination · 06/4986
Mel Gilden, Baldwins Entdeckungen · 06/5024
Peter David, Vendetta · 06/5057
Peter David, Eine Lektion in Liebe · 06/5077
Howard Weinstein, Die Macht der Former · 06/5096
Michael Jan Friedman, Wieder vereint · 06/5142
T. L. Mancour, Spartacus · 06/5158
Bill McCay/Eloise Flood, Ketten der Gewalt · 06/5242
V. E. Mitchell, Die Jarada · 06/5279
John Vornholt, Kriegstrommeln · 06/5312
David Bischoff, Die Epidemie · 06/5356
Peter David, Imzadi · 06/5357
Laurell K. Hamilton, Nacht über Oriana · 06/5342
Simon Hawke, Die Beute der Romulaner · 06/5413
Rebecca Neason, Der Kronprinz · 06/5414
John Peel, Drachenjäger · 06/5415
Diane Carey, Abstieg · 06/5416
Diane Duane, Dunkler Spiegel · 06/5417
Jeri Taylor, Die Zusammenkunft · 06/5418
Michael Jan Friedman, Relikte · 06/5419
Susan Wright, Der Mörder des Sli · 06/5438
W. R. Thomson, Planet der Schuldner · 06/5439
Carmen Carter, Das Herz des Teufels · 06/5440
Michael Jan Friedman & Kevin Ryan, Requiem · 06/5442
Dafydd ab Hugh, Gleichgewicht der Kräfte · 06/5443
Michael Jan Friedman, Die Verurteilung · 06/5444
Peter David, Q^2 · 06/5445
Simon Hawke, Die Rückkehr der Despoten · 06/5446
Robert Greenberger, Die Strategie der Romulaner · 06/5447
Gene DeWeese, Im Staubnebel verschwunden · 06/5448
Brad Ferguson, Das letzte Aufgebot · 06/5449
Kij Johnson/Greg Cox, Die Ehre des Drachen · 06/5751
J. M. Dillard/Kathleen O'Malley, Wahnsinn · 06/5753
Dean Wesley Smith/Kristine Kathryn Rusch, Invasion – 2: Soldaten des Schreckens · 06/5754
J. M. Dillard, Star Trek VIII: Der erste Kontakt · 06/5757
Diane Carey, Tag der Ehre – 1: Altes Blut · 06/5763
John Vornholt, Der Dominion-Krieg – 1: Hinter feindlichen Linien · 06/5765
J. M. Dillard, Star Trek IX: Der Aufstand · 06/5770

STAR TREK: DIE ANFÄNGE
Vonda N. McIntyre, Die erste Mission · 06/4619

STAR TREK™

Margaret Wander Bonanno, Fremde vom Himmel · 06/4669
Diane Carey, Die letzte Grenze · 06/4714

STAR TREK: DEEP SPACE NINE
J. M. Dillard, Botschafter · 06/5115
Peter David, Die Belagerung · 06/5129
K. W. Jeter, Die Station der Cardassianer · 06/5130
Sandy Schofield, Das große Spiel · 06/5187
Dafydd ab Hugh, Gefallene Helden · 06/5322
Lois Tilton, Verrat · 06/5323
Esther Friesner, Kriegskind · 06/5430
John Vornholt, Antimaterie · 06/5431
Diane Carey, Die Suche · 06/5432
Melissa Scott, Der Pirat · 06/5434
Nathan Archer, Walhalla · 06/5512
Greg Cox/John Gregory Betancourt, Der Teufel im Himmel · 06/5513
Robert Sheckley, Das Spiel der Laertianer · 06/5514
Diane Carey, Der Weg des Kriegers · 06/5515
Diane Carey, Die Katakombe · 06/5516
Dean Wesley Smith/Kristine Kathryn Rusch, Die lange Nacht · 06/5517
John Peel, Der Schwarm · 06/5518
L. A. Graf, Invasion – 3: Der Feind der Zeit · 06/5519
Diane Carey, Neuer Ärger mit den Tribbles · 06/5723
L. A. Graf, Tag der Ehre – 2: Der Himmel von Armageddon · 06/5725
Diane Carey, Der Dominion-Krieg – 2: Verlorener Friede · 06/5727

STAR TREK: STARFLEET KADETTEN
John Vornholt, Generationen · 06/6501
Peter David, Worfs erstes Abenteuer · 06/6502
Peter David, Mission auf Dantar · 06/6503
Peter David, Überleben · 06/6504
Brad Strickland, Das Sternengespenst · 06/6505
Brad Strickland, In den Wüsten von Bajor · 06/6506
John Peel, Freiheitskämpfer · 06/6507
Mel Gilden & Ted Pedersen, Das Schoßtierchen · 06/6508
John Vornholt, Erobert die Flagge! · 06/6509
V. E. Mitchell, Die Atlantis Station · 06/6510
Michael Jan Friedman, Die verschwundene Besatzung · 06/6511
Michael Jan Friedman, Das Echsenvolk · 06/6512
Diane G. Gallagher, Arcade · 06/6513
John Peel, Ein Trip durch das Wurmloch · 06/6514
Brad & Barbara Strickland, Kadett Jean-Luc Picard · 06/6515
Brad & Barbara Strickland, Picards erstes Kommando · 06/6516
Ted Pedersen, Zigeunerwelt · 06/6517
Patricia Barnes-Svarney, Loyalitäten · 06/6518
Diana G. Gallagher, Tag der Ehre – 5: Ehrensache · 06/6530

STAR TREK: VOYAGER
L. A. Graf, Der Beschützer · 06/5401
Dean Wesley Smith/Kristine Kathryn Rusch, Die Flucht · 06/5402
Nathan Archer, Ragnarök · 06/5403
Susan Wright, Verletzungen · 06/5404
John Betancourt, Der Arbuk-Zwischenfall · 06/5405

STAR TREK™

Christie Golden, Die ermordete Sonne · 06/5406
Mark A. Garland/Charles G. McGraw, Geisterhafte Visionen · 06/5407
S. N. Lewitt, Cybersong · 06/5408
Dafydd ab Hugh, Invasion – 4: Die Raserei des Endes · 06/5409
Karen Haber, Segnet die Tiere · 06/5410
Jeri Taylor, Mosaik · 06/5811
Melissa Scott, Der Garten · 06/5812
David Niall Wilson, Puppen · 06/5813
Greg Cox, Das schwarze Ufer · 06/5814
Michael Jan Friedman, Tag der Ehre – 3: Ihre klingonische Seele · 06/5815
Christie Golden, Gestrandet · 06/5816

DAS STAR TREK-UNIVERSUM, 2 Bde.,
von *Ralph Sander* · 06/5150
DAS STAR TREK-UNIVERSUM, 1. Ergänzungsband
von *Ralph Sander* · 06/5151
DAS STAR TREK-UNIVERSUM, 2. Ergänzungsband
von *Ralph Sander* · 06/5270

Ralph Sander, Star Trek Timer 1996 · 06/1996
Ralph Sander, Star Trek Timer 1997 · 06/1997
Ralph Sander, Star Trek Timer 1998 · 06/1998
Ralph Sander, Star Trek Timer 1999 · 06/1999

William Shatner/Chris Kreski, Star Trek Erinnerungen · 06/5188
William Shatner/Chris Kreski, Star Trek Erinnerungen: Die Filme · 06/5450

Phil Farrand, Cap'n Beckmessers Führer durch
STAR TREK – DIE CLASSIC SERIE · 06/5451
Phil Farrand, Cap'n Beckmessers Führer durch
STAR TREK – DIE NÄCHSTE GENERATION · 06/5199
Phil Farrand, Cap'n Beckmessers Führer durch
STAR TREK – DIE NÄCHSTE GENERATION – Teil 2 · 06/6457
Phil Farrand, Cap'n Beckmessers Führer durch
STAR TREK – DEEP SPACE NINE · 06/6458

David Alexander, Gene Roddenberry – Die autorisierte Biographie · 06/5544
Judith & Garfield Reeves-Stevens, Star Trek Design · 06/5545
Nichelle Nichols, Nicht nur Uhura · 06/5547
Leonard Nimoy, Ich bin Spock · 06/5548
Lawrence M. Krauss, Die Physik von Star Trek · 06/5549
Judith & Garfield Reeves-Stevens, Star Trek – Deep Space Nine: Die Realisierung einer Idee · 06/5550
Herbert F. Solow & Yvonne Fern Solow, Star Trek: Das Skizzenbuch – Die Classic-Serie · 06/6469
Judith & Garfield Reeves-Stevens, Star Trek – Phase II: Die verlorene Generation · 06/6470
Herbert F. Solow/Robert H. Justman, Star Trek – Die wahre Geschichte · 06/6499
J. M. Dillard, Star Trek: Wo bisher noch niemand gewesen ist · 06/6500

Diese Liste ist eine Bibliographie erschienener Titel,
KEIN VERZEICHNIS LIEFERBARER BÜCHER!